서문문고
312

미하엘 콜하스 외

하인리히 폰 클라이스트 지음
배 중 환 옮김

미하엘 콜하스 외

차 례

책 머리에 5
I. 단편소설 15
　1. 미하엘 콜하스 17
　2. 로카르노의 거지부인 153
　3. 주운 아이 159
　4. 성녀 세실리아 183
　5. 결투 201
II. 일화 249
　1. 프랑스인의 정의 251
　2. 당황한 시장 251
　3. 신의 끌 252
　4. 프로이센 최후의 전쟁 일화 253
　5. 하늘의 변덕 256
　6. 술꾼과 베를린 종 257
　7. 바하 258
　8. 카프친 교단 성직자 259
　9. 최근의 (더 행복한) 베르테르 259
　10. 어머니 사랑 261
　11. 영국에서의 이상한 법률사건 262
III. 해설: 하인히리 폰 클라이스트의 노벨레 265
　　　　　　리하드 자무엘/ 배 중환 역
IV. 연보: 클라이스트의 삶과 작품 295

책 머리에

하인리히 폰 클라이스트는 요하임 폰 프리드리히 소령과 그의 두번째 아내인 율리아네 울리케 폰 판비츠와의 첫아들로, 크게 번성한 옛 프로이센의 군인장교 집안에서 1777년 10월 18일 태어났다. 우리는 작가의 어린 시절에 대해서 아는 것이 거의 없다. 그는 형제 자매들 속에서 명랑하고 잘 지냈다는 것뿐이다. 그보다 세 살 위의 이복 누나 울리케와 그는 일생 동안 신뢰에 가득 찬 사랑을 맺었다.

그는 자기 사촌 판비츠와 함께 신학 박사학위를 준비하던 크리스티안 에른스트 마르티니로부터 첫 수업을 받는다. 그는 이 공부에 흥미를 느끼고 빠르게 배웠으나, 느림보였던 사촌은 1795년 자살해 버린다. 사촌이 죽은 뒤 클라이스트는 베를린으로 보내져, 프랑스 거류민 출신의 목사 카텔 곁에서 공부를 끝낸다. 그는 열네 살의 나이로 1792년 포츠담의 근위 연대에 사관 후보생으로 입대한다. 그는 이 연대와 함께 1793-94년 행군을 하며, 프로이센의 라인군 몇몇 전투에 참가한다. 그러나 어머니가 죽음으로써 이 전투를 몇 달간 중단하게 된다.

1795년 바젤의 강화조약에 따라 클라이스트는 자신

이 속한 연대와 함께 포츠담으로 귀환한다. 그 사이에 그는 사관생도가 된다. 1797년 그는 소위가 된다. 그러나 그는 결코 진정한 군인은 아니었다. 비록 그가 연대의 장교단에서 활기차고 명랑한 장교였지만, 그는 이미 심도 깊게 수학·철학 그리고 고전어 등 학문적인 저술을 공부하기 시작했으며, 또 음악에도 열중했다. 단조로운 군대 근무는 활기찬 그의 기질에 오랫동안 만족을 주지 못했고, 무엇보다도 대부분 여러 지방 출신의 회의적인 군인들로 구성된 부대의 거칠고 야만적인 규율이 자기 본래의 인간적인 이념과 맞지 않았다. 그는 이 '압제'를 떠나기로 결심한다.

1799년 국왕이 자신의 제대원을 허가했다. 이제 그는 병역 대체 근무를 하면서 공부하기로 목표를 세운다. "나는 목표를 세웠다. 그것을 이루기 위해서는 내 모든 힘을 다할 것을 끊임없이 요구한다." 그의 정확한 후견인과 가족들은 그에게 법학과 정치경제학을 공부하라고 제시했다. 그러나 클라이스트의 마음은 이미 더 먼곳에 있었다. 그는 아직도 계몽주의의 정신에 사로잡혀 있었고, 수학과 논리학을 '모든 학문의 확실한 기초'라고 믿었다. 그러나 인식의 총체성은 그에게서 진실한 목표로서 흔들렸다. 그의 고향도시에 있던 대학은 그가 학문을 계속하는 데에 큰 도움을 주지 못했다. 그는 진지하게 직업에 몰두했으며, 폰 쩽게 소장의 딸과 약혼했을 때, 직업은 그에게 더 진지해진다. 1800년 그는 베를린으로 가며, 거기서 계속 병역 대체 근무를 하려고 세무공무원의 직을 얻는다.

그는 한 달도 채 못 되어 그 활동을 중단하고, 장관한테서 휴가를 얻어 여행길에 오른다. 그는 작센을 거쳐 뷔르츠부르크로 갔다. 이 여행의 이유는 불확실하나, 그가 거기서 오랜 고통을 치료하는 수술을 받았다고 오늘날 일반적으로 알려져 있다. 그는 10월에 베를린으로 돌아와 다시 그 일을 시작하나, 다른 계획으로 방황하게 된다. 이는 가정의 전통에 대한 의무감과 창조적 자유로 나아가는 환상 사이의 투쟁이라고 할 수 있다. 그는 새로이 공부를 시작하여 칸트철학에 몰두한다. 그는 칸트의 저술을 읽으면서 충격적인 체험을 한다. 즉 그는 지금까지 자신이 해온 인식을 얻기 위한 노력이 의미 없다고 생각한다. 그는 우리가 진리라고 하는 것이 참 진리인지 단지 진리처럼 보이는 것인지를 알 수 없다고 믿는다.

새로 펼친 여행길에서 그는 이 내적 혼란에 구원을 추구한다. 그는 울리케 누나와 함께, 1801년 4월 드레스덴, 그리고 빙빙 둘러 할버슈타트를 거쳐 괴팅겐으로 갔고, 또 슈트라스부르크를 지나 파리로 갔다. 이 남매는 1801년 11월 파리를 떠난다. 울리케는 고향으로 돌아가고, 하인리히는 라인강을 거슬러 올라가며 스위스로 여행해 갔다. 스위스는 그에게 새 조국이 되었다. 그는 매우 자연 친화적인 시골 삶을 꿈꾸었고, 농장을 사들여 경영했다. 그러나 아무 것도 제대로 하지 못하다가 베른에서, 1802년 툰 호숫가의 한 섬에서, 새로 얻은 친구와의 교제(출판인 게스너, 계몽주의 대문호의 아들인 루드비히 비란트 등은 모두 문학에 몰두해 있었다.)로 그는 마침내 시인에 대한 소명을 깨닫는다. 그 후 그의 삶은 작가로서의 사명을 다하는 것이었다. 첫 드라마인 〈슈로펜슈타인〉이 베른에서 생성되었다. 그 밖에도 이미 실행되지 않는 계획들이 작가의 생각을 부풀렸다. 그는 연극의 큰 초안을 작성하려했고, 그것이 자신에게 월계관을 씌워 주게 되고, 자신을 연극 작가의 선두에 나서게 하려는 것이었다. 그것은 노르만 대장 로베르트 귀스카르트에 관한 것으로, 그는 비잔틴 제국을 일순간에 급습하려 했으나, 페스트가 자신의 부대에 발생했기 때문에 거인적인 의지로 무섭게 번지는 재앙에 저항해야만 했다.

1802년 8월 그는 베른에서 병을 얻는다. 누나 울리케가 급히 달려왔을 때, 그는 벌써 회복되고 있었고, 여기서 스위스 체재는 끝난다. 작가는 여기서 자기 삶에 새로운 방향을 기대했었다. 스위스의 새 정부가 클라이스트의 친구 비란트를 추방했다. 클라이스트는 자발적으로 그를 따라간다. 그는 친구의 아버지 즉 크리스티안 마르틴 비란트한테서, 자신의 작가적 재능을 칭찬 받는다. 그는 거의 신들린 듯이 집요하게 열정적으로 귀스카르트의 형상화에 몰두했다. 쉬지 않고 그는 이리저리 여행했고, 라이프찌히 그리고 드레스덴에 머물렀고, 1803년 중순에 불쑥 스위스에 다시 나타났고, 북부 이탈리아에서 '마치 복수의 여신에 쫓긴 듯이' 프랑스를 거쳐 볼로냐 수르 메르를 헤매었다. 그의 절망적인 기분은 나폴레옹의 영국 침공에 참여하여 거기서 '장렬한 전사'를 하고 싶은 생각으로 몰아갔다. 그는 파리를 거쳐 마인츠로 여행해 갔고, 거기서 그는 과로로 쓰러져 4개월 이상 병석에 누웠다. 그는 파리에서 소재를 형상화하려는 자신의 능력을 회의하고 〈귀스카르트〉 원고를 불태워 버린다.

클라이스트는 이 심각한 위기에서 회복했다. 그는 1804년 6월 다시 베를린에 있고, 거기서 새로운 병역 대체 근무를 얻으려고 노력한다. 그는 쾨니히스베르크의 황실 재산 관리국에서 임시 직원으로 일한다. 비교적 조용한 시간이 계속되고, 그는 이 시기에 이미 베른의 친구들과 시작한 〈깨어진 항아리〉와 〈암피트리온〉을 최종적으로 완성하며 새로운 계획에 몰두한다. 클라이스트는 쾨니히스베르크에서 단편소설이 자신의 특성에 맞는 제 2의 형식임을 발견한다. 그의 창작은 여왕 루이제가 지원해 준 작은 돈으로 고무되었다. 그러나 지나친 활동으로 그는 건강을 해친다. 그는 1806년 휴가를 갖지 않으면 안 되었다. 그의 조국이 프랑스군에 의해 파멸에 이르기까지, 그는 자신의 작가적 재능을 회의했고, 귀스카르트 원고를 소각했는데, 그는 이미 세계사의 흐름에서 멀어져 있었다. 그는 완전히 혼란에 빠져 프랑스군에 복무하려고까지 생각한다. 인간은 자신이 속한 시대와 사회와 더불어 존재하며, 인생의 승패는 그 시대와 사회에서 영향받는다는 사실을 그는 비로소 깨닫는다.

마지막으로 그는 1807년 1월 두서너 명의 친구들과 함께 그 당시 프랑스군에 점령되어 있는 베를린으로 갔는데, 그 이유는 아무리 해도 알 수 없다. 어쨌든 프랑스 군인들은 그를 간첩으로 체포했으며, 그를 포르 드 쥬 성으로 끌고 갔다. 그는 반년 이상 이 수용소에서 포로생활을 했다. 그 해 8월 그는 드레스덴으로 돌아오고, 거기서 한 친구와 함께 '예술을 위한 잡지'인 〈푀부스〉를 발행하며 그 잡지에 〈펜테질레아〉의 일부를 발표한다. 드레스덴에서 〈하일브론의 처녀 케트헨〉과 거의 같은 시기에 〈헤르만의 전투〉가 생성된다. 그러나 최초의 당당한 성공에도 불구하고 〈푀부스〉는 지속되지 못한다. 새로운 방식과 낯선 것은 클라이스트의 기고를 방해하며 독자를 혼란시켰다. 게다가 괴테의 냉담하고 부정적인 비평이 있었다. 그리하여 여러 가지 이유로 〈푀부스〉지는 폐간되었다.

1809년 나폴레옹에 항거하는 오스트리아의 전쟁은 클라이스트에게 새 희망을 불러일으킨다. 그는 증오했던 압제자에 대항하여 국민들이 봉기할 때가 왔다고 보았다. 그는 아스페른 근처에서 나폴레옹이 패배하는 것을 목격한다. 그리고 그는 프라하에 정착하여 애국적 잡지 〈게르마니아〉의 작업에 몰두했다. 그러나 나폴레옹에 봉기하기를 바랐던 그의 조국 프로이센은 이에 주저했다. 오스트리아는 전쟁의 고통을 혼자 짊어졌고 마침내 패했다. 상황은 그 어느 때 보다도 더 절망적이었다. 그는 한동안 완전히 은거했고, 자신의 높은 뜻을 품은 계획은 깨졌다. 1810년 2월 비로소 베를린에서 자신의 마지막 삶과 창작의 시기가 시작된다. 〈홈부르크 귀공자〉를 완성했다. 그러나 그가 이 작품에 걸었던 희망은 성취되지 않는다. 궁중이 그것을 거부했다. 1810년 10월에서 1811년 3월까지 클라이스트는 한 친구와 함께, 〈베를린 석간 신문〉을 발행했다. 그는 이 신문에서 정렬적으로 나폴레옹에 반대하는 일을 했다. 그러나 정부는 그의 공격을 무차별적인 검열로 눌렀으며 이로써 독자에게 흥미가 없어진 이 신문은 폐간된다.

클라이스트 생의 마지막 절망적인 장이 이어진다. 그는 당국에 대항하여 그리고 내각에 대항하여 자신이 잡지 폐간으로 입은 손해를 보상하라고 청구했으나, 아무런 결정이 내려지지 않았고, 또 그는 한 때 버린 군무원의 직을 다시 얻으려 했으나 그에게 주어지지 않았다. 클라이스트에겐 경제적 궁핍과 절망만이 내리쳤다. 그러나 그는 열정적으로 글을 썼고 자신의 소설집 두 권을 발표했다. 한 장편소설을 예고했다. 그러나 그의 궁핍은 더해지고 고독이 그를 에워쌌다. 결국 1811년 11월 20일 중병을 앓고 있던 앙리에테 포겔과 함께 반 호수에서 권총 자살했다.

* * *

여기에 번역 소개하는 클라이스트의 단편소설은 〈미하엘 콜하스〉를 비롯해서 〈로카르노의 거지부인〉, 〈주운 아이〉, 〈성녀 세실리아〉 그리고 그의 마지막 작품인 〈결투〉 등 다섯 편이다. 그의 단편 소설 중에서 〈O…후작 부인〉〈칠레의 지진〉〈성 도밍고 섬의 약혼〉 등은 이미 문고판으로 소개되었다.(박종서 역: 〈성 도밍고 섬의 약혼〉, 서문당 1975. 서문문고 174번) 이제 클라이스트의 단편소설이 한국의 독자에게 모두 알려지게 된다. 원래는 희곡 작가로 출발했던 클라이스트는 〈깨어진 항아리〉〈암피트리온〉〈펜테질레아〉〈홈부르크 왕자〉〈슈로펜슈타인 일가〉〈헤르만의 전투〉〈하일브론의 처녀 케트헨〉 및 미완성작 〈로베르트 귀스가르트〉 등 8편의 희곡 작품과 8편의 단편소설 및 많은 일화(逸話) 그리고 몇몇 에세이를 남겼는데 이들은 모두 독일 문학계에서 잘 알려진 명작들이다. 특히 미하엘 콜하스는 클라이스트의 가장 대표적 단편소설이며 독일 소설의 백미(白眉)인데, 세계 약 30개 외국어로 번역되어 있다. 현대 독일 소설가의 최대 작가 중의 하나인 프란츠 카프카도 이 작품을 '10번'이나 읽었으며 '가장 애독하는 작품'이라고 했다. 클라이스트의 단편소설에 대한 개개의 해설은 지면상 다음 기회로 미룬다. 이 책에 번역 수록한 클라이스트의 노벨레라는 글은 비교적 클라이스트 단편소설의 특징을 잘 설명하는 글이라고 생각된다. 독자들이 클라이스트의 단편소설 전체를 이해하는데 도움이 된다면 좋겠다.

역자가 사용한 텍스트는 Heinrich von Kleist: Sämtliche Werke und Briefe Band 2. hrsg. v. Helmut Sembdner. München 1984 이다. 그 밖에도 역자는 어려운 원문을 우리말로 옮길 때에 레클람판 주석서(Heinrich von Kleist:Michael Kohlhaas, hrsg. v. Günter Hagedorn Stuttgart 1988) 및 영역본(Heinrich von Kleist: The Marquise of O- and other stories, tr. by David Luke/ Nigel Reebes, London 1978)을 많이 참고했다. 그동안 비교적 많은 시간을 이 번역에 쏟았는데, 특히 내 독문학 강의에 참석한 사랑하는 학생들과 열심히 토론했던 것이 큰 힘이 되었다. 미하엘 콜하스와 일화는 우리 나라에서 처음으로 소개되는 터이라 역자의 기쁨이기도 하며 또 한편으로는 일종의 부담이 된다. 이 번역상의 글에서 오류가 있다면 후일에 다시 고칠 계획이다. 독자제현의 아낌없는 질정을 바란다. 끝으로 우리가 IMF 여파로 여러 가지 어려운 상황에 처하게 되었는데도 이 번역의 출간을 흔쾌히 맡아 주신 서문당과 편집진에게 깊은 감사를 드린다.

1998.12 22　　배 중 환

I. 단편소설

미하엘 콜하스 — 옛 연대기에서 —

 16세기 중엽, 하벨 강가에 미하엘 콜하스라는 말 장수가 살았는데, 그는 어느 학교 선생님의 아들이었으며 그 당시 가장 정의롭고 동시에 가장 무서운 사람들 중의 한 사람이었다.— 이 비상한 사람은 나이가 서른 살이 될 때까지 착한 국민의 모범으로 간주될 수 있었다. 그는 아직도 자신의 이름을 딴 마을에 농장을 가지고 있었으며, 거기서 자기 생업을 조용히 영위했다. 그는 부인과의 사이에서 난 아이들을 하느님을 경배하며 근면하고 성실하게 키웠다. 만약 그가 하나의 덕성을 너무 지나치게 추구하지 않았더라면, 자기 이웃사람들 중에서 어느 누구도 그의 선행이나 그의 정의감에 기뻐하지 않을 수 없었을 것이며, 간단히 말해서 온 세상이 그를 기억하고 축복하였음에 틀림없었을 것이다. 그러나 그 정의감 때문에 그는 강도가 되었고 또 살인자가 되었다.

 어느 날 그는 말을 타고, 젊고 살찌고 윤기가 흐르는 말 한 무리를 이끌고, 나라 밖으로 갔다. 가면서 이 말들이 시장에서 잘 팔린다면 얻은 이익을 어떻게 쓸까 하고 생각했다. 그 일부는 착한 가장답게 다음의 이득을 얻기 위해 남겨 두기로 하고, 또 나머지 일부는 현재에 만족스럽게 쓸까 하고 생각하는 사이에 엘베 강변에 도착했고, 작센 지역의 멋진 기사의 성 근처에서 평소에는 그가 이 길에서 보지 못했던 차단목(유료 도로나 국경 따위의)과 마주쳤다. 마침 비가 세차게 퍼부었으므로 그는 말을 멈추게 하고, 차단목 경비병을 불렀는데, 경비병은 잠시 후 화난 얼굴로 창문에서 밖을 내다보고 있었다. 그 말 장수는 그에게 문을 열라고 말했다. 여기 무슨 일이 있었습니까? 라고 그는 물었고, 그때 세관원은 한참 시간이 지난 후 집에서 밖으로 나왔다. 그는 차단기를 열며 융커 벤쩰 폰 트롱카에게 하사된 군주의 특권입니다 라고 대답했다.— 아 그렇습니까. 그 융커의 이름이 벤쩰입니까? 라고 말하며 콜하스는 성을 쳐다보았는데, 그 빛나는 성탑이 들판 너머로 보였다. 그러면 늙은 융커는 돌아가셨습니까? — 경비병은 차단목을 공중 높이 들면서 뇌졸증으로 돌아가셨습니다 라고 대답했다.— 참! 안됐군요. 콜하스가 대답했다. 위엄 있던 노 융커는 사람들이 왕래하는 것을 기뻐하셨고 상업과 교역을 힘닿는 데까지 도와주셨는데, 한 때 내 암말이 마을로 들어가는 동구 밖 길에서 다리를 다쳤기 때문에 나쁜 길에 돌을 박아 잘 다닐 수 있게 하셨습니다. 그렇지요! 내가 얼마나 신세를 졌겠습니까? 라고 말하고는 세관원이 요구하고 있는 돈(그로센)을 바람에 펄럭이는 외투 밑에서 힘들여 꺼냈다. 빨리! 빨리! 라고 중얼거리며, 날씨를 저주하는 세관원의 말을 들으며, 그는 "알았습니다 영감, 만약 이 나무막대기가 숲속에 세워져 있었더라면, 나와 당신 모두에게 더 좋았을 겁니다." 라는 말을 덧붙였다. 곧 콜하스는 그에게 돈을 건네 준 뒤, 말을 타고 지나가려 했다. 그러나 그가 차단목 밑으로 가자마자, 거기 멈춰요, 말 장수! 하는 한 새로운 목소리가 그의 뒤 탑 쪽에서 났다. 그는 성지기가 창문을 꽝 닫고 자신에게로 서둘러 내려오는 것을 보았다. 글쎄, 무슨 일일까? 콜하스는 의아하게 여기며 말을 멈추었다. 성지기는 조끼를 뚱뚱한 자기 몸에 걸치면서 다가와서는 바람을 비스듬히 피하며 통행증을 소지했는지 물었다.— 콜하스는 물었다. 통행증이라고요? 그는 약간 당황하며 자신이 아는 한 통행증은 없다고 말했다. 그것이 지체 높은 양반이 지니고 다니는 어떤 물건인지는 모르지만, 어디 어떤 것인지 설명해 준다면 우연히 가질 수도 있다고 덧붙였다. 성지기는 그를 곁눈질해 보면서 군주의 허가증 없이는 말 장수가 말들을 데리고 국경을 넘어올 수 없다고 말했다. 말 장수는 살아오면서 이제까지 열일곱번이나 그런 증명서 없이 경계를 넘었다고 단언했다. 그는 자기 생업에 관련된 군주의 모든 조치를 정확히 알았고, 틀림없이 이것은 실수일 거라고 생각하니, 자신은 낮동안 길을 더 멀리 가야 하므로 여기서 쓸데없이 더 오래 붙잡혀 있고 싶지 않음을 고려해 달라고 요청했다. 그러나 성지기는 열여덟번째는 슬쩍 지나갈 수 없다고 하며, 그 때문에 최근에 새로운 법규가 생겨났고,

따라서 그가 통행증을 당장 사든지 아니면 그가 온 길로 돌아가지 않으면 안 된다고 대답했다. 말 장수는 이 불법적인 협박에 분노하기 시작했으며, 잠시 생각한 후 말에서 내려 그 말고삐를 하인에게 주고는 자신이 직접 융커 트롱카와 이 문제에 대해 이야기해야겠다고 말했다. 그는 성으로 갔으며 성지기는 인색한 수전노들과 그들의 착취에 대하여 중얼거리면서 그를 뒤따랐다. 그리고 두 사람은 서로 훑어보면서 홀 안으로 들어갔다. 콜하스가 자신의 불평을 하소연하기 위해 융커에게 가까이 갔을 때 융커는 막 몇몇의 친구들과 술잔을 놓고 앉아서 농담을 하며 끊임없이 웃고 있었다. 융커는 그에게 무엇을 원하는지 물었다. 낯선 사람을 쳐다보던 기사들은 조용해졌다. 그러나 콜하스가 말[馬]에 관련된 자신의 청원을 시작하자마자 일동은 말? 어디에 있어요? 라고 큰 소리로 묻고는 말을 보기 위해 창문가로 달려갔다. 그들은 멋진 말들을 보았고 융커의 제안에 따라 마당 아래로 달려갔다. 비는 멎었다. 성지기와 집사와 하인들이 그들을 둘러싸고 모두 말들을 자세히 보았다. 그 중 한 사람은 이마와 콧등에 흰 점이 있는 자색 말을 칭찬했고, 다른 사람은 밤색 말을 좋아했으며, 또 세번째 사람은 검붉은 점이 있는 얼룩말을 어루만졌다. 그리고 모든 사람들은 말들이 마치 수사슴인 듯이, 이 지방에서는 이보다 더 잘 키울 수 없는 것처럼 생각했다. 콜하스는 그 말들이 좋지만 말을 탈 기사들보다 더 좋을 수 없다고 생기 있게 대답하며, 또 그것들을 사라고 권했다. 힘센 자색 수말에 큰 매력을 느낀 융커는 그에게 값을 물었다. 집사는 가라말 한 쌍을 사자고 그를 설득했다. 그는 경작에 쓰는 말들이 부족하기 때문에 그 가라말을 농장에서 부릴 수 있을 것이라고 믿었다. 그러나 말 장수가 값을 말하자 기사들은 그것이 너무 비싸다고 생각했고, 융커는 말의 값을 그렇게 높게 매긴다면 아서왕(王)의 원탁(圓卓)에라도 그 말을 타고 갈 수 있을 것인데…… 라고 말했다. 콜하스는 성지기와 집사가 의미 있는 눈길을 가라말들에게 던지며 서로 속삭이는 것을 보고는, 불길한 예감에서 어떻게 해서든 그 말들을 그들에게 팔아버리려고 했다. 그는 융커에게 말했다. "나리, 저는 그 가라말을 여섯 달 전에 금화 25굴덴에 샀습니다. 저에게 30굴덴을 주신다면 그 말들을 당신이 가질 수 있습니다." 융커 옆에 서 있던 두 명의 기사들이 그 말들은 아마 그만한 가치가 있을 것이라고 분명하게 말했다. 그런데도 융커는 흰말을 위해서는 돈을 쓸 수 있으나, 가라말들을 위해서는 돈을 쓰지 않겠다고 하며 성으로 들어갈 준비를 했다. 이때 콜하스는 다음 번에 말들을 몰고 지나갈 때 그분과 거래를 할 수 있을 것이라고 말했다. 그리고는 융커에게 작별인사를 하고 말고삐를 잡고 눌러났다. 이 순간 성지기가 무리를 헤치고 앞으로 나와, 통행증 없이 통과시켜서는 안 된다는 말을 들었다고 했다. 콜하스는 몸을 돌려 융커에게 자신의 장사를 전부 망치게 될 그런 요구가 사실인지 물었다. 융커는 당황한 모습으로 물러나면서 대답했다. 그래요, 콜하스 씨, 당신은 반드시 통행증을 가져야만 합니다. 성지기와 그것에 관해 이야기를 나누고 당신의 길을 가시오. 콜하스는 말을 수출하는 데에 있을지 모르는 규정을 어길 의도가 없다는 것을 그에게 확신시켰다. 그리고 그가 드레스덴을 지나갈 때 문서국에서 통행증을 얻겠다고 약속하며, 이런 요구를 전혀 몰랐으므로 이번만은 통과시켜 달라고 했다. 좋아! 라고 융커가 말했다. 그 때 폭풍우가 치기 시작했으며 그의 비쩍 마른 다리를 쏴하며 지나갔다. 저 가엾은 사람을 가게 해라. 이리 와! 라고 그는 기사들을 향해 말하고는, 방향을 바꾸어 성으로 나아가기 시작했다. 성지기는 융커에게 몸을 돌리며, 콜하스가 최소한 통행증을 얻을 것이라는 확실한 담보를 남겨 놓지 않으면 안 된다고 말했다. 융커는 다시 성문 밑에 섰다. 콜하스는 돈이나 물건으로써 도대체 얼마만한 가치를 가라말의 담보물로 남겨 놓아야 하는가를 물었다. 집사는 콧수염 속에서 중얼거리며 자기는 차라리 가라말 자체를 남겨 두는 것이 좋겠다고 말했다. 물론입니다, 성지기가 말했다. 그것이 바로 가장 합리적인 것입니다. 그가 통행증을 가지면 언제라도 그 말들을 되찾을 수 있습니다. 콜하스는 그런 무례한 요구를 받고 깜짝 놀라, 얼지 않도록 재킷으로 몸을 싸고 있는 융커에게 그 가라말을 팔고 싶다고 말했다. 그러나 바로 그 순간에 한 줄기 바람이 비와 싸락눈을 성문 안으로 몰고 왔기에 융커는 이 일을 끝내려고 소리쳤다. 만약 그가 말을 내놓지 않으면 그를 다시 차단목 너머로 몰아내 버려라! 라고 외치고는 떠나갔다. 말 장수는 여기서 이 무법에 저항하면 안 된다는 것을 알아채고, 그 요구를 받아들일 수밖에 없다고 결심했다. 그리하여 그는 가라말의 마구(馬具)를 풀고 성지기가 가리킨 마구간으로 몰고 갔다. 그는 하인 하나를 말들 곁에 남게 하고는 그에게 돈을 주며 자신이 돌아올 때까지 말들을 잘 돌봐 달라고 지시했다. 그리고는 그런 법이 작센 지방에서 말을 사육하는 사람들을 보호하기 위해 외지로부터 말 수입을 통제하려고 통과되었는지 반신반의하면서 남은 말들을 몰고, 큰 시장에 참가하려고, 라이프찌히로 가는 여행길에 올랐다.

그는 드레스덴 교외의 한 마을에 몇몇 마구간이 딸린 집을 소유하고 있었는데, 그 이유는 이곳으로부터 지방의 작은 시장으로 가는 자기 장사를 맡아 하기 때문인네. 드레스덴에 도착하자마자 곧 문서국으로 가서 자기가 아는 몇몇의 관리들로부터 통행증에 대한 이야기는 자신의 원초적 믿음이 이미 말해준 대로, 전적으로 조작된 일이라는 사실을 알았다. 콜하스는 자신의 청에 대해 관리들로부터 억지로 그와 같은 사실이 근거 없다는 것을 적은 문서를 받고는, 비쩍 마른 융커의 농담에 대해서 비록 아직도 그것이 무엇을 노리고 있는지 정확하게 알지는 못하면서도 혼자 웃었다. 그리고 몇 주 후 그가 끌고 온 말들을 만족스럽게 팔아치우고, 이 세상의 일반적인 궁핍이라는 것을 제외하고는 더 이상 쓰라린 감정을 갖지 않고 트롱카의 성으로 돌아갔다. 성지기는 콜하스가 문서를 내보이자 더 이상 그것에 대해 의견을 말하지 않고, 지금 그 말들을 되찾을 수 있는지 묻는 말 장수에게 말했다. 마구간으로 내려가서 그들을 데려가도 된다고 했다. 그러나 콜하스는 이미 마당을 지나가면서 자기 하인이 트롱카의 성에 남겨진 며칠 후에 버릇없이 행동하여 두들겨 맞고 쫓겨났다는 불쾌한 소문을 들었다. 그는 자신에게 이 소식을 전해주는 젊은이에게 바로 그가 그런 일을 했느냐고 물었다. 그리고 그동안 누가 자신의 말들을 돌보았는지 물었다. 그러자 이 젊은이는 자신은 그것을 모른다고 대답했다. 말 장수는 곧 그 말들이 서 있었던 마구간을 열었고 마음속으로 어떤 불운한 것을 예감했다. 그리고 자신의 번들번들하고 살찐 두 말 대신에 한 쌍의 빼빼 마른 폐마(廢馬)를 보았을 때 그의 놀라움은 얼마나 컸겠는가. 뼈다귀는 물건을 걸어도 될 정도로 툭 튀어나왔으며 갈기와 털은 손질도 관리도 되지 않아 뒤죽박죽이 되어 있었다. 그것은 동물왕국에나 있는 비참한 모습이었다! 콜하스는 자기를 보고 힘없이 움직이며 우는 말에 깜짝 놀랐으며 자기 말들에게 무슨 일이 일어났는지 물었다. 곁에 서 있던 젊은이는 말들에게는 어떤 불행한 일도 닥치지 않았으며, 그들이 적당한 사료를 받아먹었지만 마침 수확기가 되어 일할 가축이 부족했기 때문에 밭에서 약간 이용되었다고 대답했다. 콜하스는 이 무례하게 몰래 획책된 폭거를 저주하고, 기절할 것 같은 통분을 꾹 참고 달리 어떻게 할 수 없어 강도의 소굴을 말을 데리고 다시 떠날 준비를 했다. 그 때 성지기가 옥신각신하는 소리를 듣고 나타나 여기에 무슨 일이 일어났느냐고 물었다. 무슨 일이냐 하면 하고 콜하스가 대답했다. 누가 폰 트롱카 융커에게, 또 그의 부하들에게 남겨둔 제 가라말을 밭일에 이용하도록 허락했습니까? 그는 그것이 온당한 짓이냐고 덧붙여 물었고 지친 말들을 짧은 채찍으로 일으키려 했으나, 그들은 움직이지 않았다. 성지기는 오만하게 한동안 그를 쳐다본 후 대답했다. 저 무뢰한을 보아라! 저 시골뜨기가 아직도 저 말들이 살아 있는 것을 신에게 감사해야 되는 것 아니냐? 그는 그 하인이 도망가고 난 뒤 누가 말들을 돌보기로 했는가, 그리고 사람들이 말에게 사료를 주고 그 대신 밭에서 일을 시키는 것이 당연하지 않은가 하고 물었다. 그는 여기서 콜하스에게 허튼 소리하고 싶지 않으니, 불복한다면 개를 불러, 마당에서 쫓아내겠다고 하면서 말을 끝맺었다.— 말 장수의 심장은 흥분하여 저고리에 표가 날 정도로 세게 뛰었다. 그는 이 시시한 뚱보녀석을 진흙 속으로 던져 넣고 발로 그의 구릿빛 얼굴을 짓밟고 싶었다. 그러나 순금저울과 같은 그의 정의감은 여전히 흔들거리고 있었다. 그는 자신의 양심에 비추어 보아 이 녀석에게 진정으로 잘못이 있는지 없는지를 확신하지 못했다. 그리고 그는 저주의 말을 참으면서 말들이 있는 곳으로 가서 조용히 상황을 고려하고, 말갈기를 풀면서 목소리를 낮추어서 물었다. 무슨 잘못 때문에 하인이 성에서 쫓겨났습니까? 성지기는 대답했다. 왜냐하면 그 불량배는 성내에서 건방졌기 때문이었어! 왜냐하면 그는 마구간을 바꾸어야 함에도 이를 거절했고, 마침 트롱카의 성에 온 두 젊은 기사들에게 자신의 말들을 돌보며 바깥의 길거리에서 밤을 지새도록 요구했기 때문이오.— 콜하스는 만약 곁에 하인을 데리고 있어서 저 강경하게 진술하는 입술이 두툼한 성지기의 말과 하인의 주장을 서로 비교할 수만 있었더라면, 그 말들을 희생시켜도 아깝지 않을 것이라고 생각했다. 그는 여전히 거기에 서서 가라말의 털 다발을 풀어헤쳤으며, 이런 상황에서 그가 다음에 무슨 일을 해야할지 생각하고 있을 때, 상황이 갑자기 바뀌어 벤쩰 폰 트롱카 융커가 기사들, 하인들, 개들의 무리들을 데리고 토끼사냥에서 집으로 돌아오면서 성 광장으로 내달았다. 무슨 일이 일어났느냐는 질문을 받은 성지기는 즉시 대답했다. 한편 개가 낯선 사람을 보고 한쪽에서 크게 짖어댔고, 기사들은 다른 측면에서 그 개들을 짖지 못하게 했다. 그는 융커에게 사건을 악의에 차게 왜곡하여, 말 장수가 자신의 가라말들이 약간 사용되었기 때문에 반항한다고 설명했다. 그는 그 말 장수가 그 말들을 자기 말로 인정하지 않는다고 비웃으면서 말했다. 콜하스는 소리를 질렀다. "지엄하신 나리, 이들은 제 말이 아닙니다! 이들은 가격이 금화 30굴덴(제국화폐담위)이 되지 않는 말들입니다! 저는 제 살찌고 건강한 말을 되찾고 싶습니다!" — 융커는 잠시 얼굴이 창백해지더니 말에서 내려 말했다. 만약 저 개 같은 놈이 말들을 몰고 가지 않으면, 그대로 놔둬도 좋아. 귄터 이리 와! 그는 손으로 바지의 먼지를 털면서 한스야, 이리 와! 라고 소리를 질렀다. 그가 기사들과 더불어 문 밑으로 지나가면서 포도주를 가져와! 라고 다시 외치며 성안으로 들어갔다. 콜하스는 말들을 현재 이 상태로 콜하젠뷔르크의 자신의 마구간으로 데리고 가느니, 차라리 말가죽 벗기는 사람을 불러 박피장으로 던져버리는 것이 더 낫겠다고 말했다. 그는 그 여윈 말들을 한 번 쳐다보지도 않고 그 자리에 세워둔 채, 자기 갈색 말 등에 뛰어 올라 사건의 옳고 그름을 알아보겠다고 확언하면서 말을 몰아 거기서 떠나갔다.

그는 전속력으로 말을 몰아 드레스덴으로 가는 길에 나섰으며, 하인과 성에서 사람들이 자신을 비난한 것을 생각하면서 말의 속력을 낮춰 한 걸음씩 걷게 말을 몰았다. 그가 아직도 천 걸음도 채 못 가서, 말머리를 다시 돌리고, 우선 하인에게 질문하기 위해, 그것이 자신에게는 현명하고 온당한 것으로 여겨졌기에, 콜하젠뷔르크로 나아갔다. 왜냐하면 이 세상의 허약한 제도에 대해 이미 잘 알고 있는 올바른 생각이, 만약 실제로 성지기가 주장한 대로 하인에게 잘못이 있다면, 비록 치욕은 있지만 말을 잃은 것을 그 잘못에 대한 타당한 결과로 단념케 했기 때문이다. 이 생각과는 반대로 그가 말을 타고 계속 들어가는 트롱카의 성 곳곳에서 여행하는 자들에게 매일 가해지는 부정에 대해서 들으면들을수록 마찬가지로 뛰어난 감정이 더 깊이 뿌리를 내렸고 모든 사건이, 매우 그럴 가능성이 높지만, 몰래 계획된 것이라면 그는 자기 힘으로 자신이 입은 손해에는 배상을, 자기 동료시민을 위해 장래의 안전을 확보해 주는 것이 이 세상에 대한 자신의 의무라고 생각했다.

그는 콜하젠뷔르크에 도착하자마자 충실한 아내 리스베트를 껴안고, 자신의 무릎에서 기뻐 어쩔 줄 모르는 아이들에게 입맞춤을 하고서 즉시 우두머리 하인 헤르제의 일에 대해 물었다. 리스베트가 대답하길, 예, 미하엘 씨. 헤르제! 이 불쌍한 사람은 약 2주일 전에 가련할 정도로 얻어맞고 여기에 도착했음을 상상해 보세요. 사실, 그는 숨도 제대로 쉴 수 없을 만큼 구타당했어요. 우리들은 그를 침대로 데리고 갔는데, 거기서 그는 심하게 피를 토했고, 우리들이 질문을 반복했지만 아무도 알아들을 수 없는 이야기를 했어요. 사람들이 말의 통행을 허락하지 않았기에, 당신이 그를 말과 함께 트롱카의 성에 남아 있게 한 경위를, 그리고 사람들이 그를 수치스럽게 학대하고 성을 떠나도록 강요한 일, 또 그가 말을 데리고 오는 것이 왜 불가능했는가를 말했어요.— 그래요? 콜하스가 외투를 벗으면서 말했다. 이제 그는 다시 건강을 회복했어요? — 그녀는 대답했다. 피를 토할 때까지 반반이었어요. 저는 당신이 그곳에 도착할 때까지 말들을 돌보도록 즉시 한 하인을 트롱카의 성으로 보내드리고자 했습니다. 왜냐하면 헤르제는 언제나 진실하게 보였으며, 또 우리에게 사실은 다른 누구보다도 충실하였기에, 그래서 저에게는 그의 진술이 한 점 의심할 수 없는 많은 증거가 있다는 생각이 들었으며, 그리하여 그가 말들을 다른 방법으로 잃어버렸을 것이라곤 믿지 않았어요. 그런데 그도 저에게 강도의 소굴에 뛰어드는 일은 아무에게서도 기대하지 말라고 하면서 저더러 아무도 희생당하지 않기를 바란다면 말들을 포기하라고 간절히 바랐습니다.— 그럼 그는 아직 침대에 누워 있어요? 라고 넥타이를 풀면서 콜하스는 물었다.— 그는 며칠 전부터 집 주위를 이리 저리 돌아다니고 있어요 라고 그녀가 대답했다. 당신은 헤르제가 말한 것이 모두 옳았다는 것을 곧 알게 될 것입니다 라고 그녀는 말을 계속했다. 그리고 이 사건은 얼마 전부터 트롱카의 성에서 외국인들에게 행해지는 폭행의 하나입니다.— 그것을 내가 먼저 조사해 봐야겠소 라고 콜하스가 대답했다. 리스베트, 그가 일어나 있으면 그를 나에게로 불러주세요! 이 말을 하면서 그는 안락의자에 앉았으며, 그의 아내는 그가 침착해진 것에 대해 매우 기뻐하면서 밖으로 나가, 그 하인을 데리고 왔다.

리스베트가 헤르제를 데리고 방안으로 들어왔을 때, 콜하스는 자네는 트롱카의 성에서 무슨 일을 했나? 하고 물었다. 나는 자네의 행동에 만족할 수 없군.— 그 하인은 이 말을 듣고 창백한 얼굴이 붉게 달아오르면서 한동안 침묵하다가 대답했다. 주인님, 당신 말씀이 옳습니다. 왜냐하면 제가 쫓겨난 그 강도의 소굴에 불을 지르기 위해 제 몸에 지니고 다니던 성냥을 강도의 소굴에서 한 어린이가 우는 소리를 듣고 하느님의 섭리로 엘베 강물에 던져 넣었기 때문입니다. 그리고 하느님의 번개 불이 그 강도의 소굴을 재로 만들지어다! 저는 불을 지르고 싶지 않아요! 라고 생각했습니다.— 콜하스는 깜짝 놀라며, 자네는 왜 트롱카의 성에서 쫓겨났는가? 하고 물었다. 그들은 저를 속였습니다, 주인님. 헤르제는 이마에서 땀을 닦아내면서 대답했다. 지나간 일은 어떻게 바꿀 수 없습니다. 저는 그 말들이 밭일을 하여 죽게 되도록 내버려두지 않았습니다. 그리고 그 말들이 아직도 어려서, 짐마차를 끌지 않았다고 대답했습니다.— 콜하스는 당황한 모습을 감추면서 헤르제가 여기서 말들이 이미 지난 초봄에 잠시 짐마차를 끌었음을 반드시 진실대로 말하지 않아도 좋았다고 대답했다. 그는 말을 이어나갔다. 자네는 그 성에서 일종의 손님이 되어 마침 가을 수확을 신속히 들여놓을 필요가 있었으므로 한 번 또는 여러번 호의를 베풀 수 있었을 텐데.— 주인님, 저도 그렇게 했습니다 라고 헤르제가 말했다. 그들이 저에게 언짢은 얼굴을 하고 있는 동안에 그렇게 하는 일이 그 가라말들을 그다지 상하게 하지 않는다고 생각했습니다. 사흘째 되는 오전에 저는 마구를 채우고 마차 석 대의 곡물을 실어 들였습니다. 가슴이 부풀어올랐던 콜하스는 눈길을 아래로 떨구고 대답했다. 그것에 대해서는 나는 아무것도 듣지 못했다, 헤르제! ― 헤르제는 그것이 사실이었다고 증언했다. 저의 무례함은 제가 말들이 막 점심 죽을 먹자마자 곧바로 다시 멍에를 얹지 않겠다고 한 것이며, 또 성지기와 집사가 말들에게 일을 시키고 사료를 공짜로 먹이고, 당신이 사료 값으로 남겨주신 돈을 제 호주머니에 넣어 두라고 제안했는데, 제가 그들에게 다르게 행동을 하겠다고 대답한 것입니다. 저는 방향을 바꾸어 도망쳤습니다. ― 그런 이유로는 트롱카의 성에서 자네가 쫓겨나지 않았을 것이야! 콜하스가 말했다. ― 물론 아닙니다 라고 하인은 외쳤다. 그것은 사실 불경스런 범죄행위 때문이었습니다. 왜냐하면 그날밤에 트롱카의 성에 온 두 기사의 말이 마구간으로 들어왔으며, 저의 말은 마구간 문에 묶여 있었기 때문입니다. 그리고 스스로 거기에 다른 말들을 묶게 한 성지기의 손에서 가라말들을 빼앗아 어디에 그들을 머물게 할까 하고 제가 물었을 때, 그는 저에게 나무와 판자로 성벽에 붙여 만든 돼지우리를 가리켰습니다.― 자네는 그곳이 말에겐 좋지 않은 우리라고 생각하지 라며 콜하스가 그의 말을 중단시키며, 그것이 마구간이라기보다는 돼지우리와 더 닮았다는 말이지.― 주인님, 그것은 돼지우리였습니다 라고 헤르제가 대답했다. 실제로 또 사실상 돼지늘이 드나느는 돼지우리로 저는 똑바로 서지도 못했습니다. 아마 가라말을 위한 다른 숙소를 발견하지 못했기 때문이겠지 라고 콜하스가 대답했다. 기사들의 말이 어느 정도 우선권이 있었겠지. ― 그 장소는 좁습니다 라고 하인은 목소리를 낮추면서 대답했다. 그때 모두 합쳐 일곱 기사들이 성에서 숙소를 잡았습니다. 만약 당신이 계셨더라면, 말들의 자리를 약간 좁혔을 텐데요. 저는 마을에 가서 마구간을 하나 빌리고자 했습니다. 그런데 성지기가 대답하길, 그 말들을 자기 눈에 드는 곳에 두지 않으면 안 된다고 했습니다. 그리고 저는 그들을 성에서 데려가야만 한다고 감히 말씀드리지 못했습니다.— 그래! 콜하스는 말했다. 그래서 자네는 어떻게 했나?— 왜냐하면 집사가 두 손님이 하루 묵고 다음날 아침 계속 말을 타고 갈 것이라고 말했기 때문에 저는 그 말들을 돼지우리에 넣었어요. 그러나 다음날은 그런 일도 생기지도 않고 지나갔습니다. 그리고 사흘째 날이 밝자, 손님들은 아직도 성에서 2-3주 더 묵게 된다고 저는 들었습니다.— 결국, 헤르제, 돼지우리는 자네가 맨처음 살펴보았을 때 생각했던 것만큼 그렇게 나쁜 것은 아니었지 라고 콜하스가 말했다. — 그건 사실입니다 라고 헤르제가 대답했다. 제가 그 자리를 약간 청소했기 때문에 그것은 그렇게 나쁘지 않았어요. 저는 하녀에게 1그로셴을 주고 돼지들을 다른 곳에 가둬두도록 했어요. 그리고 저는 낮 동안 말들이 곧게 설 수 있도록, 지붕 위 널판자를 아침 동틀 때에 횡목에서 떼었다가 저녁에 다시 놓는 일을 했습니다. 말들은 마치 거위처럼 지붕에서 밖으로 엿보았어요. 그리고는 콜하젠뷔르크나보다 더 좋은 곳이 어디 있나 하고 이리저리 쳐다보았어요.— 자, 그럼 도대체 왜 사람들이 자네를 내

쫓았는가? 라고 콜하스는 물었다.— 주인님, 제가 당신에게 말씀드리지요. 그 하인이 대답했다. 그들은 저를 없애버리고자 했기 때문이죠. 왜냐하면 제가 거기 있는 동안에는, 그들이 말들을 죽도록 부려먹을 수가 없었기 때문입니다. 성안에서든 하인 방에서든 어디서든지 그들은 저에게 얼굴을 찡그렸으나, 저는 너희들이 턱뼈가 빠져나갈 때까지 지껄여도 좋다고 생각하고 있자, 그들은 우격다짐으로 트집잡고 저를 성에서 밖으로 내쫓았습니다.— 그런데 이유가 뭐니? 콜하스가 외쳤다. 그들은 틀림없이 어떤 이유를 가지고 있었을 거야! — 물론입니다, 헤르제가 대답하기를, 아주 적절한 이유를 가졌습니다. 저는 둘쨋날 저녁에 돼지우리 안에 몰아 넣어 더러워진 말들을 꺼내어, 세마장으로 데려가려고 했습니다. 제가 막 성문 아래에 가서 방향을 바꾸려 할 때, 성지기와 집사가 하인과 개를 데리고 몽둥이를 들고서, 하인의 방으로부터 저를 뒤쫓고 있음을 들었습니다. 멈춰라, 도둑놈아! 라고 소리쳤습니다. 멈춰라 깡패야! 마치 그들은 신들린 것처럼 그랬지요. 성문지기가 저의 길을 막아섰습니다. 저는 그와 저에게로 돌진하며 미쳐 날뛰는 무리들에게 무슨 일이냐? 고 물었습니다. 성지기는 무슨 일이라니? 라고 반문했습니다. 그는 제 두 가라말의 고삐를 잡았습니다. 너는 말을 데리고 어디로 가느냐? 라고 물었으며, 제 가슴을 움켜잡았습니다. 제가 어디로 가는지를 말하겠어요. 빌어먹을! 세마장으로 말을 몰고 가렵니다. 당신은 제가 도망간다고 생각하십니까? 세마장으로? 성지기가 외쳤다. 나는 악한인 네놈에게 큰길에서 콜하젠뷔르크로 수영해 가는 것을 가르쳐 주겠어! 라고 말하면서 저의 다리를 잡고 있던 집사와 함께 저를 말 등에서 진흙 속으로 죽을 정도로 세게 내동댕이쳤습니다. 살인자다! 제기랄! 저는 외쳤습니다. 말 가슴 띠와 안장 덮개, 그리고 저의 빨래 한 뭉치가 마구간에 있습니다. 그러나 집사가 말들을 데려가는 사이에, 성지기와 하인들이 발로 저를 짓밟고 채찍 및 매로써 제가 반쯤 죽도록 때리고 성문 밖에 내버렸습니다. 그리고 그때 저는 강도야! 라고 말했어요. 내 말들을 어디로 데려가는가? 그리고 저를 일으켜 세우더니, 성에서 떠나라! 라고 성지기가 말했으며, 카이저 개를 부추겨! 사냥개를 부추겨! 스피츠를 부추겨라! 라는 소리가 들렸습니다. 그리고 열두 마리 이상의 개들이 저에게로 달려들었어요. 그리하여 저는 울타리에서 뭔가를 떼어내어, 잘 기억하지 못하지만 말뚝인 듯한데, 휘둘러서 개 세 마리를 제 발 밑에 죽여 넘어뜨렸습니다. 그런데 제가 개한테 물려 매우 아팠기 때문에 물러서지 않으면 안 되었을 때, 휘파람 소리가 들렸습니다. '히——워!' 개들은 종종걸음으로 성안으로 들어갔고 성문이 꽝 닫혔으며 빗장이 잠겼습니다. 그리고 저는 기절하여 길바닥에 주저앉았습니다. 얼굴이 창백해진 콜하스는 짐짓 신중한 체하며 물었다. 헤르제, 자네는 진실로 도망치고 싶지 않았나? 헤르제가 얼굴이 짙게 붉어지면서 땅바닥을 유심히 쳐다보았다. 말 장수는 말하길, 고백해라, 돼지우리가 네 마음에 들지 않았지. 그리고 콜하젠뷔르크의 마구간이 얼마나 좋은지를 생각했지.— 천만의 말씀입니다! 헤르제가 외쳤다. 말 가슴 띠와 안장 덮개, 그리고 한 뭉치의 빨래를 제가 돼지우리에 남겨 두었습니다. 빨간 비단 수건에 싸서 말구유 뒤에 숨겨둔 3굴덴을 가지고 돌아오지 않았겠습니까? 아, 분통이 터집니다. 유감입니다! 당신께서 그런 말씀을 하신다면 저는 곧 제가 던져버린 성냥에 다시 불을 붙이고 싶습니다. 아니, 걱정하지마! 말장수는 말했다. 사실 나쁜 뜻으로 말한 것은 아니었어! 보라, 나는 자네가 말한 것을 모두 믿는다. 그리고 그것이 일반의 화제가 된다면 내 스스로 그 진실을 증명할 계획이란다. 모처럼 일해서 받은 대가가 좋지 않아서 유감스럽다. 자 침대로 가거라, 헤르제, 포도주 한 병을 가져오게 하여 마시고 너 자신을 위로해라. 공정한 보상이 반드시 네게 주어질 것이다! 그러면서 그는 일어서서 우두머리 하인이 돼지우리에 남겨 둔 물건의 목록을 대강 적어 두었다. 그리고 그 가격을 각각 매겨 두었다. 또 그에게 치료비로 견적한 비용이 얼마인지를 물었으며, 다시 한 번 악수한 뒤 그를 물러가게 했다.

그리고 나서 그는 자기 아내인 리스베트에 지금까지 일어난 모든 사건의 자초지종을 이야기하고 사직당국에 고소할 결심을 했다고 설명했으며, 아내가 자신의 계획을 충심으로 격려해 주는 것을 보고 기뻤다. 왜냐하면 그녀는, 그보다 더 인내심이 없는 많은 다른 여행자들은 아마도 저 성을 지나왔는지는 모르지만, 이 같은 무법(無法)을 제지시키는 일은 하느님의 뜻에 따르는 일이라고 하며, 그녀 자신도 그가 소송을 진행할 때 드는 비용을 마련해 드리겠다고 말했기 때문이다. 콜하스는 그녀를 장한 아내라고 불렀고, 그날과 다음날은 아내와 아이들과 함께 매우 행복하게 지냈으며, 자기 일이 허락하는 한 빨리 법정에 고소를 제출하기 위해 드레스덴으로 출발했다.

여기서 그는 아는 법학자의 도움으로, 융커 벤쩰 폰 트롱카가 자기와 자기 하인 헤르제에게 가한 폭행의 세세한 것을 적은 고소장을 작성했으며, 그것을 법정에 제출하여 법에 따라 그를 처벌하고, 말들을 원래의 상태로 회복시키며 자기뿐 아니라 자기 하인이 입은 손해를 배상하라고 요구했다. 송사는 사실상 아주 명백한 것이었다. 말들이 불법적으로 억류되었다는 사정이 다른 모든 것에도 결정적으로 빛을 던졌다. 만약 그 말들이 단순한 재난에 의해 병이 들었다고 가정하더라도, 그들을 원래의 건강한 상태로 돌려달라는 말 장수의 요구는 정당한 것이 될 텐데. 콜하스가 수도에서 주변을 둘러보니 자신의 사건을 힘차게 지지하겠다고 약속하는 친구들이 결코 없었던 것은 아니다. 그는 말 장사를 크게 했으므로 그 지방에서 가장 중요한 사람들과 잘 알고 지냈으며, 성실한 장사 태도에 힘입어서 그들에게서 호의적인 대접을 받았다. 그는 저명한 자기 변호사와 함께 여러번 식사를 했다. 그리고 소송비용으로 쓰라고 그에게 상당한 금액의 돈을 넘겨주었다. 몇 주일 후 그 소송의 결과에 대해 완전히 안심하면서 아내 리스베트가 있는 콜하젠뷔르크로 돌아갔다. 그럼에도 불구하고 몇 달이 지나가고 거의 1년이 다 가도록 그가 제기한 소송에 대해 작센으로부터 최종적인 결정은커녕 공식적인 통지도 받지 못했다. 그가 재판소에 몇 번 더 청원을 하고 나서, 자기 변호사에게 은밀히 편지를 보내어 왜 이렇게 늦어지는가를 물은 결과, 소송은 높은 데에서 온 비밀지시에 의해 드레스덴 법정에서 완전히 기각된 것을 알았다.— 그 이유가 무엇인지에 대해 의아해하는 말 장수의 편지에 대해 변호사가 대답했다. 융커 벤쩰 폰 트롱카는 두 젊은 귀족 힌쯔 폰 트롱카와 쿤츠 폰 트롱카의 친척이었고, 그들 중 한 사람은 선제후의 헌작시종(獻酌侍從)이고, 또 다른 한 사람은 선제후의 시종이었다.— 변호사는 콜하스에게, 소송에 더 이상의 수고를 하지 말고, 트롱카의 성에 남아 있는 말들을 되찾도록 해보라고 충고했다. 그리고 현재 수도에 머물고 있는 융커는 자기 부하들에게 말들을 콜하스에게 넘겨주도록 명령을 내린 듯하다고 그를 이해시켰다. 그리고 콜하스가 여기에 만족하지 않으면 최소한 자기에게 이 사건에 관한 한 더 이상의 부탁을 하지 말라고 요청하면서 편지를 끝맺었다.

이 시기에 콜하스는 콜하젠뷔르크가 그 관할구역의 하나인 브란덴부르크에 체재하고 있었는데, 시장 하인리히 폰 고이자우는 그 시에 주어진 상당한 자본으로써

병들고 가난한 자를 위한 자선시설을 설립하는데 바빴다. 특히 그는 부근 어느 마을에는 지하에서 솟는 광천이 하나 있는데, 그것은 실제로 효험이 있다고 증명된 것 이상으로 효력이 있을 것이라고 사람들이 기대하므로, 질병 있는 자를 위해 우물에 지붕을 하고 울타리 시설을 하는데 진력했다. 시장은 선제후의 궁중에 잠시 머물고 있는 동안에 콜하스와 자주 왕래를 했으므로 그를 잘 알고 있었다. 그래서 시장은 트롱카 성의 저 불행한 날 이후 숨쉴 때 가슴에 통증을 갖게 된 우두머리 하인인 헤르제에게, 보잘것없는 지붕과 울타리를 설치한 우물의 효험을 시험해 보라고 허락했다. 마침 콜하스가 헤르제를 들어가게 했던 우물가에 시장이 지시를 내리려고 와 있을 때, 콜하스는 아내가 보낸 사자(使者)로부터 자신을 낙담시키는 드레스덴 변호사의 편지를 건네 받았다. 시장은 그 사이에 의사와 상의를 하다가, 콜하스가 이제 막 받아 개봉한 편지에 눈물을 흘리는 것을 알아채고는, 그에게 다가가서 친절하고 마음에서 우러나는 방법으로 무슨 불행한 일이 생겼느냐고 물었다. 말 장수는 아무 대답도 없이 그에게 편지를 건네 주자 이 위엄 있는 분은 트롱카 성에서 사람들이 말 장수에게 행한 끔찍한 부정과, 그 때문에 헤르제가 불치의 병을 얻어 현재 우물에 와 있음을 알게 되었고, 그의 어깨를 두드리며 용기를 잃지 말라고 하면서 자신이 만족을 얻도록 도와주겠다고 말했다. 그날 저녁에 말 장수는 시장의 명령에 따라 시장 관저로 찾아가니, 시장은 일어난 사건을 간단히 설명하는 탄원서에 변호사의 편지를 동봉하여 브란덴부르크의 선제후에게 제출하여, 작센 구역에서 입은 폭행에 대해 선제후의 보호를 요청하라고 충고했다. 그러면서 그는 이미 준비한 별도의 소포 속에 탄원서를 넣어 선제후의 손에 넘겨주겠다고 약속했다. 선제후는 사정이 허락하면 그를 대신하여 그것을 틀림없이 작센 선제후에게 제출한다고 했다. 저 융커와 그 일당의 술책에도 불구하고 드레스덴 법정에서 정의를 회복하는 데는 이 정도의 절차만 밟으면 충분하다고 했다. 콜하스는 크게 기뻐하며, 늘 변함없는 친절을 보여준 데 대해 충심으로 시장에게 감사했다. 그리고 그가 드레스덴에서 아무런 조치를 취하지 않고 자기 사건을 즉시 베를린에 계류시킨 것은 참으로 유감이라고 말했다. 그리고 나서 그는 시 법원 사무국에 가서 규정대로 소원(訴願)을 작성하여 시장에게 넘겨주었으며, 사건의 결말에 대해서 이전보다도 더 안심하고 콜하젠뷔르크로 돌아왔다. 몇 주일 후 그는 시장의 사무를 보기 위해 포츠담으로 간 법관을 통해 선제후가 그 탄원서를 자기 재상(宰相)인 칼하임 백작에게 넘겨주었다는 것과, 칼하임 백작은 드레스덴 법정에 폭행의 수사와 처벌을 요청하는 것이 당연한데도 그렇게 하지 않고 상세한 정보를 폰 트롱카 융커에게 미리 넘겨주었다는 것을 듣고 마음이 괴로웠다. 콜하스의 집 앞에 마차를 탄 채 멈춰선 법관은, 이 소식을 말 장수에게 전해주라는 부탁을 받은 듯이 보였지만, 왜 사람들이 그렇게 행동했는가 하는 곤란한 문제에 대해서는 만족스런 답을 줄 수 없었다. 그는 또 거기에 덧붙여서, 시장은 콜하스에게 참으라는 말을 전하더라고 했다. 그는 급하게 여행을 계속하지 않으면 안 되는 듯이 보였다. 그리고 짧은 면담이 끝날 무렵에 비로소 콜하스는 두서너 마디 주고받은 말꼬리에서 칼하임 백작이 폰 트롱카 일가(一家)의 사람과 인척관계에 있다는 사실을 알아챌 수 있었다.

콜하스는 자기 말의 사육에서도, 집에서도, 농장에서도 그리고 또 아내와 아이들에게서도 모두 기쁨을 얻을 수 없었으며, 오로지 희미하게 장래를 예감하면서 다음 달을 기다리고 있었다. 그리고 그가 기대했던 대로, 이 무렵 온천을 하여 어느 정도 나아진 헤르제가 긴 결재 서류가 첨부된 시장의 편지를 갖고 브란덴부르크에서 돌아왔다. 그 편지 내용은 다음과 같다. 그는 콜하스의 이 사건에 아무것도 할 수 없어서 유감스럽다는 것이다. 그는 콜하스에게 내려진 내각의 결정을 보내주고, 그가 트롱카의 성에 남겨둔 말들을 다시 데려가라고 하며, 사건을 조용히 끝내라고 충고했다.— 이 결정은 이렇다. "드레스덴 법원의 보고에 의하면 그는 소송을 일삼는 사람이고, 융커는 그가 맡겨둔 말들을 결코 붙잡아 두지 않았으므로 그는 성으로 사람을 보내 말들을 데려가게 하거나 최소한 융커에게 말들을 보낼 곳을 알려야 했다. 그러나 어쨌든 그는 그런 잔소리와 불평으로 내각을 괴롭히지 마라." 콜하스에게는 말이 문제가 되지 않았으므로 — 그것이 두 마리의 개라고 하더라도 그는 똑같은 고통을 느꼈을 것이다. — 콜하스는 이 편지를 받았을 때에 격노했다. 그는 마당에서 나는 소리를 들을 때마다, 지금까지 경험한 적이 없는 초조한 감정으로 혹시 융커의 부하들이 나타나 자기에게 용서를 빌고 굶겨 쇠약하고 여윈 말들을 되돌려줄 것을 기대하며 문 쪽을 쳐다보았다. 그러나 이것은 비록 세상 일을 잘 아는 자기 마음도 그런 일이 일어나리라고는 전혀 기대할 수 없는 유일한 경우일 것이다. 그러나 잠시 후 그는 그 길을 여행한 어느 아는 사람으로부터 트롱카의 성에 남겨둔 말들이 예나 지금이나 마찬가지로 밭에서 융커의 다른 말들처럼 이용되었다는 것을 들었다. 그리고 그는 이 세계가 끔찍한 무질서 속에 있음을 알고 고통스러워하면서도, 이제 자기 가슴속에 질서를 발견하고 내심 만족하여 어깨를 으쓱했다. 콜하스는 자기 이웃이고 오랫동안 자기와 경계를 이루는 땅을 사들여 재산을 넓히려는 계획을 가진 한 장원 관리인을 불러, 손님이 옆자리에 앉은 후, 브란덴부르크와 작센에 소유하고 있는 집과 농장, 부동산 또는 다른 것들을 모두 합쳐, 얼마에 사려고 하는지 물었다. 아내 리스베트는 이 말을 듣고 얼굴이 창백해졌다. 그녀는 몸을 돌리며 뒷마당에서 놀고 있던 막내아들을 끌어올리고는, 살인이라도 할 듯한 눈길로 엄마의 목수건을 만지작거리던 어린아이의 뺨과, 손에 서류를 들고 있던 말 장수를 쳐다보았다. 장원 관리인은 의아해하며 그를 쳐다보고 왜 갑자기 그런 이상한 생각을 갖게 되었느냐고 물었다. 이에 대해 콜하스는 될 수 있는 한 명랑하게, 하벨 강가에 있는 자신의 농장을 팔 생각은 전혀 새로운 것이 아니다 라고 대답했다. 그들 두 사람은 이미 이것에 대해 종종 의논을 했다. 드레스덴 교외의 자신의 집은 그것과 비교해 보면 고려할 필요조차 없는 단순한 부속물이다. 간단히 말해서, 만약 그가 두 재산을 모두 인수해 주겠다면, 그는 언제라도 그에 따른 계약을 체결할 준비가 되어 있다는 것이다. 그는 약간 억지 농담을 하면서 콜하젠뷔르크는 전세계가 아니라고 덧붙였다. 인생에 목적이 있을 수 있다는 것과 좋은 가장으로 가사를 잘 돌보는 것을 비교하면, 후자가 부수적이고 중요하지 않은 것이다. 간단히 말해서, 콜하스는 자기 영혼이 최상의 것에 목표를 두고 있다고 그에게 말하지 않으면 안 되었고, 그것에 대한 소식을 곧 듣게 될 것이라고 했다. 이 말을 듣고 안심한 장원 관리인은, 아이에게 여러번 입맞춤을 하던 콜하스의 부인에게 농담조로 말했다. 그는 즉시 지불받기를 원하지 않지요? 그는 무릎 사이에 가지고 있던 모자와 지팡이를 탁자 위에 놓고 말 장수가 손에 쥐고 있던 서류를 받아 훑어보았다. 콜하스는 그에게 더 가까이 다가가면서 그것은 자기가 작성한 임시매매계약서이며 4주 후에 무효가 된다고 설명했다. 그리고 거기에는 서명, 실제 매매 가격뿐만 아니라, 계약취소, 말하자면 팔 사람이 4주일 이내에 계약을 취소하는 경우에 감수해야만 하는 배상금의 금액만 기입하면 된다는 것을 지적했으며, 쾌활하게 자기는 턱없이 높은 가격을 요구하지도 않고 번거롭게 하고 싶지도 않다고 안심시키면서 그 값을 매겨보라고 다시 한 번 요구했다. 아내는 방에서 이리저리 왔다갔다했다. 그녀의 가슴은 아이가 꼭 끌어당긴 목수건이 자기 어깨에서 떨어지려고 할 때처럼 놀라 두근거렸다. 장원 관리인이 드레스덴에 있는 재산의 가치를 결코 산정할 수 없다고 말하자, 콜하스는 그것을 구입할 때에 주고받았던 서류를 밀어 내주면서, 서류에 의하면 그가 그것을 거의 1.5배 정도의 값으로 산 것이 명백하지만, 100굴덴으로 견적한다고 대답했다. 장원 관리인은 그 매매계약서를 한 번 더 훑어보았으며, 특별히, 자신에게 계약을 취소할 수 있는 자유가 있음을 알고서 이미 반쯤 살 결심을 하고, 자신은 그 집 마구간에 있을 종마(種馬)들을 필요로 하지 않는다고 말했다. 콜하스도 말들을 헐값으로 팔고 싶지 않고, 또 무기고에 걸려 있는 몇몇의 무기들도 자신이 간직하고 싶다고 대답하사, 장원 관리인은 우물쭈물하다가 마침내 그가 얼마 전에 산보를 하면서 한 번 진담 반 농담 반 불렀던, 재산의 가치와는 전혀 어울리지 않는 값을 다시 반복했다. 콜하스는 그에게 글을 쓰도록 잉크와 펜을 건네주었다. 장원 관리인은 귀를 의심하면서 콜하스에게 그것이 진심이냐고 다시 한 번 더 물었다. 그리고 말 장수는 약간 신경질적으로, 내가 당신과 농담한다고 생각하느냐고 말했다. 그리하여 장원 관리인은 미심쩍은 얼굴로

펜을 잡고 서명을 했다. 그런데 그는 매도자가 거래를 후회하는 경우의 위약금에 관한 조항을 빗금을 그어 지웠다. 그는 콜하스한테서 결코 사고 싶지 않은 드레스덴의 토지를 저당잡힌 후 그에게 금화 100굴덴을 빌려 주겠다고 약속하고 또 2개월 이내에 다시 거래를 취소할 완전한 자유를 허락했다. 이 조치에 감동을 받은 말장수는 그의 손을 다정하게 잡았고, 그들의 중요한 조건인 매매가격을 4등분하여 1/4은 틀림없이 즉시 현금으로, 나머지는 3개월 내에 매도자의 함부르크 은행계좌에 넣어야 한다는 주요 매매 조건에 합의한 후, 콜하스는 잘 성사된 거래를 축하하기 위해 포도주를 가져오라고 소리쳤다. 그는 술병을 들고 오던 하녀에게, 하인 슈테른발트로 하여금 자신의 적갈색 말에 안장을 얹게 하라고 말했다. 그는 볼일이 있어 수도에 말을 타고 가지 않으면 안 된다고 말했다. 그리고 머지않아 그가 돌아오면, 지금은 비밀로 해야만 하는 것에 대해 탁 털어놓고 말해 주겠다고 암시했다. 그리고 그는 술잔에 술을 따르면서, 마침 그때 서로 싸우고 있던 폴란드 사람과 터키 사람에 관해서 물었다.(역주: 지그문트 1세 (1506-48) 통치시절 있은 폴란드와 터키의 전쟁을 말함. 물론 그 대립은 이미 15세기 중유럽으로 터키가 침공함으로써 시작됨) 장원 관리인으로 하여금 그것에 관해서 여러 가지 정치적인 억측을 자아내게 하고는 마침내 다시 한 번 그들 거래의 성공을 축하하는 건배를 하고, 그를 떠나가게 했다.— 장원 관리인이 방에서 나갔을 때에, 리스베트는 남편 앞에 무릎 꿇고 앉았다. 만약 당신이 저와 제가 당신에게 낳아준 아이들을 조금이라도 사랑한다면 무슨 이유에서인지는 모르지만 당신의 마음에서 우리들이 아직 쫓겨나지 않았다면, 이 끔찍한 조치들이 무엇을 의미하는지 말해주세요! 라고 외쳤다. 콜하스는 대답했다. 사랑스런 아내여, 걱정할 정도의 일은 아직 아무것도 없소. 나는 융커 벤쩰 폰 트롱카를 고소한 내 송사가 하찮은 싸움이라는 결정을 받았소. 그리고 여기에는 틀림없이 오해가 존재하는 것이오. 그래서 나는 다시 한 번 직접 군주에게 고소를 제기할 것을 결심했소.— 왜 당신은 집을 팔려고 합니까? 라고 그녀가 당황한 모습으로 일어서면서 외쳤다. 말장수는 그녀를 부드럽게 자기 가슴에 끌어당기며 대답했다. 사랑하는 리스베트, 나는 사람들이 내 권리를 보호해 주지 않는 나라에서는 살고 싶지 않기 때문이오. 나는 사람으로서 발길에 짓밟히느니, 차라리 개가 되겠소! 내 아내도 나와 같이 생각해 주리라 확신해요.—당신은 사람들이 당신의 권리를 지켜주지 않는다는 것을 어떻게 알았습니까? 아내는 격하게 물었다. 만약 당신이 겸손하게, 당연히 그렇게 해야 되지만, 군주에게 당신의 탄원서를 가지고 갔을 때, 그것이 기각되거나, 그분이 당신의 말을 들으려 하지 않으실 줄 어떻게 아십니까? — 자아, 콜하스는 대답했다. 만약 내 걱정이 근거가 없다면 내 집은 팔리지 않았을 거요. 내가 알기로는 군주도 공정하시므로, 만약 그분을 에워싸고 있는 사람들을 뚫고 들어가서 직접 어전에 나아가 사건의 옳고 그름을 아뢰면, 1주일 이내에 내 권리를 찾고 기쁜 마음으로 당신과 내 예전의 장사로 되돌아올 수 있을 것을 의심치 않소. 그는 그녀에게 키스를 하면서 덧붙였다. 내 삶이 다할 때까지 당신 곁에 머물겠어요! 계속해서 그는, 어쨌든 나는 최악의 경우를 대비하는 것이 상책이라고 생각해요. 따라서 나는, 될 수 있으면 당신이 잠시 동안 아이들을 데리고 당신의 이모님이 계신 슈베린으로 물러가 있기를 바라오. 더구나 당신은 그 이모님을 오래 전부터 방문하고 싶다고 하지 않았소? — 뭐라고요? 아내가 소리쳤다. 제가 슈베린으로 가야만 한다고요? 어린아이들을 데리고 국경을 넘어 제 이모님이 계신 슈베린으로 가라고요? 그녀는 깜짝 놀라서 거의 말을 잇지 못했다. — 물론이오 라고 콜하스가 대답했다. 그리고 가능하다면, 지금 당장 가시오. 내 송사를 위해 하고자 하는 조치들이 다른 걱정거리로 방해받지 않도록 하기 위해서요. — "아, 그래요. 전 당신을 이해할 수 있어요!" 그녀는 소리쳤다. "당신은 지금 오직 무기와 말만을 필요로 하지요? 그 밖의 것은 누구든지 원하는 사람에게 줄 수도 있다는 말씀이지요!" 그리고 그녀는 돌아서더니 소파 위에 몸을 던지고 울었다. — 콜하스는 당황하여 말했다. 사랑하는 리스베트, 지금 무엇을 하고 있어요? 하느님이 나에게 아내와 아이들과 재산을 주시며 축복해 주셨어요. 내가 오늘 처음으로 그것이 달라졌더라면 하고 바랄까요?

그는 아내에게 다가가서 다정하게 옆에 앉았고 그녀는 이 말에 얼굴이 붉어져 그의 목을 껴안았다.— 말해봐요. 그는 아내 이마의 고수머리를 쓰다듬어 올리면서 말했다. 내가 무슨 일을 해야 좋을까요? 내 소송을 포기할까요? 내가 트롱카의 성으로 가서 기사들에게 나의 말들을 돌려 달라고 말하고, 그 말들을 당신에게 몰고 올까요? — 리스베트는 감히 예! 예! 예! 라고 말하지 못했다.— 그녀는 울면서 머리를 끄덕이고는 남편을 힘껏 잡아당겨, 가슴에 뜨거운 키스를 퍼부었다. "자, 됐어!" 콜하스는 외쳤다. "만약 당신이 내 가업을 계속해 나가기 위해서는, 정당한 보상을 받지 않으면 안 된다고 느낀다면, 이를 얻는데 꼭 필요한 자유를 나에게 주시오!" 그리고 그는 일어서서 적갈색 말에 안장이 놓여졌다고 전하는 하인에게, 내일 아내를 슈베린으로 태워가기 위해 갈색 말에 안장을 준비하라고 말했다. 리스베트는 좋은 생각이 떠올랐다고 말했다. 그녀는 일어나서 눈물을 닦고, 책상에 앉아 있는 남편을 향해, 그 탄원서를 저에게 주시겠어요? 그리고 그 탄원서를 군주에게 건네 드리기 위해, 당신 대신에 저를 베를린으로 보내 주시겠습니까? 하고 물었다. 이 제의에 크게 감동받은 콜하스는 그녀를 자기 무릎에 앉히고 말했다. 사랑하는 아내여, 그것은 아마 불가능할 거요! 그 군주는 여러 겹으로 싸여 있으며, 그에게 가까이 가는 사람은 많은 불쾌한 일들을 만날 것입니다. 리스베트는 대부분의 경우에 남자가 군주에게 다가가는 것보다 여자가 다가가는 것이 더쉽다고 했다. 저에게 그 탄원서를 주세요 라고 거듭해서 말했다. 만약 당신이 군주의 수중에 그 탄원서를 단순히 전하려고만 하신다면, 제가 책임지고 전하겠어요! 콜하스는 그녀의 용기뿐만 아니라 현명함을 많이 시험해 보았기에 그것을 어떻게 처리할 생각인지 물어보았다. 그러자 그녀는 부끄러워서 아래쪽을 쳐다보고 대답했다. 일찍이 선제후 궁정의 집사는 슈베린에서 근무할 당시 그녀에게 구혼한 적이 있는데, 물론 현재 그는 결혼하여 아이들이 있지만, 아직도 그녀를 완전히 잊어버리지 않았다는 것이다.— 간단히 말해서, 상세히 설명하기에는 너무 번거로운 이런 저런 상황들을 잘 이용할 수 있도록 그것을 자기에게 위임해 주기를 바란다고 말했다. 콜하스는 기쁘게 그녀에게 키스를 하며, 그 제안을 받아들인다고 말하고, 군주의 궁정에 들어가려면 그저 그 집사의 부인 곁에서 지내기만 하면 된다고 가르쳐 주었고, 그녀에게 탄원서를 주면서, 갈색 말에 안장을 얹게 하여 그녀를 태워 자신의 가장 충실한 하인 슈테른발트를 딸려 출발시켰다.

이 여행이 그가 이 소송사건에서 행한 아무 성과 없는 조치들 중에서 가장 불행한 일이었다. 왜냐하면, 며칠 후에 슈테른발트가 집으로 천천히 마차를 끌고 돌아왔는데, 그 마차 안에는 아내가 가슴에 위험한 타박상을 입고 쓰러져 있었기 때문이다. 콜하스는 창백한 얼굴로 마차로 다가갔으나 이 불행한 사건이 왜 일어났는지 알 수 없었다. 하인의 말에 따르면, 궁정 집사는 집에 없었다. 따라서 그들은 부득이 궁(宮) 근처의 여관에 여장을 풀어야만 했었다. 다음날 아침에 리스베트는 이 여관을 떠났다. 그리고 하인에게 말들 곁에 머물도록 지시했다. 저녁때 이미 그녀는 이 상태로 돌아왔다는 것이다. 그녀는 군주에게로 대담하게 돌진했으며, 그 군주의 잘못이 아니고, 그를 에워싼 한 경호원의 지나친 열정에 의해 창자루로 앞가슴에 타격을 입었던 것이다. 적어도 그것은 의식 불명의 상태인 그녀를 저녁무렵에 여관으로 들고 온 사람들이 보고한 것이다. 그 이유는 그녀의 입에서 흐르는 피 때문에 거의 말을하지 못했기 때문이었다. 그 후 한 기사(騎士)가 그녀에게서 탄원서를 빼앗아갔다. 슈테른발트는 즉시 말을 타고 가서, 주인에게 이 불행한 사고를 보고하려고 했으나, 소환된 외과의사의 반대에도 불구하고, 그녀는 이를 콜하젠뷔르크의 남편에게 사전에 보고하지 말고 말에 태워 간 것을 주장했다. 콜하스는 여행에서 거의 죽게 된 아내를 침대로 데려갔고, 그녀는 고통스럽게 숨을 헐떡거리며 며칠 더 살았다. 사람들은 그녀의 의식을 회복시켜 일어난 사건에 대한 몇 가지 해명을 얻으려고 노력했으나 허사였다. 그녀는 이미 한 곳에 힘없는 눈길을 고정하고 누워 있었으며, 아무 대답도 하지 않았다. 난지 그녀가 죽기 직전 한 번 의식이 돌아왔다. 왜냐하면 루터 파(그 당시 번성하던 신교 종파로서 자기 남편을 따라 그녀도 귀의했다)의 한 목사가 그녀의 침대 곁에 서서, 매우 크고 감동적인 목소리로 성서의 한 장을 읽어 주었기 때문이었다. 그러자 그녀는 갑자기 언짢은 표정으로 목사를 쳐다보고는, 마치 성서를 읽을 필요가 없다는 듯이, 그의 손에서 성서를 빼앗아 여러 장을 넘겼으며, 그 속에서 무슨 글귀를 찾는 듯이 보였다. 그리고 침대 가에 앉아 있는 콜하스에게 집게손가락으로 구절을 가리켰다. "당신의 원수를 용서하시오. 당신을 미워하는 사람들을 좋게 대하시오." 그때 그녀는 매우 깊은 정이 넘치는 눈길을 하면서 그의 손을 꼭 누르고는 죽었다.― 콜하스는 '내가 융커를 용서하듯이 하느님이 나를 용서하시지 않는구나!' 라고 생각하면서 하염없이 눈물을 흘리며, 그녀에게 키스를 하고 눈을 감겨주었다. 그리고는 방을 나갔다. 그는 이미 장원 관리인이 드레스덴에 있는 마구간의 대가로 보낸 금화 100굴덴을 가지고 아내를 위한다기보다는 왕비에게 어울리는 듯한 장례를 준비했다. 참나무 관에 쇠를 강하게 박고, 금색 은색 술을 단 비단 베개, 산에서 그대로 캔 막돌과 석회를 8엘레(역주: 독일의 옛 치수 이름. 1엘레는 약 66센티미터임) 정도의 깊이 있는 무덤에 채웠다. 그는 막내아이를 팔에 안고 묘 가에 서서 작업하는 것을 직접 지켜보았다. 장례일이 되었을 때, 그는 눈처럼 흰 시체를 검은 커튼으로 장식한 홀에 올려놓았다. 목사가 그녀의 관 대(棺臺) 옆에서 슬픈 고별사를 마쳤을 때, 마침 고인이 제소한 탄원서에 대해 군주가 내린 결정서가 그에게 배달되었다. 그 내용은, 그는 말들을 트롱카의 성에서 몰고 가야 하며 이 사건을 더 이상 제기해서는 안 되며, 이를 어길 경우 벌로 감옥에 들어간 다는 것이었다. 콜하스는 그 편지를 호주머니에 접어 넣고는, 관을 마차로 실어가게 했다. 봉분이 만들어지 자마자 그 위에 십자가가 세워지고, 장례에 참석했던 손님들은 모두 떠나갔다. 그리고 그는 다시 한 번 더 아내의 텅 빈 침대에 몸을 던지고 즉시 복수의 일을 시 작했다. 그는 앉아서 한 장의 판결문을 작성했다. 즉, 나는 태어날 때부터 가진 권위로서 융커 벤쩰 폰 트롱 카를 단죄하는데, 네가 나에게서 빼앗아간 말들을 밭에 서 일을 시켜 멸망시켰으므로, 이 판결문을 본 후 3일 이내에 콜하젠뷔르크로 끌고 올 것이며, 직접 나의 마 구간에서 살찌워야 한다. 그는 이 판결문을 말을 탄 파 발꾼을 통해 융커에게 보냈다. 그는 그 파발꾼에게 서 류를 건네주고 난 즉시 콜하젠뷔르크의 자기에게로 돌 아오라고 지시했다. 그러나 사흘이 지나도 말들이 돌아 오지 않자 그는 헤르제를 불러, 자기는 그 말들을 살찌 우라고 융커에게 명령했다고 털어놓고, 그에게 두 가지 문제를 물었다. 그가 자기를 따라 트롱카의 성으로 가 서 융커를 데리고 올 수 있는지? 그리고 강제로 끌려 온 융커가 콜하젠뷔르크의 마구간에서 판결의 실행을 게을리 하면 그를 회초리로 때릴 수 있는지? 헤브제는 이 말을 이해하자마자 "주인님, 오늘 당장에 합시다!" 라고 환호하면서 모자를 공중 높이 던지고 그 놈에게 회초리의 쓴맛을 가르치기 위해 빨리 열 개의 혹 마디 가 있는 가죽 회초리를 엮게 하겠습니다 라고 대답했다. 그래서 콜하스는 집을 팔고, 아이들을 마차에 태워 국경 너머로 보냈다. 밤이 되자 모두 순금처럼 충실한 일곱 명의 다른 하인들을 불러모아 그들에게 무기와 말을 주고 트롱카의 성으로 출발시켰다.

그는 이 작은 무리들을 데리고 사흘째 저녁 어스름이 들 무렵, 문 밑에서 이야기를 하고 있던 국경 경비병과 성문 경비병을 쓰러뜨리고 성안으로 쳐들어갔다. 한편, 그들이 불을 붙여 성의 모든 막사에서 불길이 타오르는 동안에, 헤르제는 나사처럼 생긴 계단을 올라 성지기 집의 탑으로 달려갔다. 그리하여 반쯤 옷을 벗고 카드놀이를 하던 성지기와 집사를 칼로 찌르고 베어서 쓰러뜨렸으며, 콜하스는 융커 벤쩰 폰 트롱카의 성안으로 돌진해 갔다. 마치 재판의 천사가 하늘에서 내려온 듯했다. 때마침 크게 웃으면서 곁에 있는 젊은 친구들에게 말 장수가 보내준 판결문을 읽어주고 있던 융커는, 그 말 장수의 목소리를 성 마당에서 듣자마자 갑자기 얼굴이 시체처럼 창백해져 동료들에게 소리쳤다. 자, 모두들 도망가자! 그리고는 사라졌다. 콜하스는 홀에 들어갈 때에 그에게로 다가오는 한스 폰 트롱카라는 융커의 가슴을 움켜잡고 돌에 부딪쳐서 뇌수가 터져 나올 정도로 세게 홀의 모서리에 내던졌다. 하인들이 무기를 들고 있던 다른 기사들을 쳐부수어 뿔뿔이 흩어지게 하는 사이에, 그는 융커 벤쩰 폰 트롱카는 어디에 있느냐고 물었다. 그는 기절한 사람들이 아무것도 모른다는 것을 알고 성의 곁채로 나가는 두 방의 문들을 발로 차서 부수었다. 그리고 큰 건물을 왔다갔다하며 찾아보았지만 아무도 발견할 수 없었다. 그래서 그는 저주하면서, 출구를 차지하기 위해 성 마당에 내려갔다. 그 사이에 병사들의 막사로 불이 옮겨 붙어, 이제는 그 성과 여러 곁채가 함께 하늘 높이 큰 연기를 뿜었다. 슈테른발트는 하인 세 명과 함께 들어 옮길 수 있는 것은 모두 노획물로서 말들 가운데로 끌어 모으기에 바빴다. 헤르제는 환호성을 지르며 성지기와 집사의 시체를 그들 부인과 아이들과 함께 성지기 집의 열려진 창문을 통해 밖으로 던졌다. 콜하스가 계단을 내려올 때, 융커의 살림을 맡아온 통풍으로 고생하던 늙은 하녀가 그의 발밑에 엎드렸고, 그는 계단 위에 서서 그녀에게 융커 벤쩰 폰 트롱카가 어디 있느냐고 물었다. 그녀는 약하고 떨리는 목소리로 그가 예배당으로 도망쳤을 것이라고 대답했다. 그는 횃불을 든 두 하인을 불러, 열쇠가 없으니 쇠 지렛대와 도끼로 문을 부수어 열게 했다. 그는 제단과 의자들을 뒤엎었으나, 매우 실망스럽게도 그 융커를 발견하지 못했다. 콜하스가 예배당에서 나가려는 순간 트롱카의 성에 속한 하인들 중의 하나가 급히 달려와 막 불길이 붙으려고 위협하던 큰 돌로 된 마구간에서 융커의 군마(軍馬)를 꺼냈다. 콜하스는 바로 이 순간 짚으로 덮은 작은 헛간에서 자신의 두 가라말을 쳐다보고는, 왜 그 가라말들을 구해내지 않았느냐고 하인에게 물었다. 하인은 마구간 문에 열쇠를 꽂으면서 헛간이 이미 불길에 휩싸여 있었다고 대답했다. 그러자 콜하스는 그 열쇠를 마구간 문에서 뽑아 힘껏 담 너머로 던지고, 보고 있는 사람들의 웃음을 받으며 하인을 칼등으로 찰싹찰싹 치면서 불이 붙고 있는 헛간으로 몰아 가라말들을 구하도록 강요했다. 그 하인은 자기 뒤의 헛간이 무너져 내리기 몇 분 전 창백해진 얼굴로 말들을 손에 잡고 거기서 뛰어 나왔지만 그는 콜하스를 더 이상 찾을 수가 없었다. 그리고 그는 성 광장의 하인들에게로 갔으며, 자기에게 여러번 등을 돌리는 말 장수에게 이 말들을 어떻게 하면 좋은지 물었다. 말 장수는 갑자기, 그를 실제로 밟았더라면 죽을지도 모를 정도로 몸을 흔들며 발을 치켜들고, 그에게 아무 대답도 하지 않고, 갈색 말을 타고 성문 아래에 가서 진을 치고 조용히 날이 새기를 기다렸다. 그 사이에 하인들은 그들이 하던 일을 계속했다.

아침이 밝았을 때 성은 성벽을 제외하고는 모두 불에 타 가라앉아 있었으며, 콜하스와 그의 하인 일곱 사람을 제외하고는 아무도 그 안에 있지 않았다. 그는 말에서 내려 다시 한 번 밝은 햇빛 아래에서, 햇빛을 받아 환해진 장소를 구석구석까지 조사했다. 그리고 그가 성에 가한 공격은 실패했다는 것을 괴롭지만 인정하지 않으면 안되었기 때문에, 그는 가슴속에 고통과 슬픔을 안고 헤르제를 몇몇 하인들과 함께 융커가 어느 방향으로 도망했는지 알아보도록 보냈다. 특히 그가 걱정하는 것은 물데 강 연안에 엘라브룬이라고 불리는 부유한 수녀원이 있었고, 그 수녀원의 원장 안토니아 폰 트롱카는 그 지방에서 신앙이 돈독하고 자선을 베푸는 성스러운 여인으로 잘 알려져 있는 사실이었다. 그 이유는 수녀원장이 융커의 친 고모이고 또 어린 시절의 선생님이었으므로, 빈털터리가 된 융커는 이 수녀원으로 도망쳤을 가능성이 아주 높다는 생각이 불행한 콜하스에게 들었기 때문이다. 이런 상황을 안 콜하스는 사람이 살 수 있는 방이 아직 남아 있는 성지기 집의 탑에 올라가, 소위 '콜하스의 포고령(布告令)'을 작성하여 내놓았다. 그 포고령에서 그는 자신이 정의의 전쟁을 하고 있는 융커 벤쩰 폰 트롱카에게 아무런 도움도 주지 말 것을 나라에 요구했고, 도리어 친척들과 친구들을 포함한 모든 주민들은 그 융커를 자신에게 넘겨줄 의무를 지니며 이를 위반할 경우 그 벌로서 신체와 생명이 위협받고 일반적으로 재산이라고 불리는 것은 모두 틀림없이 불태워실 것이리고 알렸다. 그는 이 포고를 여행자들과 외국인들을 통해서 그 지방에 유포시켰다. 그리고 또 그는 그 사본을 하인 발트만에게 주어 엘라브룬으로 가서 수녀원장 안토니아의 손에 넘겨주라고 특별히 지시했다. 그리고 그는 융커에게 불만을 품고 있던 몇몇 트롱카 성의 하인들과 이야기를 나누었는데, 그들은 악달할 수 있으리라는 기대감에서 자기를 섬기고 싶다고 했다. 그는 그들을 보병 식으로 석궁(石弓)과 단도로 무장시켰고, 말 탄 하인 뒤의 말 등에 올라타는 법을 가르쳤다. 그리고 그는 부하들이 끌어 모았던 모든 전리

품을 돈으로 바꾸어 그들에게 나누어주고 난 후 성문 밑에서 고통스런 일에서 벗어나 몇 시간의 휴식을 취했다.

정오 경에 헤르제가 돌아왔고, 일찍이 콜하스가 자기 마음은 언제나 최악의 경우를 준비하고 있다고 말했던 것을 확인했다. 즉 그 융커는 자기 고모이며 엘라브룬 수녀원의 노 수녀원장 안토니아 폰 트롱카 곁에 있다는 것이다. 융커는 성의 뒷벽에 있는 문을 통해 바깥으로 빠져나가 지붕 밑의 좁은 돌계단을 넘어 몇몇 소형 배를 이용하여 엘베강으로 내려가 도망친 것처럼 보였다. 어떻든 헤르제가 보고한 바에 따르면 융커는 밤중에 방향키도 노도 없는 작은 배를 타고, 트롱카 성의 화재를 보기 위해 모인 마을 사람들을 깜짝 놀라게 하면서 엘베 강변의 한 마을에 도착했고 그 마을에서 다시 마차를 타고 엘라브룬으로 도망을 갔다는 것이다. 콜하스는 이 소식을 듣고 깊은 한숨을 쉬었다. 그는 말에게 먹이를 먹였는지 묻고, 먹였다는 대답을 듣자, 부하들에게 말을 타게 하고는 3시간 후에 엘라브룬 앞에 나설 것을 명령했다. 멀리 지평선을 타고 뇌성의 소리가 우르릉거렸지만, 그는 방금 불을 붙인 횃불을 높이 들고 자기 무리들과 함께 수녀원 마당 안으로 들어갔다. 콜하스 쪽으로 오던 하인 발트만은 그 포고령은 잘 전달되었다고 보고했다. 이때 콜하스는 수녀원장과 수녀원 집사가 당황스럽게 말을 주고받으며 수녀원의 현관으로 나오는 것을 보았다. 키가 작고 머리가 눈처럼 흰 늙은 수녀원 집사는 노한 눈길로 콜하스를 노려보며, 자기를 에워싸고 있는 하인들에게 대담한 목소리로 경종을 울리라고 소리쳤다. 그러는 사이에 수녀원장은 흰 종이처럼 창백해져 은으로 된 십자가에 못 박힌 예수 상을 손에 들고 돌계단을 내려와서는 다른 수녀들과 더불어 콜하스의 말 앞에 엎드렸다. 헤르제와 슈테른발트가 칼을 쥐지 않은 수녀원 집사를 제압하여 포로로 잡아 말들 사이로 끌고 오는 사이에, 콜하스는 수녀원장에게 융커 벤쩰 폰 트롱카가 어디에 있느냐고 물었다. 그러자 그녀는 열쇠가 달린 커다란 고리를 혁대에서 풀면서, 그는 빗텐베르크에 있습니다. 콜하스, 지엄하신 양반! 라고 대답하고 떨리는 목소리로, 하느님을 경외하고 악행을 행하지 마시오! 라고 덧붙였다.— 그리하여 콜하스는 충족되지 않는 복수심을 지옥으로 던지고, 말의 방향을 바꾸어, 이곳에 불을 질러라! 는 명령을 내리려는 순간 무시무시한 벼락이 바로 자기 옆 땅바닥에 떨어졌다. 콜하스는 자기 말의 머리를 다시 수녀원장에게로 돌리고는 포고령을 받았는지 물었다. 그러자 그 수녀원장은 간신히 알아들을 수 있는 약한 목소리로 이제 막 받았습니다 라고 대답했다. — "언제" — 두 시간 전에, 하느님께 맹세하건대, 제 조카인 융거는 이미 떠났습니다! — 콜하스는 험상궂은 눈길로 하인 발트만에게 몸을 돌렸다. 그 하인은 더듬거리면서 그것은 사실이라고 말하고, 물데 강이 비로 물이 불었기 때문에 자기도 더 일찍 오지 못하고 방금 도착했다고 하자 콜하스는 마음이 가라앉았다. 갑자기 무시무시한 소나기가 횃불을 끄며, 그곳의 바닥에 쏴쏴 내려 그의 아픈 가슴속에 있는 고통을 식혀주었다. 그는 잠시 그 여인 앞에서 모자를 벗으면서 인사하고 말머리를 돌려 외쳤다. 모두들, 나를 따라라! 그 융커는 빗텐베르크에 있다! 그는 말에게 박차를 가하며 몰아 수녀원을 떠났다.

밤이 들 무렵, 그는 큰길 가의 한 여관에 들었는데, 말이 너무 지쳐 있었으므로 거기서 하루를 쉬어야 했다. 그는 10명의 무리들을 데리고는(지금 그들은 그 숫자가 이것밖에 되지 않지만) 빗텐베르크와 같은 장소를 공격할 수 없다는 것을 알았으며, 그래서 그는 두 번째의 포고령을 작성했다. 작센에서 자신에게 일어난 일을 간단히 설명한 후, 그가 표현했듯이 '착한 기독교도에게 박애금과 입대장려금을 주겠다고 약속하면서 모든 기독교인들의 공동의 적인 융커 폰 트롱카에 대한 나의 소송사건을 도와주세요.'라고 재촉했다. 그 후 곧 발행된 또 다른 포고령에서 그는 자신을 '제국과 이 세계의 지배를 받지 않는 자유 신사로서, 오직 하느님에게만 충성하는 사람'이라고 불렀다. 이 표현은 일종의 병적이고 비뚤어진 망상임에도 불구하고 돈 소리와 약탈의 가망이 있자, 폴란드와 평화조약을 맺음으로써 군에서 물러난 천민들이 무리 지어 몰려와 그는 많은 신병을 얻게 되었다. 그리고 그가 빗텐베르크를 불태워 잿더미로 만들기 위해 엘베강의 우측으로 돌아갔을 때에는 그 숫자가 사실상 30여 명에 이르렀다. 그는 말과 하인들을 그 당시 이 자리를 에워싸고 있던 캄캄한 숲의 한적한 곳에 헌 벽돌기와 지붕 밑에 숙영시켰다. 그리고 그는 포고령을 지니고 변장시켜 시내로 보냈던 슈테른발트한테서 그 포고령이 이미 그곳에 알려져 있다는 사실을 듣자마자 즉시 자기 부하들과 더불어 성령강림절(역주: 부활절 후 일곱번째의 일요일) 전야에 진영을 빠져 나왔다. 주민들이 깊은 잠에 빠져 있는 사이에 그 도시 곳곳에 일제히 불을 붙였다. 부하들이 교외(郊外)를 약탈하고 있을 때, 콜하스는 교회의 문기둥에 다음과 같은 내용의 종이쪽지를 부착했다. '나, 콜하스는 이 도시에 불을 질렀다. 만약 그 융커를 나에게 넘겨주지 않으면 이 도시를 잿더미로 만들겠다.' 그는 이런 말을 덧붙였다. '그를 찾기 위해 벽 뒤를 둘러볼 필요가 없을 때까지.'

전례 없는 이 같은 폭행에 대한 주민들의 놀라움은 이루 말할 수 없었다. 그 불길은 다행히, 고요한 여름밤 덕택으로 한 채의 교회를 포함하여 불과 열아홉 채의 집들을 잿더미로 만들었지만, 동틀 무렵 어느 정도 약해졌다. 그때 늙은 군수 오토 폰 고르가스가 이 무서운 폭도를 진압하기 위해 이미 50명의 부대원을 보냈다. 그러나 게르스텐베르크라는 이름의 그들을 끌고 온 대장이 졸렬하게 행동한 결과, 이 원정은 콜하스를 제압하기는커녕 오히려 그에게 아주 무서운 군사적 명성을 높여 주었을 뿐이었다. 그 이유는 이 대장이 자기 딴에는 콜하스를 포위해서 진압하기 위해 부대를 여럿으로 나누었지만, 자기 부하들을 모아 두고 있던 콜하스에게서 여기저기서 공격을 받아 섬멸되었기 때문이며, 다음날 저녁에는 이 나라 사람들이 희망을 걸었던 모든 병사들 중 어느 한 사람도 콜하스와 대항하지 않았다. 이 전투에서 몇몇의 부하들을 잃은 콜하스는 다음날 아침 다시 이 도시에 불을 질렀으며, 그 살인적인 조치는 효력을 발휘하여, 재차 여러 채의 집들과 교외의 거의 모든 창고들을 잿더미로 만들었다. 이때 그는 잘 알려진 포고령을 다시 시청의 모서리에 부착했으며, 군수에 의해 파견되어 자기한테 격퇴당한 대장 폰 게르스텐베르크의 운명에 대한 소식을 덧붙였다. 군수는 이 저항에 매우 놀라 자신이 직접 몇몇의 기병을 데리고 150명 군대의 맨 앞에 나섰다. 그는 융커 벤쩰 폰 트롱카로부터 문서로 작성한 청원을 받고, 제발 융커를 도시에서 멀리 떨어져 있게 하기를 바라는 국민이 만일 폭행할 경우에 보호하기 위해, 호위병 한 사람을 보내주었다. 그리고 그가 이 근처의 모든 마을에 보초를 세우고, 시의 외벽에도 습격을 막기 위해서 보초병을 두고 난 후, 성 게르바지우스의 날(역주: 6월19일)에는 스스로 이 나라를 황폐화시키는 해적을 잡기 위해 나섰다. 말 장수는 현명하게도 이 군대를 피할 수 있었다. 그리고 노련하게 진군하여 군수를 도시로부터 5마일이나 유인해 내어 거기서 여러 가지 계략을 썼고, 그가 힘의 우세에 밀려 브란덴부르크로 퇴각하려는 것처럼 하여 군수를 속아넘어 가게 했다. 그는 3일째 밤이 될 무렵에 갑자기 방향을 바꿔, 강행군하여 빗텐베르크로 돌아와 도시에 세번째로 불을 질렀다. 헤르제는 변장을 하고 도시로 숨어 들어가 이 놀라운 술책을 행했다. 불길은 세차게 불던 북풍을 받아 아주 무섭게 사방으로 번져 나갔으며, 세 시간이 채 지나지 않아서 마흔두 채의 집과 두 교회, 그리고 다수의 수녀원과 학교, 그리고 선제후 직속의 군수 관저까지 잿더미로 만들었다. 자신의 적이 브란덴부르크 영지에 있다고 믿었던 군수는 날이 밝을 무렵에 사건에 대해 보고를 듣고 급히 군대를 이끌고 돌아와 보니 이 도시가 온통 소요에 빠져 있음을 알았다. 민중들은 수천 명씩 각목과 말뚝으로 폐쇄한 융커의 집 앞에 모여 미친 듯이 소리를 지르면서, 그를 도시 밖으로 몰아낼 것을 요구했다. 관복을 입고 시의원들의 선두에 선 옌켄과 오토라는 이름의 두 시장이 융커를 드레스덴으로 데려가기 위해,— 융커 자신도 여러 가지 이유로 그리로 가고 싶다고 원했던— 내각총리의 허락을 받아오도록 파견한 급사(急使)의 귀환을 기다리지 않으면 안 된다고 민중들을 설득했으나 허사였다. 그러나 창과 쇠꼬챙이로 무장한 이성을 잃은 무리들은 그들의 말에 아무 주의도 하지 않고, 강경 수단을 취하자고 요구하는 두세 명의 시의원을 후려갈겼고, 융커가 살던 집으로 돌진해 가 무너뜨리려 할 때 군수 오토 폰 고르가스가 자신의 기병대 맨 앞에 서서 시내로 나타났다. 이 위엄 있는 군수는 단지 모습을 보여 주기만 해도 민중의 경외감과 존경심을 불러일으키곤 했는데, 패하고 돌아온 정벌을 보상할 셈으로, 성문 바로 앞에서 살인방화단에서 흩어진 세 명의 하인들을 체포하였다. 민중들이 보는 앞에서 그들에게 쇠사슬이 채워지고 있는 사이, 그는 시의원들에게 콜하스의 뒤를 밟아 빠른 시간 내에 체포하여 수감하겠다고 약삭빠르게 확언하였다. 그래서 이 모든 유리한 상황에 힘입어 그는 모여든 민중들의 불안을 해소시킬 수 있었고 드레스덴에서 급사가 돌아올 때까지 융커가 그들과 함께 있을 수 있도록 그들을 어느 정도 진정시켰다. 군수는 몇몇 기사들을 데리고 말에서 내려 울타리와 말뚝들을 치운 후에 집안으로 들어갔는데, 여기서 그는 잠시 의식이 돌아왔다가 다시 기절한 융커를 두 의사가 살리기 위해 향료와 자극제로써 노력하고 있는 것을 발견했다. 오토 폰 고르가스는 이 남자가 저지른 행동을 책망하며 말다툼할 시간이 아니라는 것을 잘 알았다. 그래서 그는 그저 조용히 경멸적인 눈길을 보내며, 복장을 갖추어 입고 스스로의 안전을 위해 자기를 따라 기사의 감옥(역주: 보통 탑 꼭대기에 있음)으로 오라고 말했다. 융커는 사람들이 자기의 조끼를 입혀주고 투구를 씌워주었을 때, 숨이 답답해져 가슴을 반쯤 연 채, 군수이며 자기 처남인 폰 게르샤우 백작의 손을 잡고 길에 나왔는데 자기에게 퍼붓는 신을 경멸하는 끔찍한 저주의 말이 하늘 높이 들끓었다. 용병들에 의해 겨우 제지당한 민중들은 그를 피를 빨아먹는 자, 나라를 고통스럽게 하고, 국민을 괴롭히는 자며, 빗텐베르크 시(市)의 저주의 대상이며, 작센의 파괴자라고 불렀다. 폐허가 된 시내를 비참한 모습으로 통과한 후, 그 사이에도 융커는 투구를 여러번 떨어뜨렸으나 알아채지 못하자, 뒤따라가던 한 기사가 다시 머리에 씌워주었으며, 마침내 그들은 감옥에 도달했다. 거기서 융커는 강력한 수비대의 보호를 받으며 탑 속으로 사라졌다.

그러는 사이에 급사는 선제후의 결정을 가지고 돌아왔는데, 이것이 또 이 도시에 새로운 걱정을 가져왔다. 그 이유는 드레스덴 시민들의 절박한 탄원을 직접 받은 정부는 방화살인범을 체포하기 전까지는, 융커를 이 수도에 머물게 허락하지 못하고, 오히려 군수에게 융커가 반드시 어딘가에 있을 테니, 군수의 휘하에 있는 병력으로써 그를 보호하라고 명령했기 때문이다. 그 대신 정부는 빗텐베르크 시민을 안심시키기 위해, 이미 프리드리히 폰 마이센 공작 휘하의 5백 명의 군대가 더 이상 콜하스에 의한 화를 막기 위해 다가오고 있다고 알렸다. 그러나 군수는 이런 종류의 결정으로는 민중들을 결코 안심시킬 수 없다는 것을 잘 알았다. 왜냐하면, 말 장수가 교외의 여러곳에서 소규모로 싸워 몇 번 승리한 덕분에 그 무리가 점점 커졌다는 매우 나쁜 소문이 퍼졌을 뿐 아니라, 또 그가 야음을 이용해 천민으로 변장하고 피치·짚단·유황을 가지고 하는 전례 없는 전투는 폰 마이센 공작이 이끄는 그런 큰 군대를 무력하게 만들 수 있었기 때문이다. 군수는 잠시 숙고한 뒤, 그가 받은 이 결정을 전혀 발표하지 않기로 결심했다. 그는 단순히 폰 마이센 공작이 곧 도착한다는 내용의 편지를 온 시가에 붙였다. 날이 샐 무렵에 덮개가 딸린 마차 한 대가 기사의 감옥 마당에서 나와 네 명의 중무장을 한 기병들을 데리고 라이프찌히로 가는 길에 나섰다. 그때 기병들은 비록 분명하지 않지만, 그들이 프라이센부르크(역주: 라이프찌히의 성채)로 향해 간다는 사실을 알렸다. 시민들이, 어디에 있더라도 불과 칼로 위협당하는 사악한 융커에 대해, 어느 정도 누그러졌기에, 군수는 몸소 3백 명의 군대를 데리고 프리드리히 폰 마이센 공작과 연합하기 위해 길을 나섰다. 그러는 사이에 콜하스의 군대는 그가 이 세상에서 차지한 이상한 지위에 힘입어 109명으로 불어났다. 그는 야센에 저장해 둔 무기를 찾아내어 자기 병사들을 그 무기로 완전히 무장시켰다. 그는 두 군대가 돌풍처럼 자기에게 다가오고 있다는 보고를 듣고, 그들이 자기를 습격하기 전에, 폭풍 같은 속력으로 그들을 제압할 결심을 하였다. 따라서 그는 바로 다음날 폰 마이센 공작을 어두워진 뒤 뮬베르크 근처에서 공격했다. 그러나 이 전투에서, 매우 유감스럽게도 그는 헤르제를 잃었다. 헤르제는 최초의 적의 총격을 받고 그의 옆에 쓰러졌다. 그러자 이 손실에 격분하여 그는 세 시간의 긴 전투에서 공작에게 타격을 가하여, 그 공작이 작은 시에서 군대를 모을 수 없게 만들었고, 공작은 날이 밝을 무렵에 몇 군데 심한 부상을 입고, 자기 군대가 완전히 혼란해졌기 때문에 드레스덴으로 후퇴하는 수밖에 없었다. 이 승리로 저돌적으로 변한 콜하스는, 군수가 그 패전 소식을 보고받기 전에 그를 공격하기 위해 그에게로 방향을 돌렸으며, 훤한 대낮에 다메롭 마을 근처의 야외에서 그를 습격하여 저녁때까지 싸워, 심한 손해를 입기는 했지만 또한 그에 못잖은 승리를 거두었다. 뿐만 아니라 만약 군수가 뮬베르크에서 당한 공작의 패배 소식을 정찰병으로부터 듣지 않았더라면, 그리고 또 더 좋은 시기를 기다리기 위해 빗텐베르크로 돌아가는 것이 더 유리하다고 생각하지 않았더라면, 콜하스는 다메롭 교회 묘지에 진을 친 군수를 반드시 다음 날 아침 남은 부하를 데리고 다시 습격했을 것이다. 이 두 군대를 격파한 닷새 뒤, 콜하스는 라이프찌히 시에 나타나, 그 시를 3면에서 불을 질렀다.

이 무렵 그가 살포한 포고령에서 그는 자신을 '이 소송 사건에서 융커를 편드는 모든 사람들을 향해 전세계에 만연해 있는 간악함을 불과 칼로써 벌하러 하늘에서 내려온 대천사 미하엘의 대리인'이라고 불렀다. 그리고 기습 점령하여 지금 진을 치고 있는 륏쩬 성에서 사람들에게 더 나은 세계의 질서를 세우기 위해 자기에게 합류하라고 호소했다. 그리고 그 포고령은 일종의 발광 상태에서 '우리들의 임시 세계정부의 소재지를 륏쩬의 제1성에 두었노라.'라고 적혀 서명되어 있었다. 라이프찌히 주민들에게는 다행스럽게도 그 불이 하늘에서 내린 장마 비 때문에 번져나가지 못했고, 소방관들의 신속한 행동 덕분에 프라이센부르크 부근의 몇몇 작은 가게들에서만 불길이 치솟았다. 그럼에도 불구하고 미쳐 날뛰는 방화 살인자가 부근에 진을 치고 있고, 또 그는 융커가 라이프찌히에 있을 것이라고 오해하고 있는 사실이 시민들에게 주는 놀라움은 이루 말할 수 없었다. 그에게 대항하라고 파견했던 180명의 기병대들이, 뿔뿔이 흩어져 도시로 돌아왔을 때, 시의회는 이 좋은 도시 라이프찌히를 위험에 내맡기지 않으려고 부득이 모든 성문을 완전히 닫고, 시민들을 밤낮으로 성벽 밖에서 보초 서게 하지 않을 수 없었다. 시의회는 근교의 마을에, 융커가 프라이센부르크에 있지 않다고 분명히 선언하는 내용의 성명서를 부착하게 했으나 아무 효과가 없었다. 말 장수 쪽에서도 유사한 전단에서 융커가 프라이센부르크에 있다고 주장했으며, 만약 그가 그곳에 있지 않을 경우에는, 실제로 있는 곳의 이름을 자기에게 알려 줄 때까지, 자신은 적어도 마치 그가 그 안에 있는 것처럼 행동하겠다고 발표했다. 라이프찌히 시가 위기에 처해 있다는 소식을 급사한테서 전해들은 선제후는 2천 명의 병사를 불러모았고, 콜하스를 체포하기 위해 자신이 직접 그 선두에 설 것이라고 발표했다. 선제후는 오토 폰 고르가스가 방화 살인자를 빗텐베르크 지방에서 물리치기 위해 애매 모호하고 분별없는 전략을 사용했다고 심하게 질책했다. 또 라이프찌히 근처 마을에, 누구의 소행인지는 모르지만, '융커 벤쩰은 드레스덴의 사촌 힌츠와 쿤츠 곁에 있다.'는 내용을 콜하스에게 알리는 포고문이 부착된 사실을 알았을 때 작센

전체와 특히 수도에 생긴 혼란은 누구도 묘사할 수 없었다.

이런 상황에서 마틴 루터 박사는 그의 지위가 이 세상에서 얻은 명성을 이용하여 유화적인 말로 콜하스를 설득하여 질서 있는 인간 사회의 영역으로 되돌리려는 일을 떠맡았다. 방화 살인범의 가슴속에 좋은 성품이 있다는 것을 믿으며, 그는 선제후 국가의 모든 도시와 마을에 다음의 내용을 담은 게시문을 부착하게 했다.

콜하스여, 너는 자신이 정의의 칼을 휘두르도록 부름 받았다지만, 이 뻔뻔한 사람아, 맹목적인 열정에 빠져서 무엇을 감행하느냐, 네가 바로 머리부터 발끝까지 부정의 화신이지? 네가 예속되어 있는 군주께서 너의 권리, 하찮은 재산을 놓고 싸울 너의 권리를 거부하셨다는 것을 이유로 해서 너는 불과 칼을 들고 일어서서, 무례한 놈, 마치 사막의 늑대처럼, 군주가 수호하는 평화로운 구역에 침범하였지. 너는 허위와 간계에 가득 찬 말로써 사람들을 오도하는구나. 죄인인 너는 하느님 앞에서 언젠가, 모든 마음을 드러나게 하는 빛이 비치는 날에 어떻게 변통해 나갈 것인가? 너의 권리가 거부되었다고 어떻게 말하겠니? 너, 비열한 복수욕에 불타는 가슴으로 그 권리를 찾기 위한 최초의 천박한 너의 시도가 실패로 돌아갔다고 해서, 어떻게 그런 노력을 완전히 포기하느냐? 제출된 서류를 가로채고 당연히 교부해 주어야 할 판결문을 억류시키는 정리와 형리들이 너의 당국이냐? 내가 신을 망각한 너에게 말해두지 않으면 안 되는 것은 당국은 너의 송사에 대해 아무것도 모른다는 것이다. 내가 말하고자 하는 것은 네가 반항하고 있는, 군주는 네 이름도 모르며, 언젠가 네가 신의 권좌에 나갈 때 군주를 고발하겠다면, 군주는 밝은 얼굴로 말씀하실 것이다. '하느님, 저는 이 사람에게 부정을 행하지 않았습니다. 그 이유는 그의 존재가 저의 영혼에 낯설지 않습니까?' 네가 휘두르고 있는 그 칼은 약탈과 살인의 칼임을 알아라, 그리고 자네는 역적이지 정의의 신이 보낸 전사는 아니다. 지상에서 네가 가야할 목표는 환형(轘刑)과 교수형이며 저 세상에서는 악행과 독신(瀆神)에 대해 영겁의 벌이 있을지어다.

빗텐베르크······ 마틴 루터

콜하스는 륏쩬의 성에서 라이프찌히를 불태울 것이라는 새로운 계획을 쓰린 가슴속에 세웠다. 왜냐하면 동네마다 부착된 융커 벤쩰이 드레스덴에 있을 것이다라는 소식의 전단은 누구에 의해서도, 더구나 그가 요구했던 시의회에 의해서도 서명되지 않았으므로 조금도 믿어지지 않았기 때문이다.— 슈테른발트와 발트만은 밤에 성문에 부착된 루터의 게시를 보고 깜짝 놀랐다. 그들은 콜하스에게 그것을 알려주고 싶지 않았기에, 그가 그것을 직접 보기를 희망하며 며칠 기다렸으나 허사였다. 콜하스는 우울하고 어떤 생각에 깊이 빠졌으며,

저녁때에 그저 간단한 명령을 내리기 위해 나타났지만, 아무것도 보지 못했다. 그리하여 다음날 아침, 콜하스가 자신의 명령을 어기며 이 주변을 약탈했던 하인 두 명을 처형시키려 할 때를 이용하여, 그들은 그로 하여금 그 게시를 주목하게 하려고 결심했다. 때마침 그는 최후의 포고령을 내놓은 이후 관례적으로 행렬을 지어서 형장에서 돌아오고 있었다. 황금 깃으로 장식한 케룹 천사(역주: 하느님에게 봉사하는 동물과 인간의 형상을 한 천사)의 큰 칼이 빨간 가죽 방석 위에 얹혀 그의 앞에서 봉송되었고, 열두 명의 하인들은 불이 붙은 횃불을 들고 그의 뒤를 따라갔다. 군중들은 겁을 내며 그를 위해 양쪽으로 길을 만들어 주었다. 그때 슈테른발트와 발트만은 그에게 이상한 생각을 갖게 하려고 칼을 팔 밑에 끼고, 그 게시가 붙어 있는 기둥 주변을 맴돌았다. 콜하스는 손을 등에 얹고 깊은 생각에 잠기면서, 문 아래로 왔을 때, 눈을 크게 뜨고 잠시 멈춰 섰다. 그때 그를 본 두 하인들이 공손히 물러갔다. 그는 그들을 깊이 생각하며 쳐다보면서 빠른 걸음으로 기둥 쪽으로 다가갔다. 그가 자신을 불법이라고 비난하는 내용의 게시문에 자신도 아는 가장 존경하는 사람, 마틴 루터의 이름이 서명되어 있는 것을 보았을 때 그의 마음속에 일어나는 것을 누가 묘사하겠는가! 그의 얼굴은 붉게 달아올랐다. 그는 투구를 벗고 두번째로 처음부터 끝까지 읽었다. 불안한 눈초리로 마치 무슨 말을 하려는 듯이 자기 하인들에게로 돌아왔으나 아무 말도 하지 않았다. 그는 그 게시문을 기둥에서 떼어 다시 한 번 더 읽고는 소리질렀다. 발트만! 내 말에 안장을 얹어라! 그리고 나서 슈테른발트! 나를 따라 성으로 오너라! 하고는 사라졌다. 루터의 이 몇 마디 말은 순식간에 그를 완전히 무기력하게 만들어 버렸다. 그는 튜링 지방의 농부로 변장하고, 중요한 일로 빗텐베르크로 가지 않으면 안 된다고 슈테른발트에게 말하면서, 몇몇 훌륭한 하인들이 보는 앞에서, 뤼쩬에 남은 병사들을 이끌 것을 부탁했다. 그리고 그는 사흘 안에 돌아올 것이며 그 사흘간은 적의 공격을 걱정할 것 없다고 안심시키고, 빗텐베르크를 향해 출발했다.

그는 가명(假名)으로 한 여관에 들어갔으며, 밤이 되자마자 외투를 입고 트롱카의 성에서 노획했던 한 쌍의 권총을 차고 루터의 방으로 들어갔다. 서류와 책들을 앞에 놓고 책상에 앉아 있던 루터는 낯선 이상한 사람이 문을 열고 들어와 뒤로 돌아 문빗장을 걸어 잠그는 것을 보고 누구이며, 또 무엇을 원하느냐고 물었다. 그 남자가 자기 모자를 공손히 손에 들고는, 자신이 야기할 경악(驚愕)을 예감해 수줍어하면서, 자신은 미하엘 콜하스이고 말 장수라고 대답하자마자 루터는 멀리 물러나거라! 라고 외치고 책상에서 일어나 급히 경종을 울리려고 나아가며 망할 녀석, 가까이 오지 마! 라고 덧붙였다. 콜하스는 그 자리에서 움직이지 않고 권총을 꺼내 말했다. 존귀하신 분이시여, 만약 당신이 경종을 울리시면 저는 이 권총으로 제 자신을 쏘아 당신 발밑에 죽어 넘어지겠어요! 자리에 앉으시고 제 말씀을 들어 보세요. 당신이 시편을 써주신 천사들과 함께 계시는 것보다 저와 함께 계시는 것이 더 안전하십니다. 루터는 자리에 앉으면서 자네는 무엇을 원하지? 하고 물었다. 제가 불법자라고 생각하시는 당신의 견해를 고치려고 합니다! 당국은 제 소송에 대해 아무것도 모른다고 당신은 게시문에 쓰셨습니다. 좋습니다, 저를 안전하게 호송해 주세요, 그럼 제가 드레스덴으로 가서 소송사건을 당국에 제출하겠습니다. —"무례하고 무서운 놈!" 루터는 이 말에 당황하며 동시에 안정을 얻어 외쳤다. "누가 너에게 자의적인 판결에 따라 융커 폰 트롱카를 습격하고, 성에서 그를 찾지 못하자 그를 숨겨 준 모든 구역을 불과 칼로써 침범할 권리를 주었느냐?" 콜하스는 대답했다. 존귀하신 분이시여! 아무도 없습니다, 지금부터! 제가 드레스덴에서 받은 소식이 저를 속였고 나쁜 길로 이끌었습니다! 제가 인간 사회를 상대로 하여 싸우는 이 전쟁은, 당신이 제게 확신을 주신 것처럼, 제가 그곳으로부터 추방되지 않은 한 악행입니다! 추방! 루터는 그를 쳐다보면서 외쳤다. 너는 얼마나 엉뚱한 생각을 가졌는지 아니? 누가 너를 네가 살고 있는 이 국가 사회로부터 추방했니? 사실은 국가가 존재하는 곳에는, 누구라도 추방당하는 경우가 생기지? — 추방당한 자란, 콜하스는 주먹을 쥐면서 대답하길, 법의 보호를 받을 수 없는 자를 말합니다. 왜냐하면 저는 평화로운 제 생업의 번창을 위해 법의 보호를 필요로 합니다. 예, 바로 그 법의 보호를 받기 위해 저는 제 가족과 제가 모은 모든 재산을 가지고 이 사회로 피난합니다. 그리고 저에게 법의 보호를 부정하는 사람은 누구나 저를 황량한 들판으로 몰아 냅니다. 바로 그가 저 자신을 방어할 곤봉을 제 손에 쥐어 줍니다. 당신이 어떻게 이를 부정하시겠습니까? — 누가 너에게 법의 보호를 거절했단 말이냐? 루터가 소리쳤다. 자네가 군주께 제출한 너의 소송이 군주에겐 낯설다고 내가 쓰지 않았니? 만약 공무원이 어떤 소송을 슬쩍 기각시키거나, 군주도 모르는 사이에 그의 성스런 이름을 더럽혔다 하더라도, 하느님을 제외하고 누가 그런 공무원을 선발했다고 군주의 책임을 추궁하겠느냐? 너, 저주받을 끔찍한 사람아, 그 군주를 심판할 자격이라도 있단 말이냐? — 그렇다면 좋습니다. 라고 콜하스가 대답했다. 만약 군주께서 저를 추방하지 않는다면, 저도 역시 그가 방어하는 사회로 돌아가겠습니다. 되풀이하건대, 드레스덴으로 저를 안전하게 호송해 주세요. 그러면 저는 륏쩬 성에서 모았던 군대를 해산하고 기각된 제 소송(訴訟)을 다시 한번 법원에 제출하겠습니다.

루터는 짜증스런 얼굴로 자기 책상 위의 서류들을 포개어 놓으면서 침묵했다. 이 이상한 사람이 나라 안에서 취한 반항적인 태도는 그를 언짢게 했다. 그는 콜하젠뷔르크에서 융커에게 내린 판결문을 곰곰이 생각하면서, 그러면 도대체 드레스덴 법원에 무엇을 원하느냐고 물었다. 콜하스는 대답했다. 법에 따라 융커를 처벌하고, 말들을 원상 회복시키고, 저뿐만 아니라 뮐베르크에서 전사한 하인 헤르제가 폭행으로 입은 손해를 배상해 주세요.— 루터가 소리쳤다. 손해의 배상! 너의 야만적인 사적 복수의 비용을 마련하기 위해 막대한 금액을 유태인들과 기독교인들한테서 어음과 저당으로 빌렸느냐? 너는 그 금액도 법정에서 심문을 받으면 손해에 넣을 생각이니?— 당치도 않습니다! 콜하스가 대답했다. 집과 농장, 제가 누리는 장사의 번창을 돌려달라고 하지 않습니다. 마찬가지로 제 처의 장례비도 되돌려 달라고 요구하지 않습니다! 다만 트롱카의 성에서 아들을 잃은 헤르제의 노모(老母)가 치료비의 계산과 명세서를 제출할 것입니다. 그리고 정부는 전문가로 하여금 그 가라말을 팔지 못함으로써 제가 입은 손해를 견적하게 해야 합니다.— 미친, 이해할 수 없는, 끔찍한 놈! 이라고 루터는 외치고 그를 쳐다보았다. 너는 이미 칼을 쥐고 생각해 낼 수 있는 가장 잔인한 복수를 융커에게 했는데, 어째서 너는 그에게 최종적으로 내려진 법원의 판결을 너무 가벼운 벌이라고 주장하느냐? — 콜하스는 뺨에 눈물을 흘리면서 대답했다. 고귀한 자여! 그 판결은 제 아내를 앗아갔습니다. 콜하스는 아내가 결코 부정한 싸움으로 죽지 않았다는 것을 이 세상에 보여 주고자 합니다. 이 점에서는 당신이 저의 뜻에 따라 주시고, 법원으로 하여금 판결을 내리게 해 주십시오. 그러면 다른 모든 점에서는 아직도 논쟁할 일이 있다고 해도 저는 당신에게 복종합니다. 루터는 말했다. 그럼 좋다, 사정이 세간의 여론과 다르지 않다면, 네가 요구하는 것은 옳다. 그리고 네가 사건을 멋대로 복수에 착수하기 전에 군주의 결정에 맡겼더라면, 너의 요구는 한 점 한 점 허가되었을 것이라고 나는 의심하지 않는다. 그러나 모든 것을 잘 생각해보면, 예수 그리스도를 위해 그 융커를 용서해 주고, 가라말들을 마르고 여윈 그대로 돌려 받아 타고 살찌우기 위해 콜하젠뷔르크에 있는 너의 마구간으로 돌아가는 것이 낫지 않겠니? — 아마 그럴지도 모르겠습니다! 콜하스는 창문가로 걸어 나가면서 대답했는데, 아니 그렇지 않을지도 모릅니다! 만약 제가 그 말들을 회복시키기 위해 사랑하는 처의 가슴에서 피를 흘리지 않으면 안 된다는 것을 알았더라면, 존귀하신 선생님의 말씀대로 행동했을지도 모릅니다. 그랬더라면 보리 한 말쯤은 아깝지도 않았을 것입니다! 그런데 그 말들이 저에게 매우 비싼 대가를 치르게 했으므로, 저는 일이 당연히 그렇게 되어야 한다고 생각했습니다. 저에게 정당한 판결을 내려 주시고, 융커로 하여금 저의 가라말들을 살찌우게 하소서.— 루터는 여러 가지 생각에 잠기면서 다시 서류들을 잡고 자신은 콜하스를 위해 선제후와 교섭하겠다고 했다. 그는 그동안 콜하스가 뤼쩬 성에 조용히 머물러 있기를 원했다. 만약 선제후께서 그의 안전 호송에 동의하시면 사람들은 그것을 공공 게시의 방법으로 그에게 알려줄 것이라고 했다.— 그러나, 그는 콜하스가 그의 손에 키스를 하려고 몸을 굽혔을 때에 덧붙였다, 선제후께서 정의를 택하기보다는 관대한 조치를 내려 주실 지 나는 모른다. 왜냐하면 내가 듣기로는, 선제후께서 군대를 동원하여 뤼첸 성에서 너를 체포하려 하시기 때문이다. 그러나 내가 이미 말한 대로, 나는 노력을 아끼지 않겠다. 그리고 나서 그는 콜하스를 내보내려는 듯이 의자에서 일어섰다. 콜하스는 그가 이 문제를 중재하시겠다고 약속해 주셔서 매우 안심된다고 말했다. 그러자 루터는 손을 들어 작별 인사를 했다. 콜하스는 갑자기 그의 앞에 한쪽 무릎을 꿇고 마음속에 또 하나의 부탁이 있다고 말했다. 성령강림절에 늘 그는 성찬을 받았는데, 자신이 벌이는 전쟁 때문에 교회에 가지 않았으므로, 아무 준비 없이도 자신의 참회를 들어주시고 그 대신 자신에게 성찬의 은혜를 베풀어주실 수 있는지 물었다. 루터는 잠시 생각한 후 그를 빤히 쳐다보면서 말했다. 좋다, 콜하스야, 내가 그렇게 하마! 그런데 네가 싱체(聖體)를 간절히 원하는 그 주님은 당신의 원수를 용서하셨단다! 콜하스가 깜짝 놀라 쳐다보고 있을 때, 그는 말을 덧붙였다.— 너도 마찬가지로 너를 모욕한 그 융커를 용서하겠니? 또 네가 트롱카의 성으로 가서, 그 가라말들 등에 올라타고 그들을 살찌우기 위해서 콜하젠뷔르크로 돌아갈 생각은 없는가?— 콜하스는 얼굴이 붉어지면서 자기 손을 모으고 대답했다. "존귀하신 선생님."— 그런데? —"주님도 당신의 모든 적을 용서하시지는 않습니다. 저로 하여금 두 선제후와 성지기, 집사, 힌츠와 쿤츠, 그리고 이 소송사건에서 저의 감정을 상하게 한 사람들을 용서하게 해 주세요. 그러나 가능하시다면, 그 융커로 하여금 반드시 저의 가라말들을 다시 살찌우게 해 주십시오!"— 이 말을 듣고, 루터는 불만에 찬 눈길로 그에게 등을 돌려 경종을 울렸다. 한편 이 경종소리를 들은 한 조교가 등불을 들고 대기실로 들어왔을 때, 콜하스는 눈을 닦으면서, 당황하여 바닥에서 벌떡 일어섰다. 그런데 그 조교는 문을 열려 했으나, 문에 빗장이 걸려 있었기 때문에 열지 못했으며, 루터는 다시 자리에 앉아 서류를 보았다. 그래서 콜하스는 그에게 문을 열어 주었다. 루터는 그 낯선 사람을 슬쩍 곁눈질하면서, 조교에게 불을 밝혀 그를 데리고 나가라! 고 말했다. 그러자 조교는 손님을 쳐다보고 약간 놀랐으며, 벽에서 집 열쇠를 꺼내, 이 낯선 이가 따라올 것을 기다리며 반쯤 열린 방문 쪽으로 돌아갔다.— 콜하스는 자기 모자를 두 손으로 잡고 감동적으로 말했다. 존귀하신 분이시여, 그렇다면 저는 제가 당신에게 요청한 속죄의 은혜를 받을 수 없습니까? 루터는 아주 간단히 대답했다. 너의 주님에게서는 불가능해. 군주에게서는 — 내가 너에게 약속한 노력에 달려있다! 그리고 그는 조교에게 눈짓하여, 그에게 부과한 일을 더 이상 늦추지 말라고 했다. 콜하스는 고통스런 표정으로 두 손을 가슴에 얹었으며, 등불을 비춰주는 그 남자를 따라 계단을 내려가 사라졌다.

다음날 루터는 작센 선제후에게 편지를 보냈다. 그 편지에서 그는 선제후 측근의 시종인 쿤츠 폰 트롱카 및 헌작시종인 힌츠 폰 트롱카를 이들이 일반적으로 알려진 것처럼, 콜하스의 소송을 중도에서 가로챘다고 신랄하게 비난한 뒤, 이런 불리한 상황에서는 말 장수의 제안을 받아들여 그가 소송을 재개할 수 있도록 기왕의 사건에 대해 그를 사면해 줄 수밖에 없다고 선제후에게 허심탄회하게 털어놓았다. 여론은 아주 위험스런 정도로 그 말 장수 편이고, 그가 세 번이나 불을 붙인 빗텐베르크에서조차도 그를 편드는 사람들의 목소리를 들었으며, 만약 자신의 이 제안이 거절되는 경우에는, 자신은 틀림없이 이 사건에 대해 악의에 찬 논평을 하여, 일반 국민들에게 알릴 것이며, 그들은 쉽게 이끌리게 될 것이고, 그 결과 국가 권력도 그에게 아무런 손을 쓸 수 없을 것이라고 그는 언급했다. 그는 결론적으로 이렇게 썼다. 이런 비상한 경우에는, 국가에 대항하여 무기를 잡은 신하와의 협상을 망설이지 말아야 한다. 사실 콜하스는 어떤 의미로는 그가 받은 대우 때문에 국가연합체 밖으로 밀려났으며, 간단히 말해서, 이 사건을 끝내기 위해서는 그를 국왕에 반항하는 모반인(謀反人)으로 보기보다는 오히려 이 나라에 침입한 외국군대—그는 작센 신하가 아닌 외국인이므로, 사실상 그렇게 볼 수 있는—로 봐야 한다.

선제후가 이 편지를 받았을 때는 마침 궁에는 뮐베르크에서 격파되어 아직도 그 상처로 병석에 누워 있는 프리드리히 폰 마이센 공작의 큰아버지인 총사령관 크리스티렌 폰 마이센 공작, 대법원장인 브레데 백작, 내각총리인 칼하임 백작, 그리고 시종 쿤츠와 헌작시종 힌츠 폰 트롱카 등의 선제후의 죽마고우(竹馬故友)와 심복들이 그 자리에 있었다. 추밀고문관의 자격으로 선제후의 사신을 볼 수 있고 선제후의 이름과 문장(紋章)을 사용할 권한이 있는 시종 쿤츠가 맨 먼저 말했다. 말 장수가 자기 사촌 동생 융커를 상대로 법원에 제기한 소송을, 만약 잘못된 정보에 의해 그것이 근거 없고 쓸데없는 말썽이라고 생각하지 않았더라면, 자기 권한으로 기각한 그 같은 결정은 결코 하지 않았을 것이라고 상세히 설명한 다음 현재의 정세를 말했다. 그는 신의 법이나 인간적인 법 어느 쪽으로 보더라도 이 말 장수가 이와 같은 실수를 이유로 제멋대로 저런 끔찍한 사적 복수를 감행할 권리를 갖지 않는다고 말했다. 만약 이 남자를 정당한 적대자로 간주하여 상담하면, 벌 받아야 할 무뢰한의 머리 위에 영광을 주는 일이며, 그 결과 성스런 선제후의 몸에 닥칠 오욕은 도저히 감당할 수 없는 것으로 생각되어, 자기로서는 루터 박사가 제의한 것을 수락할 정도라면, 오히려 최악의 방법, 즉 미쳐 날뛰는 모반인 스스로의 결정대로 사촌동생 융커가 가라말을 살찌우기 위해 콜하젠뷔르크로 끌려가는 것을 보는 것이 좋다고 열변을 토했다. 대법원장인 브레데 백작은 쿤츠에게 반쯤 몸을 돌려, 이 의심할 것도 없는 까다로운 사건에서 시종이, 선제후의 명예를 위해 그리고 그 사건을 해결하기 위해 그가 보여주었던 그런 세심한 근심을 사건 초기에 갖지 않아서 유감스럽다고 말했다. 그는 선제후를 향해, 명백히 불법적인 조치를 수행하기 위해 경솔하게 국가권력을 쓸 것이 아니라고 설명하고, 국내에서 말 장수가 계속 추종자들을 모집하고 있다는 중요한 암시를 하면서 폭행의 실타래가 이와 같은 방법으로 무한정 꼬일 위험에 처해 있다고 언급했다. 오직 하나, 여기에 당연히 책임을 지워야 할 과실들을 즉시 가차없이 고쳐 바르게 처리하는 것만이, 그 엉킨 실타래를 끊고, 이 더러운 사건에서 정부를 구해내는 길이라 생각한다고 설명했다. 크리스티렌 폰 마이센 공작은 어떻게 생각하느냐는 선제후의 질문을 받고, 대법원장 쪽으로 공손히 몸을 돌렸다. 귀하께서 공표했던 사고방식은, 사실 큰 존경심을 불러일으킵니다. 하지만 콜하스에게 권리를 찾아주려는 귀하의 제안은 빗텐베르크와 라이프찌히 그리고 말 장수한테서 부정을 입은 온 나라의 피해보상을 바라는 그 정당한 요구나, 적어도 그의 처벌을 요구하는 것을 침해한다는 것을 고려하지 않았습니다 라고 대답했다. 나라의 질서는 이 남자 때문에 아주 문란해졌으며, 법률학에서 빌린 원칙으로써는 도저히 그것을 원상 복구시키기 어렵다고 생각하며, 따라서 자신은 그런 경우를 위해 정해 놓은 수단을 취하려는 시종의 견해에 찬성했다. 즉 많은 군대를 소집해서 뤼쩬의 성에 들어박힌 말 장수를 공격하여 그를 체포하거나 진압해야 한다고 말했다. 시종은 벽에서 두 개의 의자를 가져와서는, 공손히 선제후와 공작을 위해 방안에 놓으면서, 귀하와 같은 정직하고 현명한 사람과 이런 까다로운 사건을 해결하는 방법에서 의견의 일치를 본 것이 기쁘다고 말했다. 공작은 의자에 앉지 않고, 의자를 손에 잡은 채 그를 쳐다보면서, 귀하는 이 일에 기뻐할 아무런 이유가 없다고 말했다. 제안된 이 방법은 필연적으로 예비조치를 수반하는데, 선제후의 이름을 악용한 죄로 우선 귀하를 체포하여 재판하지 않으면 안 됩니다. 왜냐하면 재판관 앞에서 재판받을 수 없을 정도로 끊임없이 일어나는 수많은 범죄에 대해 정의의 여신의 눈을 가리는 면사포를 내려놓고 묵과할 필요가 있다고 하더라도, 그런 범죄를 유발한 최초의 사건만은 묵과할 수 없기 때문입니다. 나라가 제일 먼저 하지 않으면 안 되는 일은 귀하를 극형에 처하라고 고소하는 것입니다. 그래야 비로소 나라는 말 장수를 처형할 권한도 갖는 것입니다. 말 장수의 소송은, 주지하는 바와 같이, 올바른 것이고, 그가 지금 휘두르고 있는 칼은 우리들 자신이 준 것이 아닙니까? 이 말에 깜짝 놀란 시종이 선제후를 쳐다보자, 선제후는 온 얼굴이 붉어지면서 몸을 돌려 창가로 갔다. 일동이 당황하여 잠시 침묵한 후, 마침내 칼하임 백작은 그 같은 방법으로는 우리들이 빠져 있는 마술적인 곤경에서 벗어나지 못한다고 말했다. 그런 논법으로 한다면 귀하의 조카 프리드리히 공작은 재판에 회부될 수밖에 없는데, 그 이유는 그가 콜하스에 대항하여 특별한 원정을 할 때, 그가 받은 명령을 여러 가지로 위반했으며, 그리하여 만약 현재 우리들이 빠져 있는 곤란한 사태를 유발한 책임을 많은 무리들에게 물어본다면, 그도 역시 책임이 있는 한 사람으로 지목될 것이고 또 선제후로부터 뮐베르크에서 일어난 사건의 책임을 반드시 추궁당할 것이기 때문이라고 말했다. 선제후께서 불안한 눈길로 자기 책상으로 돌아왔을 때, 헌작시종 힌츠 폰 트롱카는 자기 차례가 되어 말하기 시작했다. 그는 여기에 모였던 이런 현명한 사람들이 당연히 내려야 할 국가의 결정을 왜 못하고 말았는지 이해할 수 없다고 했다. 자기가 듣고 아는 한, 그 말 장수는 단지 드레스덴으로의 안전 호송과 사건의 재심을 요구하고, 그 대신 나라를 습격한 그의 부하를 해산시킬 것을 약속했다고 말했다. 그러나 그것 때문에 이 악랄한 복수행위를 사면해선 안 된다고 했다. 두 가지 법률개념, 루터 박사의 개념뿐 아니라 추밀고문관의 개념이 혼동하는 듯이 보였다. 결국은, 그는 손가락을 코에 대고 말을 계속했다. 드레스덴 법원에서 가라말의 문제에 대해 어떤 판결이든지 일단 판결이 내려진 이상, 우리가 콜하스를 살인 방화와 약탈의 이유로 금고 처분하는 일에 아무런 지장이 없습니다. 이것이야말로 중신 두 사람 견해의 장점을 결합하고 또 반드시 현세와 내세의 동의를 얻을 정치적 전환책입니다. — 공작과 대법원장은 헌작시종 힌츠의 이 같은 연설에 대해 아무 말도 하지 않고 경멸적인 눈길을 보냈고, 그래서 토론이 끝난 듯이 보였을 때, 선제후는 그들이 제안한 서로 다른 두 견해들을 다음 추밀 고문관 회의 때까지 숙고해 보겠다고 말했다.— 우정에 매우 민감한 선제후는, 공작이 제안한 '심리를 위한 예비 조치'(역주: 시종의 구속을 말함) 때문에, 이미 모든 준비가 다 된 콜하스를 토벌할 의욕을 잃은 듯이 보였다. 어쨌든 선제후는 대법원장 브레데 백작을 남게 했는데, 그의 견해가 자신에게 가장 합리적인 듯이 보였다. 그리고 브레데 백작은 사실 말 장수가 이미 4백 명의 남자를 거느린 강한 군대로 성장했고 또 시종의 부당한 행동으로 온 나라에 불만이 커져, 이 숫자는 짧은 기간 내에 2배 내지 3배가 될 것이라는 내용의 편지들을 보여 주었기 때문에, 선제후는 더 이상 머뭇거리지 않고 루터 박사의 충고를 받아들이기로 결심했다. 그래서 그는 콜하스 사건에 관한 전권을 브레데 백작에게 넘겨주었고, 불과 며칠 후 게시(揭示)가 나붙었는데, 그 내용은 다음과 같다.

나…… 작센 선제후는 특별히 마틴 루터 박사의 중재를 고려하여, 브란덴부르크 출신의 말 장수 미하엘 콜하스에게 이것을 본 3일 이내에 그가 쥔 무기를 내려놓는 조건으로 그의 사건을 재심리하기 위해 드레스덴으로 안전 호송을 해준다. 그러나 예상되는 일은 아니지만 만일 가라말에 대한 그의 소송이 드레스덴 법원에서 거부된다면, 자기 자신의 권리를 찾기 위해서 독자적인 시도를 했기 때문에 그는 가차없이 준엄한 법에 따라 기소될 것이다. 그러나 반대의 경우에는, 그와 그의 일당들에게 은전을 베풀고, 그가 작센에서 행한 폭행을 완전히 사면해 줄 것이다.

콜하스는 이 지방의 모든 장소에 부착된 게시의 사본 하나를 루터 박사로부터 받자마자, 비록 그 안에 조건이 붙어 있는 문구가 있었지만 상관하지 않고, 곧 선물과 함께 감사의 인사와, 적당한 경고를 주면서 자기 군대를 해산시켰다. 그는 돈·무기·그리고 가재도구 등 약탈했던 모든 것을 선제후의 재산으로 뤼쩬 법원에 공탁해 두었다. 그리고 가능하다면 자기 농장을 되사들이기 위해 발트만에게 편지를 지참시켜 콜하젠뷔르크의 장원 관리인에게 보내고, 다시 자기 곁에 두고 싶은 아이들을 데려오게 하기 위해 슈테른발트를 슈베린으로 보내고 난 후, 그는 남아 있는 얼마 안 되는 작센의 재산을 증서로 만들어 몸에 지닌 채 뤼쩬 성을 떠나 몰래 드레스덴으로 갔다.

막 날이 새기 시작했으나 아직도 온 도시는 자고 있었다. 그 무렵 그는, 장원 관리인의 정직 덕택으로 여선히 자기 소유인, 피르나 교외에 있는 작은 집의 문을 노크했다. 깜짝 놀라며 문을 열어 준 집안 살림을 맡아 보던 노 집사 토마스더러 정부관청에 가서 폰 마이센 공작한테 말 장수 콜하스가 도착했다고 알리라고 말했다. 폰 마이센 공작은 이 통지를 받자마자 이를 보낸 자를 만나보고 그들이 어떤 관계인가를 직접 아는 것이 좋겠다고 생각했다. 그가 곧 기사와 하인들을 데리고 나타났을 때, 이미 헤아릴 수 없는 많은 사람들이 콜하스의 집으로 가는 길에 모여 있는 것을 보았다. 국민을 억압하는 자를 불과 칼로써 추적하는 복수의 천사가 왔다는 소식은 교외나 시내를 구분 않고 드레스덴 시를 잠에서 깨웠다. 호기심 있는 구경꾼들이 몰려들지 못하도록 집 대문의 빗장을 걸어 잠그지 않으면 안 되었다. 소년들은 집안에서 아침 식사를 하는 방화 살인범을 보기 위해 창문으로 기어올라갔다. 공작은 길을 열어 주는 호위병의 도움으로 그 집안으로 들어가자마자 콜하스의 방으로 들어가서, 옷을 반쯤 벗고 탁자에 서 있던 그에게, 당신이 말 장수 콜하스입니까? 하고 물었다. 그러자 콜하스는 자신의 사건을 알려 주는 서류가 든 가방을 허리띠에서 꺼내 들면서, 공작에게 공손히 건네주고는 그렇다고 대답했다. 그리고 덧붙여서 그는 자기 군대를 해산한 후, 군주로부터 통행의 자유를 얻어, 자기 가라말 때문에 융커 벤쩰 폰 트롱카를 법원에 고소하기 위해 드레스덴에 왔다고 말했다. 공작은 재빨리 눈길을 던져 그를 머리부터 발끝까지 한번 쳐다보고는, 가방에 있는 서류들을 대강 훑어보았다. 그리고는 그 안에서 발견한, 륏쩬 법원이 발행한 선제후 나라의 재산이 될 공탁물에 관한 증서가 어떤 내용인가를 콜하스에게 설명해보라고 했다. 그리고 어린이와 재산, 그리고 장래의 생활 방식 등 여러 가지를 물어서 이 남자의 사람됨을 잘 시험해 본 후, 대체로 그를 안심할 수 있겠다고 느끼자, 서류를 돌려주고, 소송에는 아무런 방해도 없으니, 단지 소송을 시작하기 위해 직접 대법원장 브레데 백작에게 제출하는 것이 좋겠다고 말했다. 그 사이에, 공작은 창문가로 가서 집 앞에 모인 사람들을 쳐다보고 깜짝 놀라 눈을 크게 뜨고 잠시 침묵한 후 말했다. 너는 당분간 집안에 있을 때나, 외출할 때에 너를 보호할 경호원을 두지 않으면 안 돼.— 콜하스는 당황하여 밑을 쳐다보며 아무 대답도 하지 않았다. "어쨌든 걱정하지 말아라, 그 때문에 일어나는 일은 네가 너의 잘못으로 돌려야 한다."라고 공작은 다시 창문을 떠나면서 말했다. 그러면서 그는 집에서 나갈 의도로 다시 대문 쪽으로 몸을 돌렸다. 콜하스는 한동안 생각을 가다듬은 후 말했다. 공작님, 당신 뜻대로 하십시오! 제가 원하면 즉시 경호원들을 철수시킨다고 당신이 약속해 주신다면 저는 이 조치에 반대하지 않습니다. 공작은 그것은 두말할 필요가 없는 것이라고 대답하고 이 목적을 위해서 소개한 3명의 용병(傭兵)에게 그들이 묵을 이 집의 주인은 매우 자유롭다고 이야기한 후, 만약 그가 외출하면 단지 그를 보호하기 위해서 뒤따라야만 한다고 말했으며, 말 장수에게 손을 흔들면서 인사하고는 떠나갔다.

정오 경에 콜하스는 그 3명의 용병들에게 호위되어, 어떤 방법으로도 그를 해쳐서는 안 된다는 경찰의 경고를 받은 헤아릴 수 없는 많은 군중들이 뒤따르는 가운데, 대법원장 브레데 백작에게로 갔다. 대법원장은 부드럽고 친절하게 자신의 대기실에서 그를 맞이하여, 두 시간 내내 그와 환담했으며, 사건의 진행과정을 처음부터 끝까지 이야기하게 한 후, 고소장을 작성하여 즉시 제출하도록 하기 위해 이 시의 유명한 관선 변호사를 찾아가라고 말했다. 콜하스는 더 이상 지체하지 않고 변호사의 집으로 갔다. 그리고 최초에 기각된 고소장과 똑같은 고소장을, 말하자면 법에 따라서 융커를 처벌하고, 말들을 원상으로 회복시키며, 자기 손해뿐만 아니라 뮐베르크에서 전사한 하인 헤르제가 입은 손해를 헤르제의 늙은 어머니를 위해 배상해 달라고 작성한 후, 여전히 자기를 멍하니 바라보는 군중들의 호위를 받으며, 불가피한 일로 나가는 경우를 제외하고는 외출하지 않기로 결심하면서 집으로 돌아왔다.

그 사이에 융커는 빗텐베르크의 구류상태에서 석방되었으며, 자기 발에 난 위험스런 단독(丹毒, 역주: 헌데나 다친 곳으로 연쇄상 구균이 들어가 생기는 급성 전염병)에서 회복한 후 법원으로부터 말 장수 콜하스가 그를 상대로 불법적으로 빼앗기고 파멸당한 가라말 때문에 제출한 고소에 답변하도록 드레스덴에 오라는 최후의 소환을 받았다. 융커의 방계(傍系) 사촌인 시종 및 헌작시종 폰 트롱카 형제들은 그들의 집에 융커가 숙박하려하자 크게 격분하여 경멸하며 그를 맞이했다. 그들은 그를 전 가문에 치욕과 불명예를 가져온 비열한 자이며 동시에 쓸모 없는 사람이라고 불렀고, 그의 재판은 틀림없이 지게 될 것이며, 가라말들에게 먹이를 주어 살찌우라는 처벌을 받게 되면 세상의 웃음을 사게 되므로, 즉시 그 말들을 찾을 준비를 하라고 요구했다. 윙커는 약하고 떨리는 목소리로 자기는 이 세상에서 가장 가련한 사람이라고 말했다. 그는 자기를 불행으로 빠뜨린 이 불길한 사건에 대해서는 거의 알지 못했으며, 성지기와 집사에게 모든 책임이 있고, 그들이 자기에게 전혀 알리지 않고 자기 의향도 무시하고 말들을 가을걷이에 사용했으며 때로는 그들 소유의 농장으로 데려가 혹사시켜 파멸시켰을 것이라고 맹세했다. 이 말을 하면서 그는 자리에 앉아, 자신에게 상처와 모욕을 주지 말라고 간청하며, 고의적으로 최근에 간신히 회복한 병을 상기시켰다. 다음날 불타버린 트롱카의 성 근처에 땅을 소유한 힌츠와 쿤츠는 자기들 사촌 윙커의 요청으로 거기에 사는 집사와 임차인에게 편지를 썼다. 왜냐하면 저 불행한 날에 없어져 버린 후 완전히 행방불명된 가라말에 대하여 소식을 얻기 위해서는 그렇게 할 수밖에 없었기 때문이다. 그러나 성이 완전히 파괴되고 그 주민들은 대부분 학살되었기에 그들이 알 수 있는 것이라고는 고작, 방화 살인범의 칼등에 찔린 한 하인이 불타는 헛간에 서 있던 말들을 구한 사실뿐이었다. 그러나 그 후 그 하인은 말들을 어디로 데려가면 좋은지 또 그들을 어떻게 해야 좋은지 묻자 대답 대신에 그 난폭한 사람한테서 발에 차였다. 마이센으로 도망쳤던 통풍에 걸려 고생하던 윙커의 늙은 하녀는 윙커가 서면(書面)으로 질문한 것에 대답하여, 그 끔찍한 일이 있은 다음날 아침에 그 하인은 말을 데리고 브란덴부르크의 국경을 향해 갔다고 증언했다. 더욱이 거기로 보낸 조회들은 모두 쓸모 없는 것으로 증명되었다. 그리고 이 정보는 어쨌든 그릇된 것이 틀림없었다. 왜냐하면 융커의 하인 중에는 브란덴부르크 출신은 물론, 브란덴부르크로 가는 길옆 마을 출신의 하인은 한 사람도 없었기 때문이다. 트롱카 성의 방화가 있은 며칠 뒤에 뷜스드룹에 있던 드레스덴 사람들은 그 무렵 한 하인이 두 말의 고삐를 쥐고 그곳에 도착하는 것을 보았으며, 그 말들이 비참하게 되어서 더 이상 걸어갈 수 없게 되었으므로, 그들을 다시 건강하게 키워보겠다고 원하는 한 목동의 마구간에 두었다는 사실을 말했다. 그것은 여러 가지 이유에서 찾고 있는 가라말들이 틀림없는 것처럼 보였다. 그러나 뷜스드룹에서 온 사람들이 증언한 바에 의하면 그 목동은 그 말들을 다시 누군지 모르는 사람에게 팔아버렸다는 것이다. 그리고 진원지가 밝혀지지 않은 제3의 소문은 그 말들이 이미 죽어서 뷜스드룹의 뼈를 묻는 곳에 묻혔다고 했다. 누구라도 쉽게 이해할 수 있듯이, 힌츠와 쿤츠는 사건이 이렇게 전환된 것을 크게 환영했는데 그것은 그들 사촌 융커가 자신 소유의 마구간이 없으므로 그들에겐 가라말들을 그들의 마구간에서 사육할 필요가 없어졌기 때문이다. 하지만 그들은 그 이야기가 절대적으로 확실하다는 것을 증명하고자 했다. 따라서 융커 벤쩰 폰 트롱카는 재판권을 가진 세습 영주로서 뷜스드룹의 법원에 편지를 보내 가라말들에 대해 자세히 묘사했다. 그가 말한 바에 의하면 그 말들은 자신에게 위탁되어 있었으나, 불의의 사고로 잃어버린 것인데, 그들의 현 소재를 찾고 있으며, 그 소유자가 누구이든 간에 발생한 모든 비용을 충분히 배상해 줄 것이니 그 말들을 드레스덴의 시종 쿤츠의 마구간에 넘겨주기를 간절히 바란다는 것이다. 그리고 며칠 뒤, 뷜스드룹의 목동에게서 그 말들을 매입했던 사람이 실제로 나타났고 마르고 비틀린 그 말들을 자기 손수레의 기둥에 묶어 시장으로 몰고 왔다. 그러나 융커 벤쩰에게는 불행하게도, 그리고 정직한 콜하스에게는 더욱 불행하게도 이 사람은 되벨린의 박피공(剝皮工)으로 판명되었다.

융커 벤쩰은 자기 사촌 시종과 같이 있는 자리에서 한 남자가 트롱카 성의 화재에서 도망친 두 마리의 가라말을 데리고 시내에 도착했다는 불확실한 소문을 듣자마자, 두 사람은 즉시 집에서 모은 몇 명의 하인들을 데리고 그 남자가 있는 성 광장으로 갔다. 거기서 만약 그 말들이 콜하스 소유의 말이라고 증명되면 그에게 비용을 변상하고 그 말들을 집으로 데려갈 생각이었다. 그러나 이미 군중들이 그 광경에 이끌려 말들이 묶여 있는 수레 주변에 순간순간 불어 나는 것을 보고 기사들은 깜짝 놀랐다. 사람들은 끊임없이 크게 웃어대면서, 이 말들 때문에 국가의 기반이 흔들렸는데 그 말들은 벌써 박피공의 수중에 넘어갔구나! 라고 소리쳤다. 융커는 마차 주변을 걷고 나서, 방금 죽을 듯한 가련한 말들을 관찰하고 당황하여 중얼거렸다. 이 말들은 내가 콜하스에게서 뺏은 것들이 아니야! 그러나 시종 쿤츠는 화난 눈길로 말없이 그를 쳐다본 후, 만약 그가 쇠로 되어 있다면, 그를 때려 박살 냈을 텐데 라고 생각하며 자기 외투를 벗어 훈장과 호패를 내보이면서, 박피공에게로 나아가 이 가라말들은 뷜스드룹의 목동에게서 인수한 것이며 또 그들을 소유했던 융커 벤쩰 폰 트롱카가 그곳 법원을 통해 찾아 달라고 요청한 말이 아니냐고 물었다. 박피공은 한 통의 물을 손에 들고서 열심히 수레를 끄는 뚱뚱하고 살찐 말에게 물을 먹이면서 말했다. "그 가라말들?"— 그는 물통을 내려놓은 뒤, 말의 입에서 재갈을 벗겨 주고는 말했다. "수레 기둥에 묶인 가라말들은 아마 하이니헨의 돼지 치는 사람에게서 샀을 것입니다. 돼지 치는 사람은 그 말들을 어디서 입수했는지, 그 말들이 뷜스드룹의 목동에게서 왔는지 저는 모릅니다." 그는 다시 물통을 들어 마차 채와 자기 무릎 사이에 세우면서 말했다. '자신은 뷜스드룹의 법원에서 온 정리한테서 그 말들을 드레스덴에 있는 폰 트롱카 가(家)의 집으로 몰고 가라'는 지시를 받았다고 했다. 제가 지시받은 융커의 이름은 쿤츠였습니다. 이 말을 하면서 몸을 돌려 말이 먹고 남은 물통의 물을 보도 위에 쏟아 부었다. 시종은 조롱하는 많은 사람들의 시선을 받으며, 아무 생각 없이 열심히 일을 하고 있는 그 하인을 자기 쪽으로 쳐다보게 하지 못하자, 자신이 시종 쿤츠 폰 트롱카라고 말하고, 또 자신이 지금 받으려 하는 가라말들은 틀림없이 자기 사촌 융커의 소유라고 했다. 그리고 그 말들은 트롱카 성의 화재 때에 도망친 한 하인의 손에서 뷜스드룹의 목동에게로 건너갔으며, 원래 두 마리의 가라말은 말 장수 콜하스가 소유한 것이었다고 했다. 그는 바지를 높이 걷어올리고 다리를 쫙 벌리고 서 있는 녀석에게 그것에 대해 아무것도 모르는지 물었다. 무엇보다도 중요한 점은, 하이니헨의 돼지 치는 사람이 뷜스드룹의 목동한테서 그 말들을 사지 않았는지, 아니면 그 목동한테서 그 말들을 산 제3자로부터 샀는지 알고 있느냐고 물었다. 그 박피공은 마차에 기대서서 오줌을 누고 나서 말했다. "나는 말들을 몰고 드레스덴으로 가면 폰 트롱카 가의 집에서 그들의 대가로 돈을 받을 것입니다. 나는 당신이 지껄이는 것을 이해하지 못해요. 말하자면 페터인지, 파울인지 아니면 뷜스드룹의 목동이 그 말들을 하이니헨의 돼지 치는 사람보다 먼저 소유했는지, 모두가 나에게는 그들이 도둑질하지 않은 한 마찬가지입니다." 그러면서 채찍을 그의 넓은 등 위로 비스듬히 하면서, 배가 고파 아침밥을 먹으려고 그곳에 있는 선술집으로 갔다. 시종은 하이니헨의 돼지 치는 사람이 되벨린에서 박피공에게 판 말이 악마가 타고 작센 주위를 돌아다닌 말이 아니라면(역주: 밤에 악마가 타고 돌아다닌 말은 피곤하여 다음날 죽는다는 전설이 있음) 도대체 그 말들을 어떻게 처분해야 할지 도무지 알 수 없었으므로, 융커에게 의견을 말해 보라고 재촉했으나 융커는 창백하고 떨리는 입술로 그 말들이 콜하스의 말이건 아니건 간에 사들이는 것이 상책이라고 대답했다. 그러자 시종은 어떻게 해야 좋을지 전혀 몰라 자신을 낳은 부모를 저주하면서, 자기 외투자락을 뒤로 젖히고, 군중 속에서 나와 활보해 갔다. 그는 말을 타고 지나가던 잘 아는 폰 벤크 남작을 불러 세웠다. 천민들이 비웃듯이 자기를 쳐다보며 손수건을 입에 대고 있다가 자기가 떠나가는 것을 보고 와락 웃음을 웃으려는 모양이므로, 시종은 그 자리를 떠나지 않으려고 결심하고 남작에게 대법원장 브레데 백작 집 앞에서 마차에서 내려, 대법원장의 주선으로 가라말들을 검사하도록 콜하스를 데려오라고 부탁했다. 때마침 콜하스는 륏쩬에서 행한 공탁과 관련된 모종의 설명을 하도록 요청받고 정리에게 호출되어 대법원장의 방에 가 있으며, 그때 남작이 지금 언급한 목적을 위해 그 방으로 들어왔다. 대법원장이 짜증스런 얼굴로 의자에서 일어나, 남작이 모르는 말 장수를 손에 서류를 들고 옆에 서 있게 하자, 남작은 대법원장에게 폰 트롱카의 귀족들이 처해 있는 어려운 상황을 설명했다. 되벨린의 박피공은 뷜스드롭 법원의 불완전한 요청에 따라 말들을 몰고 나타났으나, 말들의 상태는 융커 벤쩰이 그들을 콜하스의 말로 인정하기에는 주저하지 않을 수 없을 정도로 비참하게 되어 있었다. 그럼에도 불구하고 기사들의 마구간에서 그 말들을 다시 살찌우기 위해 박피공한테서 말을 사들일 경우에는, 콜하스가 눈으로 보고 검증하는 것은 앞에서 언급한 모든 의심을 풀기 위해 꼭 필요한 일이라고 했다. 그는 끝으로, "당신은 말 장수를 그의 집에서 경호원을 딸려 말들이 있는 광장으로 데려가게 해 주시겠느냐?"고 물었다. 대법원장은 자기 안경을 코에서 벗으면서 남작에게 당신은 이중의 오류에 빠져 있어요 라고 말했다. 첫째로 말의 소유권 문제를 확실히 하기 위해서는, 콜하스의 눈으로 하는 검증 이외에는 다른 방법이 없다고 믿는 것이고, 둘째는 대법원장인 자신에게 융커가 원하는 어디든지 경호원을 딸려 콜하스를 데려가게 할 자격이 있다고 상상하는 것이다. 그리고 나서 그는 남작을 뒤에 서 있는 말 장수에게 소개하고, 자리에 앉으면서 안경을 다시 쓰고는, 이 문제에 대해서는 말 장수에게 직접 물어 보라고 했다. — 콜하스는 마음속에 일어나는 것을 밖으로 나타내지 않은 채, 박피공이 시내로 몰고 온 가라말들을 검사하기 위해 광장으로 남작을 따라갈 준비가 되어 있다고 말했다. 남작이 깜짝 놀라 몸을 돌리는 동안에 콜하스는 다시 대법원장의 책상으로 가서 대법원장에게 자기 편지 가방에서 꺼낸 서류로 륏쩬의 공탁에 관련된 여러 가지 보고를 한 후 작별인사를 했다. 남작은 얼굴 전체가 붉어져 창문가로 갔으며, 마찬가지로 대법원장에게 작별을 고했다. 그리고 두 사람은 폰 마이센 공작에 의해 배치된 세 용병의 호위를 받으며, 많은 사람들에 싸여 성 광장으로 갔다. 그 사이에 시종 쿤츠는 자기 주변에 모습을 드러낸 친구들의 충고를 무시하고, 되벨린의 박피공 맞은편 군중 속에 자리를 차지하고 있었다. 남작이 말 장수를 데리고 나타나자마자, 그는 말 장수에게 다가가 칼을 위엄과 명성을 다해 팔 밑에 끼우면서 마차 뒤에 서 있는 그 말들이 당신 말이냐고 물었다. 질문하는 이 미지의 신사를 향해 말 장수는 몸을 돌려 공손히 모자를 벗어 인사를 하고, 대답은 하지 않고 모든 기사(騎士)들을 데리고 박피공 수레로 다가갔다. 그는 12걸음 정도 떨어진 곳에 서서 비틀거리면서 머리를 땅바닥으로 숙이고 박피공이 앞에 갖다준 여물을 먹지도 않고 서 있는 말들을 힐끗 쳐다보았다. 그는 다시 시종에게 몸을 돌려 나리, 그 박피공의 말이 맞습니다. 수레에 묶여 있는 말들은 저의 말입니다! 라고 말했다. 그리고 그는 모든 기사들을 한 번 둘러보고는 다시 한 번 자기 모자를 벗어 인사를 한 뒤 경호원의 호위를 받으며 그 광장에서 떠나갔다. 이 말을 듣자마자 시종은 자신의 투구 장식이 흔들릴 정도로 빠른 걸음으로 박피공에게 다가가 돈지갑을 던졌다. 한편 박피공은 지갑을 쥐고 납으로 만든 빗으로 머리카락을 이마 위로 빗어 올리면서 돈을 쳐다보았다. 시종은 한 하인에게 저 말들을 풀어서 집으로 데려가라고 명령했다. 그 하인은 주인의 명령에 따라 일련의 친구들과 친척들을, 대중 속에 남겨두고 떠났으며, 실제로 약간 붉어진 얼굴로 말 다리 밑에 쌓인 똥더미를 지나 말들에게로 다가갔다. 그가 말고삐를 풀기 위해 그것을 붙잡자마자, 그의 사촌형이며 수공업자인 힘볼트가 그의 팔을 잡고 너는 그 박피공의 말에 손대지 마라!고 말한 후 그를 마차에서 내던졌다. 그는 다소 불안한 발걸음으로 똥더미를 지나 이 사건에 대해 아무 말 없이 서 있는 시종에게로 가면서 말을 덧붙였다. 그 같은 명령을 수행시키기 위해서는 박피공의 하인을 고용하지 않으면 안 됩니다! 시종은 화가 나서 입에 거품을 물고 한 순간 수공업자를 쳐다보고 몸을 돌려, 자기를 에워싸고 있는 기사들의 머리 너머로 위병(衛兵)을 불렀다. 폰 벤크 남작의 명령을 받고 한 장교가 선제후의 근위병을 데리고 성에서 나오자마자, 시종은 그에게 시민들을 부추기는 더러운 선동을 잠시 설명한 후, 그 주모자인 수공업자 힘볼트를 체포하라고 재촉했다. 그는 수공업자의 앞가슴을 잡고 수레에서 가라말을 풀라고 명령을 준 자기 하인을 내동댕이치고 폭행했다고 비난했다. 수공업자는 꽉 잡은 시종의 손에서 노련하게 빠져나가 시종을 밀면서 말했다. 나리, 20세밖에 안된 청년에게 그가 해야 할 일과 하지 말아야 할 일을 가르치는 것은 그를 선동하는 것이 아닙니다. 그에게 물어보세요, 그가 관습과 예절을 무시하고 수레에 묶여 있는 말들을 주무르고 싶은지. 만약 제가 말한 이후에 그의 대답이 '예'이면 저로서는 그놈이 그들의 살코기를 베든지 껍질을 벗기든지 상관없어요. 이 말을 듣고 시종은 하인을 향해, 콜하스의 소유였던 말들을 풀어서 집으로 데려가라는 자기 명령을 수행하는 데에 왜 주저하는지 물었다. 그때 하인이 부끄러워하면서, 시민들 속으로 섞여 들어가며 대답했다. 저에게 그걸 요구하기 전에 그 말들은 우선 깨끗해지지 않으면 안 됩니다.(역주: 중세에는 박피공의 손에 일단 들어간 동물은 부정한 것이므로, 그것을 손대는 자는 부정을 타서 명예를 잃는다고 믿었다) 그러자 시종은 그를 뒤쫓아가 트롱카 가문의 문장(紋章)이 장식된 가죽 모자를 벗겨 발로 밟고 나서, 자기 칼을 뽑아 칼등으로 세게 쳤으며, 즉시 그 하인을 광장에서 쫓아버리고 해고시켰다. 수공업자 힘볼트가 소리 질렀다. 살인적인 폭군을 즉시 땅바닥에 내던져라! 시민들이 이 소동에 격분하여 모여들어, 위병들을 물리치고 있는 사이에, 그는 시종을 뒤에서 넘어뜨리고, 외투·넥타이·그리고 투구를 벗기고 그의 손에 든 칼을 뺏어 힘껏 광장으로 집어던졌다. 융커 벤젤은 간신히 폭도로부터 빠져나가 기사들에게 자기 사촌형을 구하러 가라고 소리쳤으나 허사였다. 그들은 거기로 한 발짝도 채 걷기 전에 군중들의 쇄도에 밀려 흩어졌고, 넘어질 때에 머리를 다친 시종은 격분한 군중에게 내맡겨졌다. 간신히 그를 구해준 것은 때마침 그 광장을 지나가던 근위 장교가 그를 도와주라고 불러서 나타난 기마(騎馬)의 용병단뿐이었다. 그 장교는 군중들을 쫓아낸 후 격분해 있는 수공업자를 붙잡았고, 그를 몇몇 기병이 감옥으로 데리고 가는 사이에, 두 명의 친구는 피에 젖은 불쌍한 시종을 땅에서 일으켜 세워 집으로 데리고 갔다. 그것은 말 장수에게 입힌 부정을 보상해 주려는 좋은 의도에서 행해진 성실한 시도의 불행한 결말이었다. 되블린의 박피공은 자기 일을 끝내고 더 이상 머무르고 싶지 않아서, 군중들이 흩어지기 시작하자 말들을 가로등의 기둥에 묶었다. 거기서 말들은 종일토록 아무의 돌봄도 받지 못하고 길거리 청년들과 건달들의 조롱을 받으며 서 있었다. 먹이를 주는 사람도 돌보는 사람도 없는 상황에서 마침내 경찰이 이들을 떠맡지 않으면 안 되었으며, 밤이 될 무렵에 드레스덴의 박피공을 불러서 다음 지시가 있을 때까지 교외의 박피장에서 그들을 돌보게 했다.

이 사건은 사실상 말 장수에게는 아무런 책임이 없음에도 불구하고 그의 소송의 결과에 매우 불리한 공기를 이 나라의 온건하고 사건을 잘 이해하는 사람들 사이에 퍼뜨렸다. 사람들은 그 말 장수와 국가와의 관계가 이미 참을 수 없는 상태에 빠져들었다고 생각했다. 그런 사소한 사건에서 오직 자신의 광적인 아집을 충족시키려는 그 말 장수에게 폭력에 못 이겨 보상을 주기보다는, 오히려 공공연하게 그를 부당하게 다루고 그 사건 전체를 다시 기각하는 것이 더 낫다고 사람들이 사적인 장소에서도, 공공의 장소에서도 말하기 시작했다. 대법원장 자신이 지나치게 공정하며 또 그래서 폰 트롱카 일가를 증오하는 사실이 이 분위기를 굳히고 확산시키는데 도움을 주어 불쌍한 콜하스를 완전히 파멸에 빠뜨렸다. 지금 드레스덴의 박피공이 돌보고 있는 말들을 콜하젠뷔르크의 마구간에서 올 때의 상태로 돌린다는 것은 전혀 불가능했다. 그러나 그것은 적당한 치료와 지속적인 간호를 하면 가능해질지도 모를 일이다. 현재

와 같은 상황 때문에 융커의 가문에 닥친 수치는 너무나 커서, 국민들 가운데에서 가장 고상한 명문 중의 하나로 나라 안에서 차지하고 있는 비중을 고려하면, 말을 돈으로 변상하는 것이 가장 공정하고 합리적인 것이라고 생각되었다. 며칠 뒤 내각총리인 칼하임 백작이 와병중인 시종을 대리하여 대법원장에게 그런 제안을 하는 편지를 썼다. 마침 그것을 본 대법원장은 콜하스에게 편지를 보내, 그런 제안이 오면 거절하지 말라고 주의를 주었고, 또 직접 내각총리에게 간단하지만 그다지 정중하지 않은 답장을 보내 이 문제에 개인적인 간섭을 하지 말라고 요청했다. 또 시종에게는 말 장수가 매우 합리적이고 겸손한 사람이라고 설명하면서, 그 사람과 직접 절충해 보라고 촉구했다. 말 장수의 의지는 이 광장에서 발생한 사건으로 실제로 약해졌으며, 그는 대법원장의 충고에 따라, 만약 융커나 융커 친척들 쪽에서 의사표시를 할 경우, 이를 기쁘게 받아 주고, 기왕의 사건을 모두 용서해 주려고 기다리고 있었다. 그러나 이런 의사표시를 하는 일은 자존심이 센 기사들로서는 도저히 받아들일 수 없는 것이었다. 그들은 대법원장으로부터 받은 답장에 매우 화가 나, 다음날 아침에 부상으로 자기 방에 누워 있는 시종을 방문한 선제후에게 이를 보여 주었다. 그 시종은 아파 누워 있기에 약하고 눈물나게 하는 목소리로, 선제후가 바라는 대로 이 사건의 해결을 위해 자기 목숨을 내놓은 후, 더욱이 자기 명예를 이 세상의 비난에 내놓고, 자신과 자기 가문에 생각할 수 있는 온갖 수치를 갖다준 사람 앞에 나가 화해와 양보를 요청하지 않으면 안 되는지 선제후에게 물었다. 선제후는 편지를 읽고 난 후 당황하여 칼하임 백작에게 콜하스와 더 이상 상의하지 않고 말들이 다시는 복원될 수 없다는 상황에 입각해서 마치 그들이 죽은 것처럼 하여 돈으로 변상한다는 판결을 작성할 권한을 법원이 가지지 않았는지 물었다. "예, 전하 그들은 사실상 죽었습니다. 그들은 더 이상의 가치가 없기 때문에 법적으로 죽어서, 사람들이 그들을 박피장으로부터 기사들의 마구간으로 옮기기 전에 이미 육체적으로도 죽을 것입니다."라고 백작은 대답했다. 그러자 선제후께서는 편지를 호주머니에 넣으면서 자신이 직접 대법원장과 상담하고 싶다고 말하면서, 반쯤 몸을 일으키고 감사하다고 선제후의 손을 잡는 시종을 위로하고는 건강을 위해 조심할 것을 당부한 뒤 자애스런 모습으로 사리에서 일어나 그 방을 떠났다.

드레스덴에서의 사건은 그렇게 되어 있었고, 불쌍한 콜하스에게 륏쩬에서 또 하나의 더 위협적인 폭풍우가 다가왔으며, 교활한 기사들은 능숙하게 그 빛을 불행한 사람의 머리 위에 내리게 할 수 있었다. 말 장수의 소집에 응했던 한 사람으로 선제후의 사면이 발표된 후 다시 면직된 요한 나겔슈미트라는 하인이, 그로부터 몇 주 후 보헤미아의 국경 근처에서, 어떤 비열한 행위도 할 수 있는 천민들 일부를 새로이 모아, 콜하스가 가르쳐 준 사업을 자기 손으로 계속하는 것이 좋다고 생각했다. 이 악당은 일부는 자기를 추격하는 포리(捕吏)들을 위협하기 위해, 또 일부는 전처럼 민중들을 자신의 나쁜 짓에 참여하도록 유인하기 위해 스스로 콜하스의 대리인이라고 불렀다. 주인에게서 배운 지혜로써, 고향으로 조용히 돌아온 몇몇 하인들에게는 사면이 주어지지 않았다는 소문을 퍼뜨렸으며, 콜하스도 드레스덴에 도착하자 체포되어 감시인의 수중에 넘어갔다는 흉측한 거짓말을 퍼뜨렸다. 뿐만 아니라 콜하스의 포고령과 아주 유사한 포고령에서 자기 방화범의 무리는, 오직 하느님의 명예를 위해서만 일어선 전쟁무리라고 하며 분명 선제후가 그들에게 약속해 준 사면이 실행되는가 감시하기 위해 나타났다고 했다. 이미 언급했듯이 모든 것은 결코 하느님의 명예를 위한 것도 아니고 또 콜하스에 대한 충성에서 생겨난 것도 아니며 콜하스의 운명은 그들에겐 전혀 관심 없었고, 오직 그런 가면을 쓰고 벌을 잘 피하고 한 층 더 쉽게 불지르고 물건을 약탈하기 위해서이다. 그 첫 소식이 드레스덴에 도착하자 기사들은 소송사건 전체에 새로운 국면을 부여하는 이 사건에 대해 기쁨을 억누를 수 없었다. 그들은 현명하면서도 불만족스런 눈길로 몇 번 절박한 경고를 했음에도 불구하고, 콜하스에게 사면을 준 것은, 말하자면 이 나라의 모든 악당들에게 말 장수의 길을 따르라고 신호할 의도가 있었던 것이라며, 실책이었음을 상기시켰다. 그들은 또 곤경에 처한 자기 주인을 안전하게 보호하기 위해 무기를 잡았다고 사칭하는 나겔슈미트를 믿는 것에 만족하지 않고, 그와 같은 사람이 출현했다는 것은 정부를 위협해서 판결을 철저히 광포한 자기 고집대로 빨리 관철시키기 위해 콜하스 쪽에서 획책한 계략에 불과하다는 확실한 의견을 말했다. 사실 헌작시종 힌츠는 연회 후에 선제후의 접견실에서 자기 주위에 모인 두셋의 수렵관(狩獵官)과 정신(廷臣)들에게, 륏쩬의 도둑들을 해산하는 것은 단지 저주스런 속임수에 지나지 않는다고 말했다. 한편 그는 대법원장의 정의감을 조롱하면서, 재치 있게 여러 가지 상황을 모아, 그 일당이 예나 지금이나 변함없이 선제후 나라의 숲속에서 활동하고 있고, 다시 불과 칼을 들고 방화하고 살인하려고 출격하기 위해 오직 말 장수의 신호만을 기다리고 있다는 사실을 증명했다. 크리스티렌 폰 마이센 공작은 사건의 이런 전환이 선제후의 명망을 심하게 더럽힐 것을 매우 우려하여, 즉시 선제후를 알현하기 위해 관저로 갔다. 그리고 가능한 한 콜하스에게 새로운 범행을 근거로 죄를 씌우려는 트롱카 가문의 기사들의 마음을 잘 꿰뚫어 보면서 그는 즉시 말 장수를 심문할 수 있도록 허락해 줄 것을 선제후에게 요청했다. 소환을 당해 뭔가 이상함을 느끼는 말 장수는 한 사람의 포리(捕吏)에 연행되어 자신의 작은 두 아들 하인리히와 레오폴드를 팔에 끼고 정부청사에 나타났다. 그 이유는 하인 슈테른발트가 전날 그의 다섯 아이들과 함께 그들이 체재하던 메클렌부르크를 떠나 그의 곁에 도착했고, 한 마디로 말할 수 없는 여러 가지 생각에 사로잡혀 아버지가 떠나갈 때에 어린이답게 눈물을 흘리며 따라가기를 원하는 두 아들을 껴안아 심문받으러 가는 곳에 데려가기를 원했기 때문이다. 공작은 콜하스가 자기 옆에 앉힌 어린아이를 호의적으로 바라보며, 친절하게 그들의 나이와 이름을 묻고 난 후, 옛 하인 나겔슈미트가 에르츠 산맥(역주: 작센과 베뮨 사이의 산맥 이름) 골짜기에서 제멋대로 행동하고 있다고 콜하스에게 이야기했다. 공작은 소위 이 남자의 포고령을 콜하스에게 전달하면서 이 사실에 대해 어떻게 변명할 것이냐고 물었다. 말 장수는 이 파렴치하고 반역적인 서류에 사실 크게 놀라기는 했지만, 공작 같은 정직한 사람에게 자기를 겨냥하는 이 고소가 아무 근거가 없다는 것을 납득시키는 데에는 어려움이 없었다. 그는 현재로서는 자신의 소송이 순조롭게 진행되고 있어서, 유리한 판결을 얻기 위해 제3자의 도움이 필요하지 않다고 설명했다. 그뿐만 아니라 그는 몇몇 서류를 가지고 있어서 공작에게 제시했는데, 그 서류에서 나겔슈미트는 자신에게 그런 도움을 줄 기분이 결코 아니라는 특별한 사정이 분명해졌다. 왜냐하면 그가 뤼쩬에서 자신의 무리들을 해산하기 직전에, 평지에서 약탈과 악행을 범한 죄로 나겔슈미트를 교수형 시키려고 했으나, 선제후의 사면 발표가 있었기에 그들의 관계는 끊어졌고 나겔슈미트는 생명을 구했으며, 그 다음날 그들은 불구대천의 원수로 헤어졌기 때문이다.

  공작의 동의를 얻어, 콜하스는 자리에 앉아 나겔슈미

트에게 편지를 썼다. 그 내용은 자기와 자기 군대에게 파기된 사면을 부활시키기 위해 무기를 잡았다고 하는 그의 주장은 수치스럽고 추잡스런 조작이라고 말한 후, 자기는 드레스덴에 도착하여 구금당하지도 않았고, 감시받지도 않았으며, 자신의 소송은 모두 자신이 원했던 대로 진행 중이다 라고 언급하고, 사면이 발표된 후 에르츠 산중에서 행한 방화 살인 때문에 국법의 가차없는 복수가 그에게 미칠 것이라고 하면서 그를 둘러싸고 있는 천민들에게도 경고를 했다. 게다가 말 장수는 뤼쩬성에서 위에서 언급한 비열한 행위와 관련하여 나겔슈미트를 심문하여 얻은 몇몇 단편적 사실들을 국민들에게 알리기 위해 덧붙였다. 그것은 이 악당이 당시 이미 교수형이 확정되었고, 우리가 이미 언급했듯이, 선제후께서 내린 특사로 간신히 구원된 녀석이라는 것이다. 그러자 공작은 그와 같은 사정 때문에 부득이 이렇게 심문하면서 진술시키지 않을 수 없었다고 콜하스를 안심시키고, 드레스덴에 있는 동안에 그에게 주어진 사면은 어떤 방법으로도 파기되지 않는다고 확신시켰다. 그리고 탁자 위에 있던 과일들을 두 아이에게 주며 그들과 다시 한 번 악수하고, 콜하스에게 작별인사를 하고 그를 떠나가게 했다.

대법원장은 그럼에도 불구하고 말 장수를 에워싼 위험을 인지하고, 그 소송을 새로 생긴 사건에 휩싸여 얽히기 전에 끝내기 위해 있는 힘을 다했다. 그러나 그렇게 복잡하게 하고 얽히게 하는 것이 바로 정략적인 트롱카측 기사들이 원하고 목표로 하는 것이었다. 그들은 전에는 조용히 융커의 죄를 인정하고, 오직 판결을 완화시키기 위해서만 노력했으나, 지금은 갖가지 교활하고 법을 왜곡하는 말로써 그의 죄 자체를 완전히 부정하기 시작했다. 그리고 그들은 콜하스의 가라말들을 트롱카의 성에 억류시키고 있는 것은, 성지기와 집사들이 제멋대로 처리한 것이므로, 융커는 그 사실을 전혀 모르거나 단지 조금밖에 알지 못한다고 핑계를 댔다. 또 그들은 말들이 그곳에 도착했을 때 이미 매우 심한 위험스런 기침을 하며 아픈 상태였다고 말하며, 자기들의 주장이 옳다고 증언해 주겠다는 증인을 책임지고 불러오겠다고 약속했다. 상세한 조사와 토론이 있은 뒤 그들이 이 논쟁에 지게 되자, 그들은 약 12년 전에 가축 전염병 때문에 브란덴부르크로부터 작센으로의 말 수입을 사실상 금지시키는 선제후의 칙령을 내놓았다. 그것은 콜하스가 국경을 넘어 몰고 온 말을 억류하는 것이 융커의 권리일 뿐 아니라 또한 의무라는 것을 말해주는 명백한 증거였다.

그 사이에 콜하스는 콜하젠뷔르크의 정직한 장원 관리인으로부터 그가 입은 손해를 조금 배상하고 자기 농장을 다시 구입했으며, 외관상으로는 이 거래의 법적인 처리를 하는 것처럼 하면서 며칠간 드레스덴을 떠나 자기 고향을 방문하려 했다. 이 결심에는 겨울 곡식을 파종하기 위해 실제로 절박했다고는 하더라도 이제 언급한 용건보다는 오히려 이상하고 모호한 상황에 처해 있는 자신의 위치를 점검하기 위한 의도가 깔려 있다는 사실을 우리들은 믿어 의심하지 않는다. 그 밖에도 거기엔 아마 여러 가지 이유가 함께 작용하고 있으므로 우리는 그것을 알아맞히게 하는 일을 독자의 추측에 맡기기로 한다. 그리하여 그는 자신에게 배속된 경호원을 집에 남겨두고 대법원장에게로 갔으며, 장원 관리인이 보낸 편지를 손에 쥐고 설명하길, 현재로선 자신이 법원에 출두하라는 명령을 받을 것 같지 않으므로, 이 시를 떠나, 1주일 내지 12일간 브란덴부르크를 여행하고 그 기간 내에 반드시 돌아올 것을 약속했다. 대법원장은 불만스럽고 걱정스런 얼굴로 땅바닥을 쳐다보면서 지금이야말로 콜하스가 있는 것이 어느 때보다도 더 필요한 일이고, 더욱이 상대편이 간교하게 핑계를 둘러대기 때문에, 여러 가지 예측할 수 없는 점에 유리한 항변을 하기 위해 그의 발언과 진술이 필요할지 모른다고 고백하지 않을 수 없다고 대답했다. 그러나 콜하스는 자신의 송사를 잘 아는 담당변호사가 있다고 말씀드리고, 또 그렇다면 기간을 단축하여 1주일의 기한을 약속하며 겸손하게 자기 청을 고집했으므로, 대법원장은 잠시 생각한 후, 그를 떠나가게 해 주면서, 이 여행을 위해 크리스티렌 폰 마이센 공작한테서 통행증을 얻으라고 말했다.

대법원장의 얼굴을 잘 이해한 콜하스는 자신의 결심을 더 굳게 하면서 그 자리에 앉았다. 그리고는 아무 이유를 말하지 않고, 정부의 장관인 폰 마이센 공작에게 1주일간 콜하젠뷔르크로 왕복하는 통행증을 청했다. 이 청에 대하여 성 경비대장 지그프리트 폰 벤크 남작에 의해 서명된 다음과 같은 정부의 결정을 받았다. '콜하젠뷔르크로의 통행증에 대한 선제후의 승인을 청구하는 귀하의 청원은 선제후 각하께 제출되었으며, 선제후의 재가를 받자마자 그 통행증은 귀하에게 송부될 것이다.' 콜하스는 정부의 결정서가 어째서 자신이 청원했던 크리스티렌 폰 마이센 공작에 의해서가 아니고 지그프리트 폰 벤크 남작에 의해서 서명되었는지 담당 변호사에게 물었더니 공작이 사흘 전에 자기 영지로 여행을 떠났으므로, 부재중일 때 정부의 일은 성 경비대장 지그프리트 폰 벤크 남작, 즉 앞에서 언급한 같은 이름의 남작의 사촌형에게 위임되었다는 대답을 받았다.— 이런 모든 사정으로 심장이 불안하게 뛰기 시작한 콜하스는 자질구레한 수속을 밟아 직접 군주에게 제출한 청원에 대한 결정을 며칠 더 기다렸다. 그런데 1주일이 지나가고 또 며칠이 지났는데도 결정은 내려지지 않고 틀림없이 내려주기로 한 법원의 판결도 내려지지 않았다. 그리하여 12일째 되는 날 그는 책상에 앉아서, 자신에 대한 정부의 의도가 있다면 무엇인지 끌어내 보려고 결심하고, 정부에 청구했던 통행증을 다시 한 번 더 끈덕지게 간청하는 편지를 썼다. 그러나 다음 날 저녁도 마찬가지로 그가 기대했던 대답을 얻지 못하고 지나가자, 자신의 현재 지위와 특히 루터 박사가 얻어 준 사면을 깊이 생각하면서 뒷방 창문으로 걸어갔는데, 자신이 도착했을 때 폰 마이센 공작이 붙여 두었던 경호원이 숙소로 지정해 둔 마당의 작은 부속건물에 있지 않음을 알고서 그는 얼마나 놀랐던가. 그는 노 집사 토마스를 불러 이것이 무엇을 의미하는지 물었다. 노 집사는 한숨을 쉬면서 대답했다. 주인님! 어쩐지 눈치가 이상합니다. 오늘은 여기에 평소보다 더 많은 군인들이 있습니다. 그리고 그들은 저녁때에 집 주변 전체에 배치되었습니다. 그들 중 두 명이 방패와 창을 들고 집 문 앞의 길거리에 섰으며, 또 두 사람이 정원의 뒷문에 서 있습니다. 그리고 다른 두 사람은 현관에서 짚단을 깔고 누워 거기서 밤을 새우겠다고 말합니다.

콜하스는 얼굴빛이 창백해지더니 몸을 돌려 말했다. "만약 그들이 거기에 단지 있기만 한다면, 그것은 문제가 되지 않아. 자네가 군인들이 있는 현관에 내려가면 즉시 그들이 볼 수 있도록 등불을 주어라." 그가 그릇에 남은 물을 비우는 것처럼 해서 앞 창문을 열고 보니, 노 집사 토마스가 자신에게 이야기해 준 상황이 사실임을 확신했다. 때마침 그 경호원들이 조용히 교대하는 것을 보았는데, 이런 식으로 교대하는 것은 경호원이 딸린 이후 아무도 생각할 수 없는 것이었다. 그는 별로 자고 싶지 않았지만 침대에 누웠고, 즉시 내일 무엇을 할 것인가를 결심했다. 왜냐하면 그는 자신의 상대가 되는 정부가 자신에게 약속했던 사면을 실제로는 파기하면서 정의를 가장하는 것을 도저히 묵과할 수 없기 때문이다. 만약 그가 포로라면— 이것은 의심할 것도 없는 일이지만—, 그것이 사실이라고 하는 정부의 확실하고 솔직한 선고를 강요해서라도 듣고 싶었다. 따라서 다음 날 아침이 되자마자, 그는 자기 하인 슈테른발트에게 마차와 말을 준비시켜, 문 쪽으로 몰고 오라고 했다. 그는 며칠 전에 드레스덴에서 회담할 때 한번 아이들을 데리고 오라고 초대한 오랜 친구인 장원 관리인을 방문하기 위해 로케비츠로 갈 생각이라고 말했다. 군인들은 그 준비를 위해 집안에서 활발하게 움직이고 있음을 보고 서로 속삭인 뒤, 그들 중의 한 사람을 몰래 도시로 보냈다. 몇 분 후에 한 정부 관리가 많은 포리들의 선두에 서서 나타났으며, 마치 거기에서 볼일이라도 있는 듯이 맞은편의 집안으로 들어갔다. 자기 아이들의 옷을 입히는데 열중하던 콜하스는 이런 움직임을 즉시 눈치 채고 일부러, 마차를 필요 이상으로 오랫동안 집 앞에 세워두고는, 경찰의 배치가 끝나는 것을 보자마자, 못 본 체하며 자기 아이들을 데리고 집 앞으로 나왔다. 그리고 그는 문 밑에 서 있던 군인들 옆을 지나가면서 그들에게 자신을 따라올 필요가 없다고 말했다. 그는 남자아이들을 안아 올려 마차에 태우고, 자기 부탁에 따라 노 집사의 딸 곁에 남게 되어 울고 있던 어린 딸에게 입을 맞춰주고 달랬다. 그가 마차에 오르자마자 정부 관리는 포리들을 데리고 맞은편의 집에서 나와 그에게 다가와서는 어디로 가는지 물었다. 콜하스는 며칠 전에 두 아이들을 데리고 시골로 놀러 오라고 자신을 초대한 친구인 장원 관리인을 방문하기 위해 로케비츠로 가려 한다고 대답했다. 이에 대해 정부 관리는 그 경우에는 폰 마이센 공작의 명령에 따라 수 명의 기마병들이 따라가야 하므로 잠시 기다려 달라고 말했다. 콜하스는 미소를 지으면서 마차에서 내려다보고, 하루 식사에 초대한 친구의 집이 제 생명에 안전하지 않다고 생각하느냐고 물었다. 정부 관리는 명랑하고 친절한 자세로 위험은 물론 크지 않다고 대답했다. 게다가 그는 그 군인들은 그에겐 결코 방해되지 않을 것이라는 말을 덧붙였다. 콜하스는 자신이 드레스덴에 도착했을 때, 폰 마이센 공작께서 경호원을 사용할지 안 할지는 자기 마음대로 하라고 하셨다고 진지하게 대답했다. 정부 관리는 이 사실을 이상하게 여기고 조심스러운 말씨로 그가 여기에 체재하는 동안 내내 경호원이 따랐다고 우겨댔다. 그래서 말 장수는 경호원들을 자기 집에 들여놓게 된 사건을 설명했다. 정부 관리는 현재 경찰의 우두머리인, 성 경비대장 폰 벤크 남작의 명령에 따라, 그의 생명을 끊임없이 보호할 의무를 지고 있다고 장담했고, 만약 그 호위가 마음에 들지 않으면 스스로 정부 관청에 가서 틀림없이 존재하는 오해를 풀라고 말했다. 콜하스는 자신의 감정을 담은 눈길을 정부 관리에게 보내면서, 이 문제를 피하거나 정면 돌파하거나 양단간에 해결하겠다고 결심하고, 자신이 그렇게 하겠다고 말했다. 그는 두근거리는 가슴으로 마차에서 내려, 집사에게 어린이들을 집안으로 데려가라고 했다. 그리고는 그는 하인을 마차와 더불어 집 앞에서 기다리게 놔두고는 정부 관리와 경호원들과 함께 정부 관청으로 들어갔다.

말 장수가 경호원들과 함께 홀 안으로 들어갔을 때, 성 경비대장 폰 벤크 남작은 라이프찌히 근처에서 전날 저녁 포로로 잡아 온 나겔슈미트의 부하 한 패를 조사하는데 열중하고 있었으며, 마침 그 자리에 있던 기사들은 그들에게 알고 싶어하던 정보에 대해 많은 질문을 하고 있었다. 남작은 말 장수를 보자마자 그에게 다가가 무엇을 원하는지 물었고, 그 사이에 기사들은 질문을 중지했고 갑자기 조용해졌다. 그러자 말 장수는 공손하게 점심때 로케비츠에 있는 장원 관리인 집에서 식사할 계획이라면서 경호원들은 필요하지 않으므로 뒤에 남겨 두고 싶다고 말했다. 그러자 남작은 얼굴빛을 바꾸며 자신이 말하고자 하던 말을 감추는 것처럼 하면서 콜하스에게 충고했다. "집에 조용히 머물고 로케비츠의 장원 관리인 집에서의 성찬을 당분간 연기하는 것이 좋을 거야."— 그러면서 그는 대화를 짧게 줄이고는 정부 관리를 향해 "이 남자와 관련해 그에게 내린 명령은 아직 유효하며, 이 남자는 여섯 명의 기마병들에 호위되지 않고 시내를 떠날 수 없다."고 말했다.— 콜하스는 자신이 포로인지, 또 자신에게 내려주기로 경건하게 약속한 사면이 온 세상 사람들의 눈앞에서 파기된다면 이것을 자신이 이해할 수 있겠는지 물었다. 그러자 남작은 갑자기 얼굴이 붉어지면서 몸을 돌려 콜하스 앞으로 바싹 다가가 그를 쳐다보면서 대답했다. 그렇다, 그렇군. 바로 그렇군.— 그리고 그는 등을 돌려, 콜하스를 세워둔 채, 다시 나겔슈미트의 부하들에게로 갔다. 그 후 콜하스는 방을 떠났다. 비록 그가 방금 행동한 것이 자신에게 남은 유일한 가능성인 도망을 어렵게 하는 것임을 알기는 했지만, 그럼에도 불구하고 그는 그 행동을 후회하지 않았다. 그 이유는 그는 지금 사면의 조항을 준수할 책임에서 해방되었다고 느꼈기 때문이다. 그는 집에 도착하자 말의 마구(馬具)를 풀게 하고는, 매우 슬프고 낙심하여 여전히 정부 관리의 호위를 받으며 자기 방안으로 들어갔다. 한편 정부 관리는 말 장수에게 구역질나게 하는 태도로 모든 사건이 오해에서 일어난 것이며, 곧 해결될 거라고 확신시키면서, 경호원들에게는 집의 마당으로 나가는 모든 출구를 잠그라고 눈짓했다. 그러나 그 정부 관리는 주된 출입구는 예전처럼 그가 마음대로 사용할 수 있도록 열어 두겠다고 약속했다.

그 사이에 나겔슈미트는 에르츠 산맥 숲에서 경찰과 군인들로부터 사방에서 억압을 당했으며, 그가 선택한 역할을 수행할 방법이 전혀 없다는 것을 알고, 실제로 콜하스를 끌어넣어야겠다는 생각을 하게 되었다. 그는 드레스덴 소송사건의 상황에 대해 그곳을 지나온 한 여행자로부터 상당히 자세히 듣고, 두 사람 사이에 있었던 널리 알려진 적대감에도 불구하고, 자신과 새로운 관계를 맺도록 말 장수를 설득할 수 있다고 믿었다. 그래서 그는 자기 하인 중의 한 사람을, 간신히 읽을 수 있는 독일어로 쓰여진 편지를 지참시켜 콜하스에게 보냈다. 그 편지의 내용은 다음과 같다. '만약 귀하가 알텐부르크로 와서, 해산되고 남은 병사를 모아 만든 군대를 다시 지휘하겠다면, 귀하가 드레스덴의 구금 상태에서 도망치도록 말과 사람과 돈을 갖고 도와줄 용의가 있으며 또 귀하에게 앞으로는 이전보다도 더 잘 순종하고 잘 할 것을 약속하며 충성과 복종의 표시로, 귀하를 감옥에서 구해내기 위해 내가 직접 드레스덴 근처로 갈 것을 맹세합니다.' 그런데 이 편지를 전하라는 임무를 띤 녀석은 불행하게도 드레스덴 가까운 어느 마을에서 어릴 적부터 지녔던 지병이 발작하여 쓰러졌다. 이때 그가 자기 가슴받이 속에 지니고 가던 편지가 그를 도와주려고 온 사람들의 눈에 띄게 되었다. 그는 회복되자마자 체포되었으며 감시를 받으며 많은 사람들의 호위 속에 정부 관청으로 이송되었다. 성 경비대장 폰 벤크가 이 편지를 읽자마자 즉시 관저의 선제후에게 갔다. 거기에는 상처에서 회복된 시종 쿤츠와 힌츠, 그리고 내각총리인 칼하임 백작이 마침 와 있었다. 그들은 콜하스가 당장 체포되어야 하며, 나겔슈미트와 비밀스레 공모하였다는 이유로 재판에 회부되어야만 한다는 견해를 가졌다. 그 이유로써 그들은 그런 편지가 먼저 말 장수 쪽에서 제안되지 않았더라면, 그리고 그들 둘이서 새로운 만행을 꾸미기 위해 극악 무도하고 배반적인 결합을 하지 않았더라면, 작성되지 않았을 것이라고 지적했다. 그러나 선제후는 단지 이 편지 때문에 콜하스에게 주기로 약속했던 안전 호송을 파기하는 것을 완강히 거부했다. 그는 오히려 나겔슈미트의 편지에서 보면 그들 사이에는 사전에 어떤 결합도 하지 않았을 가능성이 있다는 의견이었다. 그 문제를 분명히 밝히기 위해 선제후가 결심한 것은, 비록 오랜 주저 끝에 결심하긴 했지만, 내각총리의 제안을 받아들여, 나겔슈미트가 보낸 하인으로 하여금 마치 그가 체포되지 않은 것처럼 자유롭게 하여, 그 편지를 콜하스에게 전달하게 하고 콜하스가 그것에 회답을 하는지를 시험해 보는 것이었다. 따라서 다음날 감옥에 갇혔던 그 하인은 정부청사로 인도되었고, 거기서 성 경비대장은 그에게 그 편지를 돌려주며, 그것을 마치 아무것도 일어나지 않은 것처럼 해서 말 장수에게 넘겨주라고 요구했으며, 그 대가로 그를 자유롭게 해주고, 그가 받아야 할 벌을 면제시켜 주겠다고 약속했다. 그 녀석은 이 비열한 속임수를 낭상 이용하며, 정부 관리들이 시장에서 사준 게〔蟹〕를 팔아야 한다는 구실로, 겉으로 보기엔 은밀히, 콜하스의 방으로 들어가는 허락을 얻었다. 콜하스는 어린이들이 그 게를 가지고 놀고 있는 사이에 편지를 읽었는데, 만약 상황이 달랐다면 그 녀석의 목덜미를 잡고 문 앞에 서 있는 경호원들에게 넘겨주었을 것이다. 그런데 그 당시의 일반 사람의 정서는 그런 조치를 취해봤자 무관심하다고 생각되었기 때문에, 그는 이 세상의 어느 것도 자신이 말려 든 소송사건에서 자신을 구할 수 없다는 것을 완전히 확신했다. 그래서 그는 슬픈 눈길로 낯익은 얼굴인 그 녀석을 보고는 어디에 사는지 물었다. 그리고 두세 시간이 지난 뒤 자기에게로 다시 오라고 지시하고, 그때 그의 주인의 일에 대해 자신의 결정을 내려 주겠다고 했다. 그는 우연히 방문으로 들어온 슈테른발트에게 방에 있는 그 남자한테서 몇 마리의 게를 사라고 명령했다. 이 거래가 끝나자 두 사람은 서로 모른 체하고 헤어졌으며, 콜하스는 자리에 앉아 나겔슈미트에게 다음과 같은 내용의 편지를 썼다. '첫째로, 나는 알텐부르크에 있는 네 일당의 지휘권에 관해 네가 제안한 것을 받아들인다. 그래서 너는 나와 내 다섯 어린이가 묶여 있는 잠정적인 구금 상태에서 도망칠 수 있도록 두 마리 말이 끄는 마차를 드레스덴 근처의 노이슈타트로 보내주어야 한다. 뿐만 아니라 더 빨리 도망치도록 빗텐베르크로 가는 길에 두 마리 말이 끄는 수레가 한 대 더 필요하다. 그 이유는 너무 복잡하여 줄이는데, 이 길이 비록 우회의 길이기는 하지만 내가 너에게로 갈 수 있는 유일한 길이다. 그리고 나는 나를 감시하고 있는 용병들을 매수할 수 있다고 생각하나, 혹시 힘이 필요한 경우에 대비하여 용감하고 분별 있고, 잘 무장된 몇몇 부하들을 드레스덴 근처의 노이슈타트로 보내주기 바란다. 그리고 나는 이 모든 준비에 필요한 비용으로 금화 20크로넨을 하인 편으로 보내니, 일을 끝내고 나서 그 비용을 나와 정산하기를 바란다. 그리고 내가 드레스덴을 탈출하는데 직접 참가하겠다는 너의 제안을 그럴 필요가 없으므로 거절하며,

마지막으로 너에게 대장 없이는 있을 수 없는 일당을 잠시 동안 지휘하며 알텐부르크에 남아 있으라고 분명하게 명령한다.' 저녁에 그 하인이 돌아왔을 때, 콜하스는 이 편지를 건네주고 팁을 풍부하게 주면서, 조심하라고 단단히 일렀다. 콜하스의 의도는 자기 다섯 아이들과 함께 함부르크로 가서, 거기서 레반테(역주: 소아시아) 또는 동인도로, 또는 미지의 사람들의 머리 위에 푸른 하늘이 미치는 곳까지 배를 타고 가려는 것이었다. 왜냐하면 나겔슈미트와 함께 그 일을 하는 데에 마음이 내키지 않는 것은 별도로 치더라도, 비통하고 상심한 나머지 그는 가라말을 살찌우는 일을 포기했기 때문이었다. ― 그 하인이 말 장수의 답장을 성 경비대장에게 전달하자마자, 대법원장이 퇴위되고 대신에 내각 총리인 칼하임 백작이 대법원장에 임명되었으며, 콜하스는 선제후 내각의 명령에 의해 체포되어, 쇠사슬에 꽁꽁 묶여 시의 감옥으로 끌려왔다. 그 편지의 사본이 시 구석구석에 나붙은 것을 이유로 해서, 사람들은 그를 재판에 회부시켰다. 법정의 피고석에서 그 편지를 자신이 쓴 것으로 인정하느냐는 판사의 질문을 받았을 때, 그는 "예"라고 대답했으나, 자신을 변호할 말이 있느냐는 질문을 받았을 때, 그저 땅바닥으로 눈길을 보내면서 "아니오!"라고 대답했으므로, 그는 박피공의 발갛게 단 쇠집게로 고문당하고, 사지를 찢기며 신체가 차륜과 교수대에 올려지며, 화형에 처한다는 선고를 받았다.

불쌍한 콜하스는 드레스덴에서 그런 상황에 처해 있을 때, 브란덴부르크 선제후가 권력과 전횡의 손에서 그를 구원하기 위해 나타났고, 드레스덴 내각에 제출한 한 문서에서 콜하스를 브란덴부르크의 신하라고 항의하였다. 왜냐하면 성실한 시장 하인리히 폰 고이자우는 선제후와 함께 슈프레 강변으로 산보하면서 이상하지만 비난할 데라곤 없는 이 사람에 대해 선제후에게 말씀드렸는데, 깜짝 놀라 꼬치꼬치 캐묻는 선제후의 질문을 받고, 그는 어쩔 수 없이 재상(宰相) 지그프리트 폰 칼하임 백작의 부당한 처사 때문에 죄가 직접 선제후에게 미친다는 사실을 언급하지 않을 수 없었다. 이 사실에 매우 분노한 선제후는 재상에게 답변을 요구한 결과, 모든 화근이 재상과 폰 트롱카 집안이 친척관계에 있기 때문임을 알고, 즉시 불쾌감을 여러 가지로 표시하며 그를 파면시키고, 하인리히 폰 고이자우 경을 재상으로 임명했다.

바로 그 당시 폴란드 왕가가, 무슨 이유인지는 모르지만, 작센 왕가와 불화를 빚고 있어서, 브란덴부르크의 선제후를 그들과 제휴하여 작센 왕가에 대항하자고 거듭해서 간절히 설득하였다. 그리하여 이런 사무에 능한 재상 고이자우 경은, 한 개인을 생각하여 전체의 평안을 더 큰 위험에 내맡기지 않고, 어떤 희생을 치러서라도 콜하스의 권리를 회복해 줌으로써, 선제후의 소원을 충족시키려고 생각했다. 따라서 재상은 작센의 전적으로 자의적인 조치를 신과 인간에 대한 죄라고 비난하고 콜하스를 즉시 조건 없이 인도해 줄 것을 요구하면서, 만약 그에게 죄가 있으면 브란덴부르크의 법에 따라 재판할 것이니, 드레스덴 궁정은 그 기초가 되는 고소조항에 대해서 한 사람의 변호사를 통해 베를린에 제기하면 된다고 주장했다. 그뿐만 아니라 재상 하인리히 경은, 콜하스를 위해서, 작센의 영지에서 빼앗긴 가라말과 악명 높은 다른 악행, 학대 및 폭행 때문에 융커 폰 벤쩰을 상대로 정당한 권리를 회복시켜 줄 목적으로 선제후가 드레스덴에 파견하려는 생각을 갖고 있는 변호사의 여권까지도 청구했다. 시종 쿤츠는 작센의 관직 이동으로 내각총리로 임명되었지만, 여러 가지 이유에서 곤란한 입장에 처해, 베를린 궁정의 감정을 해치고 싶지 않았으며, 브란덴부르크에서 제출된 문서에 매우 낙담한 자기 군주의 이름으로 다음과 같이 대답했다. '우리는 우리 영지에서 범한 죄로 콜하스를 국법에 따라 재판하는 드레스덴 궁중의 권리를 부정하는 브란덴부르크의 비우의(非友宜)와 부당함에 대단히 놀랐다. 그 이유는 말 장수 콜하스가 수도 드레스덴에 상당한 부동산을 소유하고 있고, 또 그 자신도 작센 시민임을 부정하지 않는 것이 잘 알려져 있기 때문이다.' 그러나 한편으로는 폴란드 왕국은 자신들의 요구를 무력으로 관철하기 위해 작센의 국경 지역에 이미 5천명의 군대를 집결시켰고, 다른 한편으로는 재상 하인리히 폰 고이자우가 '말 장수의 성(姓)이 유래한 콜하젠뷔르크라는 지방은, 브란덴부르크 영토이므로, 그에게 선고한 사형을 집행하는 것은 국제법을 침해한 것으로 간주한다.'는 성명을 발표했으므로, 작센 선제후는 이 사건에서 물러나고 싶어하는 시종 쿤츠의 충고에 따라, 크리스티렌 폰 마이센 공작을 장원에서 소환하여, 신중한 이 사람과 몇 마디 말을 주고받은 후, 그들의 요구에 따라 콜하스를 베를린 당국에 넘겨주기로 결심했다. 공작은 이미 일어난 부당한 사건에 대해 비록 불만을 가졌지만, 매우 곤란에 처한 군주의 청에 따라 콜하스 사건의 처리를 맡지 않으면 안 되었으므로, 무슨 이유로 이제부터 말 장수를 베를린의 대법원에 고소하려 하는지 선제후에게 물었다. 콜하스가 나겔슈미트에게 보낸 꺼림칙한 편지는 그것을 쓸 때의 상황이 애매 모호하고 분명하지 않았기 때문에 그 증거로 끌어낼 수가 없었고, 콜하스의 이전의 약탈과 방화는 이미 포고문에서 사면해 주었기 때문에 역시 언급할 수가 없었다. 그래서 선제후는 빈(Wien)의 황제폐하에게 콜하스가 작센에 무장 침입한 사건을 보고하면서, 그가 폐하에 의해 확립된 공안을 문란케 했다고 비난하고, 물론 어떤 사면에도 얽매이지 않은 폐하에게 제국검사를 통해 이런 이유로 콜하스를 베를린 대법원에 고소하도록 간청하기로 결심했다. 그 1주일 후 말 장수는, 브란덴부르크의 선제후가 여섯 기병들과 함께 드레스덴으로 보낸 기사 프리드리히 폰 말짠에 의해 단단히 묶여 마차에 실렸으며, 그의 청에 의해 고아원과 기아원에서 불러모은 그의 다섯 아이들과 함께 베를린으로 호송되었다.

때마침 작센 선제후는 작센의 국경지방에 큰 토지를 소유한 군수 알로이스 폰 칼하임 백작의 초대를 받고, 시종 쿤츠와 군수의 딸이며 내각 총리의 누이동생인 시종부인 헬리오제 그리고 다른 훌륭한 신사 숙녀들은 말할 것도 없고, 수렵관들 및 정신들을 대동하고 기분을 풀기 위해 다메로 큰 사슴 사냥을 갔다. 큰길을 가로질러 언덕 위에 천막이 쳐졌고 그 휘날리는 지붕 밑에, 일행들이 사냥의 먼지를 가득 뒤집어 쓴 채 떡갈나무 줄기의 울려 퍼지는 음악을 들으면서 급사와 시동(侍童)들의 시중을 받으며 식탁에 앉아 있을 때, 말 장수는 천천히 기병의 호위를 받으며 드레스덴에서 거기로 길을 걸어왔다. 그 이유는 콜하스의 어리고 약한 아이가 심한 병이 들어서, 부득이 호위를 담당하던 말짠 기사가 헤르츠베르크에 3일간 머물지 않으면 안 되었기 때문이다. 이 조치에 대해서 그 기사는 오직 자신이 섬기는 선제후에게만 자세히 알릴 책임이 있고, 드레스덴 정부에는 그럴 필요가 없다고 생각했다. 선제후는 가슴옷자락을 반쯤 열고 깃털 달린 모자에 사냥꾼처럼 전나무 가지를 꽂고서 젊은 시절 자신의 첫 사랑이었던 헬리오제 부인 곁에 앉았으며, 주변에서 나풀거리며 흥겹게 하는 이 잔치의 우아함에 대해 말했다. "자, 갑시다. 저 불행한 사람에게, 그가 누구든 간에, 이 포도주잔을 건네줍시다!" 그에게 상냥한 눈길을 보내던 헬리오제 부인은 즉시 일어나 식탁에서 과일·과자·빵 등을 빼앗듯이 하여 급사가 그녀에게 준 은그릇에 채웠다. 모든 일행은 각자의 방식대로 기분전환을 위해 우글거리면서 천막을 떠나자, 군수가 당황한 얼굴로 그들에게 다가와 더 머물 것을 요청했다. 놀란 선제후가 무슨 일로 그렇게 소동을 피우느냐고 묻자, 군수는 말을 더듬으면서 시종 쪽으로 몸을 돌리고는 콜하스가 마차 안에 있다고 대답했다. 주지하다시피 콜하스는 이미 엿새 전에 떠났으므로 아무도 이 소식을 이해하지 못했고, 시종 쿤츠는 천막 쪽으로 돌아서서 자기 포도주 잔을 모래 속에 부었다. 선제후는 점점 얼굴이 붉어지면서 잡고 있던 술잔을 시종의 눈짓에 따라 시동(侍童)이 갖다 놓은 접시 위에 놓고 앉아 있었다. 그러나 기사 프리드리히 폰 말짠은 모르는 일행에게 공손하게 절을 하면서 길 따라 쳐진 천막의 줄을 지나 천천히 다메로 향했고, 손님들은 이 사건에 대해 자세히 알지도 못하고 억지로 군수의 초대에 응하여 천막 안으로 돌아갔다. 선제후가 다시 자리에 앉자마자, 군수는 몰래 다메로 사자를 보내, 그 시의회에 말 장수가 곧장 길을 더 가도록 조치해줄 것을 요청했다. 그러나 폰 말짠 기사는 날이 너무 늦어서 이곳에서 밤을 지내고 싶다고 우겼다. 그래서 사람들은 그를 시의회 소유의 길에서 떨어져 눈에 잘 띄지 않는 조용한 농장에서 하룻밤을 지내게 하지 않으면 안 되었다. 저녁때에 손님들은 포도주와 풍성한 후식의 향락에 빠져 모든 사건을 잊어버렸으며, 군수는 출현한 한 무리의 사슴을 본 후, 자리를 잡고 숨어서 사슴을 기다리자는 제안을 하자 일동은 기쁘게 그 제안을 받아들였다. 그리고 엽총을 준비한 후 삼삼오오 짝을 지어 묘지와 울타리를 지나 가까운 숲으로 달려갔다. 선제후와 이 광경을 보기 위해 그의 팔에 매달린 헬리오제 부인은 그들에게 딸린 사절(使節)에게 안내되어, 놀랍게도 느닷없이 콜하스와 브란덴부르크의 기사들이 묵고 있는 농가의 마당을 지나갔다. 이 사실을 들은 부인은 말했다. "가시죠." 전하! 가시죠" 그리고는 장난하듯이 선제후의 목에 걸린 관직을 표시하는 목걸이를 그의 비단 가슴받이 안으로 감추면서 "저 무리들이 우리에게 다가오기 전에 집안으로 들어가시죠. 그리고 거기서 밤을 새운 이상한 사람을 관찰합시다!" 선제후는 얼굴이 붉어지면서 그녀의 손을 잡고, 헬리오제, 당신은 무슨 생각을 하오? 그러나 그녀는 깜짝 놀라 선제후를 쳐다보며, "사냥복을 입고 있으므로 아무도 당신을 알아볼 수가 없습니다."라고 말하면서 그를 끌어 당겼다. 그러자 바로 이 순간에 호기심을 만족시킨 두세 명의 수렵관들이 집에서 나와, 사실은 군수가 잘 준비한 덕분에, 기사도 말 장수도, 다메 교외에 모인 손님들이 어떤 사람인지 전혀 모른다고 장담했기 때문에, 선제후는 모자를 눌러쓰고 웃음을 지으면서 말했다. "어리석음이여, 네가 세계를 지배한다. 그리고 네가 자리하는 곳은 아름다운 여인의 입술이구나!"

일행이 콜하스를 방문하기 위해 집안으로 들어섰을 때, 마침 그는 등을 벽에 기대고 짚단 위에 앉아서, 헤르츠베르크에서 병이 난 아이에게 흰 빵과 우유를 먹이고 있었다. 부인이 대화를 끌어나가기 위해, 그가 누구이며, 아이한테 무슨 일이 있는지, 또 그가 무슨 죄를 범했으며, 그를 이렇게 호위해서 어디로 데리고 가느냐고 물었다. 그래서 그는 자기 가죽 모자를 벗어 인사하며, 이 모든 물음에 대해 자기 일을 계속하면서, 간단하지만 만족스런 대답을 했다. 수렵관 뒤에 서 있던 선제후는 납으로 된 작은 캡슐이 비단 실로 말 장수의 목에 걸려 있는 것을 알아보았으며, 다른 화제가 없었으므로 그 캡슐이 무엇을 의미하는지, 또 그 안에 무엇이 있는지 물었다. 콜하스는 "예, 각하 이 캡슐!" 하고 대답하면서 그것을 목에서 벗어 열고는 봉랍(封蠟)으로 봉인된 작은 쪽지를 꺼냈다. "이 캡슐에는 이상한 이야기가 관련되어 있습니다. 약 7개월 전에, 정확히는 제 아내를 장사지낸 바로 다음날, 아마 당신도 알고 계시듯이, 저는 저에게 많은 불법을 행한 융커 폰 트롱카를 체포하기 위해 콜하젠뷔르크를 떠났는데, 작센 선제후와 브란덴부르크 선제후가 저도 알지 못하는 문제를 토의하기 위해, 제가 원정하여 지나왔던 위터복의 시장터에서 회견했습니다. 그리고 저녁때쯤 희망했던 대로 의견이 일치하였으므로, 두 선제후는 우정어린 대화를 나누면서 길을 따라, 마침 그날 시내에서 흥겹게 열리고 있던 대목장을 구경하기 위하여 걸어갔지요. 시장터에서 그들은 걸상에 앉아 주위를 에워싼 사람들에게 달력을 가지고 운명을 예언하는 한 집시여인을 만났고, 농담조로 그들에게 좋은 운세를 말해 줄 수 있는지 물었습니다. 저는 저의 무리와 함께 한 여관에 내려 이 사건이 발생한 장소로 가서, 군중들 뒤의 교회 입구에 섰으므로 그 이상한 여인이 두 분 선제후에게 무슨 말을 했는지 들을 수 없었습니다. 그러나 사람들은 웃으면서 서로 속삭였고, 그 여인이 누구에게도 점을 봐주지 않겠다고 하자 막 벌어지려는 장면을 가까이에서 구경하기 위해 쇄도하였기에, 사실 저는 제가 호기심이 생겨서가 아니라 오히려 호기심을 가진 사람들에게 자리를 내주기 위해 제 뒤의 교회 입구에 있는 벤치에 올라갔습니다. 제가 그 자리에서 자유롭게 두 선제후와 그들 앞의 걸상에 앉아 뭔가를 긁적거리며 쓰는 듯한 여인을 쳐다보자마자, 그녀는 갑자기 주변의 군중을 둘러보면서 지팡이에 의지하여 일어나, 자기와 단 한 마디 말도 나누지 않았고, 지금까지 단 한 번도 점을 해본 적이 없는 저를 주시하고는, 빽빽이 모인 사람들을 헤치고 저에게로 다가온 뒤, '자! 만약 선제후께서 운세를 알고자 하신다면, 당신에게 물을 것입니다.'라는 말을 하면서, 뼈만 남은 마른 손으로 저에게 이 쪽지를 건네주었습니다. 모든 사람들이 저를 보기 위해 몸을 돌렸으며, 저는 깜짝 놀라 '아주머니, 어떻게 이런 좋은 선물을 당신이 나에게 줍니까?'라고 물었습니다. 그녀는 제가 알아들을 수 없는 말을 중얼거리고 난 후, 그러나 그 중에서 제 이름을 부르는 소리를 듣고 소스라치게 놀랐습니다. '부적입니다, 말 장수 콜하스여, 이것을 잘 간수하십시오, 언젠가는 그것이 당신의 생명을 구해

줄 것입니다!'라고 대답하고는 사라졌습니다… 그런데," 콜하스는 상냥하게 계속 말을 이었다. "진실을 말씀드리자면, 저는 드레스덴에서 매우 괴로움을 당했습니다만 생명에는 이상이 없었습니다. 그리고 제가 베를린에서 어떻게 될지, 또 그곳에서도 생명을 유지하게 될지는 앞으로 두고 봐야 알 것입니다."

이 말을 들으며 선제후는 벤치에 앉았다. 그때 헬리오제 부인이 놀라며 어디 편찮으시냐고 묻자, 그는 전혀 아프지 않다고 대답하면서, 그녀가 달려가 그를 잡기도 전에 기절하여 땅바닥으로 떨어졌다. 바로 이 순간에 폰 말짠 기사는 어떤 용무가 있어 방안으로 들어와 말했다. 하느님! 전하에게 무슨 일이 생겼습니까? 그 부인은 외쳤다. 빨리 물을 가져오세요! 수렵관들이 선제후를 일으켜 세우고는 옆방에 있는 침대로 운반했다. 호종(扈從)에게 불려 온 시종이 선제후의 의식을 돌리려고 몇 번 노력했지만 효과가 없자, 모든 징후로 미루어 보아 선제후는 졸도했다고 선언했을 때, 그 소동은 절정에 달했다. 헌작시종이 의사를 부르기 위해 말 탄 사자를 루카우로 보내는 사이에 선제후는 눈을 떴다. 그래서 군수는 선제후를 마차에 태우게 하고는 천천히 부근의 자기 사냥 움막으로 모시고 가게 했다. 그러나 이 이동 때문에 그가 거기에 도착하고 난 후에도 두 번이나 다시 기절했다. 다음날 아침 늦게 비로소 루카우에서 의사가 왔을 무렵에, 그는 신경 열이 시작되는 결정적인 징후가 있기는 했지만 어느 정도 회복했다. 그가 의식을 완전히 찾자마자, 침대에서 반쯤 몸을 일으켜 세우고는 맨 먼저 콜하스가 어디에 있느냐고 물었다. 이 질문을 오해한 시종은 선제후의 손을 잡고 그 무서운 사람에 대해서는 안심하시라고 하면서, 이 이상하고 이해할 수 없는 사건 이후, 그는 변함없이 정해진 대로 브란덴부르크측의 호위를 받으며 다메의 농장에 머물러 있다고 말했다. 그리고 그는 마음으로부터 동정한다고 분명히 말하고, 선제후와 그 남자를 대면하게 주선했던 아내의 무책임하고 경솔한 잘못을 질책했다고 강조하면서, 선제후에게 그 남자와의 면담이 왜 그런 이상한 결과를 가져왔느냐고 물었다. 선제후는 그 남자가 납 캡슐에 넣어 지니고 있는 하찮은 종이쪽지를 본 것이 자신에게 닥친 불쾌한 사고의 원인이라고 고백하지 않을 수 없다고 말했다. 선제후는 시종이 이해하지 못하는 이 상황을 설명하기 위해 여러 가지를 덧붙였다. 갑자기 그는 시종의 손을 두 손으로 붙잡고 무엇보다도 이 쪽지를 손에 넣는 것이 자신에게 중요하다고 단언했다. 그리고 즉시 말을 타고 다메로 가서 그 말장수로부터 값이 얼마이든지 간에 그것을 사들이라고 요청했다. 시종은 당황함을 감추려고 애를 쓰면서, 만약 이 쪽지가 선제후에게 조금이라도 가치가 있다면 콜하스에게는 이 사실을 비밀로 하는 것이 무엇보다도 필요한 일인데, 만약 부주의한 언급으로 콜하스가 그것에 대해 뭔가를 알게 되면, 이 사납고 복수심에 만족할 줄 모르는 녀석의 손에서 그 쪽지를 사들이는 데에는 선제후가 소유한 모든 재산도 충분하지 못할 것이라고 단언했다. 다시 선제후를 안심시키기 위해 그는 덧붙여서, 다른 방법을 생각하지 않으면 안 되고, 그 악당이 그 종이 자체를 중요하게 여기지 않은 듯하므로, 아무 관련이 없는 제3자의 힘을 빌려 그를 속여 선제후에게 그렇게 중요한 그 쪽지를 손에 넣을 수도 있을 것이라고 말했다. 선제후는 이마의 땀을 닦아 내면서, 그들이 이 목적을 위해 다메로 직접 누구를 보낼 수 없는지, 그리고 그 쪽지를 어떤 방법으로든 손에 넣을 때까지 그 말 장수의 호송을 잠시 중지시킬 수는 없는지 물었다. 자신의 귀를 의심하던 시종은 유감스럽게도 아무리 생각해 봐도 그 말 장수는 이미 다메를 떠났고 그가 국경 저편 브란덴부르크의 영토에 있음이 틀림없으며, 거기서 이 사람의 호송을 제지시키거나, 후퇴시킬 어떤 조처를 취하는 것은 부적절하고 또 번거로운 일로서, 아마 돌이킬 수 없는 어려움을 초래할 것이라고 대답했다. 선제후는 침묵하면서 절망스런 표정으로 베개에 기대 있을 때, 시종은 선제후에게 도대체 그 쪽지는 무엇을 담고 있으며 어떤 기묘하고 이상한 우연에서 그 쪽지의 내용이 당신과 관련된 것을 알게 되었느냐고 물었다. 그런데 선제후는 시종을 곁눈으로 보고, 이 사건에서 시종의 충성심을 믿지 못한 듯, 아무 대답도 하지 않고 불안하여 마음이 두근거리면서 거기에 누워, 생각에 잠기면서 두 손에 잡고 있던 손수건의 한쪽 끝을 내려다보았다. 그러다가 그는 갑자기 시종에게, 종종 비밀스런 일에 이용한 적이 있는 젊고 건장하고 영리한 폰 슈타인 수렵관을, 상의해야 할 용무가 있다는 구실로 방안으로 데려오라고 요청했다.

선제후는 폰 슈타인 수렵관에게 사건을 자세히 설명한 후, 콜하스가 소지하고 있는 이 쪽지의 중요성에 대해 가르쳐주고 나서, 이자가 베를린에 도착하기 전에 그 쪽지를 입수해 줌으로써 자신의 영원한 우정을 얻고자 하는지 물었다. 그러자 그 수렵관은, 비록 이상하지만, 상황을 어느 정도 알자마자, 자신은 오로지 있는 힘을 다해 봉사하겠다고 선제후에게 약속했다. 그래서 선제후는 그에게 말을 타고 콜하스를 쫓아가라고 부탁하고, 돈을 가지고는 그것을 입수할 가능성이 없었으므로, 재치 있는 말로 생명과 자유를 그 쪽지와 바꾸어 준다는 조건을 제시하고, 만약 콜하스가 주장한다면 그를 호송하고 있는 브란덴부르크 기사의 손에서 도망가도록 하기 위해 즉시, 비록 조심스럽기는 하지만, 말과 사람과 돈을 가지고 지원해 주라고 했다. 수렵관은 선제후의 손에서 신임장을 받은 즉시 몇몇의 하인들과 함께 출발했다. 그리고 말들의 힘을 아끼지 않고 달려가 다행스럽게도 국경 마을에서 콜하스를 만났다. 거기서 콜하스는 폰 말짠 기사와 자기 다섯 아이들과 함께 어느 집 문 앞의 야외에서 준비한 점심을 먹고 있었다. 수렵관은 폰 말짠 기사에게 자신을 길을 지나가는 외국인으로 소개하고, 귀하가 호위하는 희귀한 사람을 잠시 보고 싶다고 하자, 기사는 그를 즉시 콜하스에게 소개시키면서 친절하게 식탁에 초대했다. 폰 말짠 기사가 출발의 준비를 위해 오락가락했으므로 기병들은 그 집의 다른 쪽에 놓여 있는 탁자에 앉아서 점심을 먹고 있었다. 이윽고 수렵관은 말 장수에게 자신이 누구이며 어떤 특별한 임무로 그에게 왔는가를 말할 기회를 얻었다. 말 장수는 다메의 농가에서 문제의 캡슐을 보고 기절한 사람의 지위와 이름을 이미 알고 있었다. 이 사실을 알게 된 그는 매우 흥분했으며, 이제 자신이 해야 할 일은 그 쪽지에 적힌 비밀을 읽어야 한다고 생각했다. 그러나 여러 가지 이유에서, 그는 단순히 호기심만을 충족시키기 위해서는 이를 열지 않기로 결심했다. 말 장수는 자신이 모든 것을 기꺼이 희생시킬 준비가 되어 있음에도 불구하고, 드레스덴에서 고상하지 못하고 비신사적인 대우를 받았던 일을 생각하며 그 쪽지를 간직하고 싶다고 대답했다. 수렵관이 그 대가로 자유와 생명까지 주는데도 왜 이상하게 거절하느냐고 묻자, 콜하스는 대답했다. "고상한 분이시여! 만약 당신의 군주가 저에게 오셔서, '나는 내 통치를 도와주는 모든 신하들과 함께 멸망하겠어' 라고 약속하시면 — 멸망한다는 말을 당신은 이해하겠습니까? 이것이야말로 제 영혼이 품고 있는 최대의 소원입니다.— 그렇다 해도 저는 그 사람에겐 생명보다도 더 가치 있는 그 쪽지를 넘겨주기를 거절하고, '당신은 나를 교수대에 보낼 수 있지만, 나는 당신을 괴롭힐 수 있으며 또 그렇게 하고 싶어요!'" 이렇게 말하면서 얼굴이 창백해진 콜하스는 한 기병을 불러 자신의 접시에 남아 있던 많은 음식을 먹게 했다. 그리고 그 마을에서 보낸 시간 내내 그는 수렵관이 그 식탁에 앉아 있었지만 마치 없는 듯이 행동했고, 마차에 오를 때에야 비로소 다시 몸을 돌려 작별의 인사를 하려는 눈길을 주었다.

그 소식을 받은 선제후의 건강 상태는 더 악화되었고, 여러 가지 합병증이 생긴 사흘 동안 위독한 상태가 계속되어 의사가 그의 생명을 크게 걱정했다. 그러나 몇 주를 병상에서 고통스럽게 보낸 후, 그는 선천적인 건강 덕분에 다시 회복했다. 적어도 사람들은 베개와 이불을 잘 장만하여 그를 마차에 태워 드레스덴으로 정무(政務)에 다시 데려갈 수 있었다. 선제후는 드레스덴에 도착하자마자 곧 크리스티렌 폰 마이센 공작을 불러, 콜하스 사건의 변호사로서 황제폐하에게 제국의 치안을 파괴했다는 이유로 콜하스를 제소하기 위해 빈(Wien)에 보내기로 결정한 법률고문 아이벤마이어의 파견 준비가 어떻게 되었느냐고 물었다. 공작은 대답했다. 그 법률고문관은, 선제후께서 다메로 출발할 때 내린 명령에 따라 이미 빈을 향해 출발했습니다. 브란덴부르크 선제후가 가라말 때문에 벤쩰 폰 트롱카를 고소하기 위해 드레스덴에 파견했던 법학자 죠이너가 도착한 직후의 일입니다. 선제후는 얼굴이 붉어지면서 자기 책상으로 걸어가 이런 서두름에 대해 놀라움을 표시했다. 자신이 아는 한, 아이벤마이어의 최종적인 출발은 콜하스에게 사면을 얻어 준 루터 박사와 먼저 상의를 할 필요가 있었기에, 더 자세하고 확정적인 명령을 내릴 때까지 연기하겠다고 분명히 말했다는 것이다. 그러면서 그는 불쾌감을 억제하는 표정으로 책상 위에 있던 서류와 기록을 포개어 놓았다. 공작은 놀란 눈으로 선제후를 보다가 잠시 시간이 지난 후, 만약 각하께서 이 사건에 만족을 얻지 못하면 자신으로서는 유감스럽지만, 이미 언급한 시기에 변호사를 파견하는 것을 자신의 의무로 하는 중신회의(重臣會議)의 결정을 보여 드릴 수 있다고 대답했다. 게다가 중신회의에서 루터 박사와의 상의에 대해서는 조금도 언급되지 않았고, 더욱이 전에는 콜하스를 위해서 중재를 해 주었기 때문에 종교적인 사람들의 견해를 고려하는 것이 합리적이었는지도 모르지만, 지금은 전 세계 사람들의 눈앞에서 사면을 파기했고 콜하스를 체포하여 재판하고 처형하도록 브란덴부르크 법정에 넘겨주었으므로 더 이상 그렇지 못하다고 덧붙였다. 선제후는 아이벤마이어를 파견했던 것은 사실 큰 실책은 아니지만, 다음 명령이 있을 때까지 당분간 빈에서 콜하스를 고소하는 것을 원치 않는다고 말하고, 이런 취지의 지령을 지닌 급사(急使)를 즉시 그에게 보내 줄 것을 공작에게 요청했다. 공작은 이 명령이 유감스럽게도 하루 늦게 왔고, 방금 도착한 한 보고에 따르면, 아이벤마이어는 원고의 자격으로 등장했으며, 이미 빈 내각에 고소를 제기했다고 대답했다. 도대체 어떻게 이것이 그렇게 짧은 시간 안에 가능했어요? 라고 선제후가 깜짝 놀라 묻자, 공작은 아이벤마이어가 출발한 지 이미 3주가 지났으며, 빈에 도착하자마자 될 수 있는 대로 즉시 임무를 수행하라는 지령을 받았다고 대답했다. 공작은 이 사건에서 망설이는 것은 더욱 어울리지 않다고 했다. 그 이유는 브란덴부르크의 변호사 죠이너가 융커 폰 벤쩰에게 단호한 태도를 보이며 가라말들을 원상회복시키기 위해, 박피공의 손에서 일단 되찾는 일을 법정에 제출했고, 또 상대방의 온갖 반대에도 불구하고 그것을 관철시켰기 때문이다. 선제후는 신호 종을 잡아당기면서, "어쨌든 그것은 문제되지 않아요."라고 말했다. 그는 공작을 향해 드레스덴에서의 그 밖의 일은 순조로운지 또 자신의 부재중에 무슨 일이 발생했는지 무관심하게 묻고 난 후, 내적인 흥분을 감추지 못하고, 손을 들어 작별 인사를 하고 그를 떠나가게 했다. 선제후는 바로 그날 공작에게 편지를 써서, 그 사건을 정치적인 중요성 때문에 자신이 직접 처리한다는 구실을 내세워 콜하스의 사건에 관련된 모든 서류를 넘겨 달라고 요청했다. 자신에게 쪽지의 비밀을 말해 줄 수 있는 유일한 사람을 파멸시킨다는 생각이 들어 선제후는 참을 수가 없어서 황제에게 직접 편지를 썼다. 그 편지에서 그는 중대한 이유를 들어, 그것에 관해서는 아마 짧은 시간 내에 더 자세하게 설명할 것이지만, 아이벤마이어가 콜하스를 상대로 제기한 고소를 다음의 결정이 있을 때까지 잠시 철회시켜 달라고 간절히 청했다. 황제는 내각에 작성시킨 각서를 통해 다음과 같이 회답했다. '나는 당신의 갑작스런 태도 변화에 크게 당황하며, 작센측으로부터 받은 보고에 의하면 콜하스의 사건이 신성 로마제국 전체에 관련된 일이며, 따라서 나는 이 제국의 우두머리이며 이 사건의 원고로서 브란덴부르크의 왕가로 나아갈 의무가 있다고 본다. 그래서 이미 궁중 배석 판사 프란츠 뮬러를 원고측 고소인의 자격으로 공안을 파괴한 이유로 콜하스를 고소하기 위해 베를린으로 보냈으며, 그 고소는 이제 어떤 방법으로도 철회될 수 없고, 이 사건은 법에 따라 처리되어야만 한다.'

 황제의 이 편지가 선제후를 완전히 낙담시켰다. 게다가 유감스럽게도 얼마 지나지 않아서 베를린에서 온 사신(私信)이 대법원에서의 재판시작을 알려주었으므로, 콜하스는 그의 변호를 위해 지정된 변호사의 온갖 노력에도 불구하고 아마 교수대에서 죽을 것이라는 것을 알았다. 그리하여 이 불행한 선제후는 다시 한 번 더 시도하기로 결심하고, 브란덴부르크 선제후에게 콜하스의 목숨을 구하는 친서를 보냈다. 선제후는 이 사람에게는 사면이 내려지기로 약속되어 있으므로 사형을 집행하는 것은 정당하지 않다는 주장을 내세웠다. 그는 비록 콜하스를 겉으로 엄하게 다루었지만, 그를 죽게 하려는 것이 전혀 자기 의도가 아니었다고 단언했다. 베를린측이 그를 보호하겠고 주장하면 뜻밖에 사태가 돌변하여, 마침내 그가 드레스덴에 남아 작센의 법률로 재판받는 것보다도 더 불리한 결과를 가져올 것이므로 자신으로서는 오히려 재미없게 생각한다고 자세히 썼다. 브란덴부르크 선제후는 이 설명에 여러 가지로 불분명하고 의심스러운 것이 있다고 생각하고, 황제폐하의 변호사가 단호하게 처리하는 것을 보니 작센 선제후가 원했던 바와 같이 엄중한 법의 규정으로부터 어긋나는 것을 전혀 허락하지 않는다고 대답했다. 그는 재판 절차의 공정성에 대해 작센 선제후가 제기한 의구심은 사실 지나친 것이고, 사면이 내려진 콜하스의 죄를 문책하는 그 고소는 사면을 내린 당신에 의해서가 아니라, 그 사면에 얽매이지 않는 제국 원수에 의해, 베를린 대법원에 제기되었다고 언급했다. 동시에 그는 나겔슈미트의 계속된 악행이 전례 없이 대담하여 이미 브란덴부르크의 영토에까지 퍼졌기에, 콜하스의 사건을 본보기로 징계하는 것이 꼭 필요하다고 지적했다. 그리고 만약 당신이 이 모든 것을 고려하지 않으면, 황제 폐하에게 직접, 오직 그분만이 발표할 수 있는 콜하스를 위한 사형 집행 유예 명령을 구하라고 요청했다.

이런 시도들이 모두 이루어지지 않아 분하고 화가 난 선제후는 다시 병이 들었다. 어느 날 아침 시종이 방문했을 때, 선제후는 콜하스의 생명을 연장해주고, 그리하여 적어도 그가 소지한 쪽지를 손에 넣을 시간을 벌기 위해 빈과 베를린의 궁중에 보냈던 편지들을 보여주었다. 시종은 선제후 앞에 무릎을 꿇고, 그 쪽지가 담고 있는 것이 그에게 아무리 신성하고 소중한 것이라고 해도 말해 달라고 요청했다. 선제후는 방문을 걸어 잠그고 침대에 앉으라고 한 후, 시종의 손을 잡고 한숨을 쉬면서 가슴을 누르고 나서 다음과 같이 말하기 시작했다. "이미 자네 부인으로부터 들었겠지만 브란덴부르크의 선제후와 내가 위터복에서 가졌던 회견의 셋째날에 한 집시여인을 만났어. 그때 본성이 활기찬 선제후는, 때마침 연회석상에서 어울리지 않게 화제가 되고 있던 이 이상한 집시여인의 예언술에 대한 명성을 한 번 대중 앞에서 조롱하여 무효화하려고 결심했다. 그래서 그는 팔짱을 끼고 그녀의 책상 앞으로 나아가, 당신이 하는 예언이 진실하다는 사실을 확인시키기 위해 오늘이라도 시험당한다는 표시를 한 번 보여다오, 그렇지 않으면 당신이 고대 로마의 무녀라고 하더라도 당신이 하는 말은 믿을 수 없다고 재촉했다. 그 여인은 우리를 신속히 머리에서 발끝까지 훑어보고는, 그 표시는 정원사의 아들이 공원에서 키우고 있는 큰 뿔이 달린 수노루가, 당신들이 있는 이 시장으로 당신들이 이곳을 떠나가기 전에 나올 것입니다 라고 말했다. 그런데 이 노루는 드레스덴 조정의 요리용 수노루이며, 공원의 떡갈나무가 드리우는 그늘에 판자로 높이 울타리 쳐진 우리에, 자물쇠와 빗장으로 보존되어 있다는 것을 자네는 알아야만 해. 게다가 이 밖에도 작은 야수와 날짐승들이 도망치지 못하도록 그 공원과 공원으로 통하는 정원도 조심스럽게 폐쇄되어 있었으므로, 어떻게 수노루가 예언대로, 우리가 서 있는 광장으로, 오게 될 것인가를 예측할 수 없었다. 그럼에도 불구하고 선제후는 그 뒤에 어떤 속임수가 숨겨져 있는지 염려하여 나와 잠시 의논한 뒤에, 그녀가 앞으로 할 모든 예언을 회복할 수 없는 조롱거리로 만들어 버리겠다고 결심하고 사람을 성으로 보내, 수노루를 즉시 죽여 다음날의 연회를 위해 식탁에 올려놓을 준비를 하라는 명령을 내렸다. 그 여인 앞에서 이렇게 큰 소리로 이야기한 후, 선제후는 그녀에게 몸을 돌려, '자, 그럼! 나의 미래를 예언해 보라.'고 말했다. 그 여인은 선제후의 손을 보면서 '전하 만세! 당신은 오래도록 통치하시고, 당신의 가문이 오래도록 존속할 것이며, 당신의 자손들은 크게 번성하여 세계의 모든 제후와 귀족들을 거느릴 것입니다!' 선제후는 한동안 생각에 잠겨 그 여인을 쳐다보다가, 나에게로 한 걸음 다가와, 반쯤 중얼거리는 소리로, 그 예언을 무효화하기 위해 사자를 보냈다는 것이 지금은 유감스럽다고 했다. 한편 선제후를 수행하던 기사들이 크게 환호하면서 돈을 꺼내 여인의 무릎에 수북히 쌓이도록 주르륵 던지는 사이에, 선제후 자신도 호주머니에서 금화 한 냥을 꺼내 집어던지고, 이 사람에게 한 예언도 나에게 한 예언과 같이 경사스러운 것인지 그녀에게 물었다. 그 여인은 자기 옆에 둔 상자를 열고 돈을 종류와 크기에 따라 자세히 그리고 신중히 분류하고 다시 상자를 닫고는, 마치 햇볕이 괴로운 듯이 손으로 그늘을 지어 나를 쳐다보았어요. 그리고 내가 질문을 반복하자 그녀는 내 손을 자세히 들여다보면서 농담조로 선제후를 향해 '아무리 해도 저는 좋은 예언을 할 수 없습니다.'라고 말하고 자기 티(T) 자 지팡이를 잡고 천천히 의자에서 일어나, 비밀스럽게 손을 앞으로 내밀고 나에게 바싹 다가오더니 분명히 내 귀에 대고 '그렇습니다.'고 속삭였다. '그래요!' 나는 당황하여 말했으며 그녀 앞에서 주춤하면서 물러났고, 그녀는 대리석처럼 차갑고 활기 없는 눈길로 자기 뒤에 있는 의자에 앉았다. '내 집에는 어디로부터 위험이 닥쳐오지?'하고 묻자 그녀는 숯과 종이를 손에 쥐고 무릎을 꼬고는, 그것을 당신에게 적어 드릴까? 하고 물었다. 나는 당황하여, 그런 상황에서는 '예, 그렇게 하세요.'라고 대답할 수밖에 없었다. 그러자 그녀는 '좋습니다! 저는 당신을 위해 세 가지를 적어 드리겠습니다. 당신 왕가의 최후 통치자의 이름, 그가 나라를 잃을 연도, 그리고 무력으로 나라를 강탈할 자의 이름.' 그녀는 모든 사람들이 보는 앞에서 이렇게 적고, 일어나서 그 종이를 여윈 입술로 촉촉하게 한 풀로 봉하고, 중간 손가락에 끼워져 있는 납으로 된 인장(印章) 반지를 그 위에 눌렀다. 그리고 내가 말로 표현할 수 없는 호기심으로 그 쪽지를 빼앗으려고 하자, 자네도 쉽게 이해하듯이, 그녀는 '안 돼, 안 돼요. 각하!' 하며 몸을 돌려 자기 지팡이 중 하나를 들어올리고, '당신이 원한다면 저기 있는 저 사람, 깃털모자를 쓰고 모든 사람들의 뒤 교회 입구의 벤치 위에 있는 저 사람한테서 그 쪽지를 살 수 있을 것입니다!'라고 말했다. 그리고 그녀가 말한 의미를 내가 제대로 파악하기도 전에, 그녀는 몸을 돌려, 깜짝 놀라 말을 잃은 나를 그 자리에 세워 두고, 재빨리 뒤에 있는 상자를 닫아 어깨에 메고는, 우리를 둘러싸고 있는 군중 속으로 섞여 들어갔다. 그리고 나는 더 이상 그녀를 보지 못했다. 정말 기쁘게도, 바로 이 순간에 선제후가 성으로 보냈던 기사가 나타나, 수사슴은 살해되어 두 사냥꾼에 의해 자신이 보는 앞에서 주방으로 끌려갔다고 입가에 미소를 머금고 알렸다. 선제후는 쾌활하게 자기 팔을 내 팔 위에 얹으면서, 나를 그 광장에서 데려가려는 의도로 말했다. '자, 보세요! 그 예언은 흔히 있는 사기였고, 시간과 돈을 허비할 가치가 없는 것입니다!' 그러나 이 말이 채 끝나기도 전에, 광장 여기저기에서 외치는 소리가 치솟아, 우리들은 매우 놀랐으며, 모두들 큰 사냥개가 성 뜰에서 우리에게로 뛰어나오는 것을 보기 위해 몸을 돌렸다. 그 개는 노획물로서 부엌에서 수노루의 목덜미를 물고 나왔으며, 하인 하녀에 쫓겨 우리로부터 세 걸음 정도 떨어진 곳에 그 노루를 떨어뜨렸다. 따라서 그 여인이 자신의 점전체를 보증하기 위해 말한 예언은 실현되었으며, 수노루는 비록 죽어 있기는 했지만, 우리를 만나기 위해 시장터까지 나왔던 것이다. 어느 겨울날 하늘에서 치는 번개도 이 광경보다 나를 더 박살내지는 못합니다. 함께 있던 일행으로부터 벗어나자마자, 곧바로 나는 그 여인이 가리켜 준 깃털모자를 쓴 그 남자를 찾아내려고 노력했어요. 그러나 내 하인들이 3일 동안 중단 없이 찾아 나섰지만, 아무도 희미하게나마 그에 관한 소식을 나에게 줄 수 없었어요. 그런데 지금 내 친한 친구 쿤츠가 수

주일 전에 다메의 농장에서 자기 두 눈으로 그를 보았다고 해요."— 그렇게 말하면서 그는 시종의 손을 놓아 주었고, 땀을 닦으면서, 다시 침상 위에 벌렁 넘어졌다. 시종은 이 사건에 대한 자신의 견해로써 선제후가 품고 있는 견해를 바로잡아 보겠다는 것은 헛수고라고 생각했으므로, 그 쪽지를 손에 넣기 위해 다른 방법을 취해 보라고, 그리고 그 녀석을 운명에 맡겨 두라고 선제후에게 간청했다. 그런데 선제후는 이대로 그 쪽지 없이 지내야만 하고, 그 남자와 더불어 그 쪽지에 적혀 있는 예언이 사라진다고 생각하면 자신은 비탄과 절망에 빠져들 것 같은데도 어떻게 쪽지를 손에 넣어야 할지 전혀 생각나지 않는다고 대답했다. 그 집시여인을 찾기 위해 어떤 노력을 했느냐고 친구가 질문하자, 선제후는 거짓 핑계를 내세워, 정부에 이 여인을 찾으라는 명령을 내렸지만 정부는 오늘까지 선제후령의 어떤 장소에서도 이 여인의 흔적을 발견하지 못했다고 대답하면서, 여러 가지 이유로 더 자세히 말하기를 거부하고, 그녀를 작센에서 찾아낼 수 있을지 의심했다. 그런데 때마침 시종은, 퇴위하고 얼마 지나지 않아 죽은 재상 칼하임 백작으로부터 상속받아 자기 아내의 재산이 된, 노이마르크에 있는 상당히 많은 영지의 일로 베를린으로 가려고 했다. 그리고 그는 선제후를 진실로 사랑했으므로, 잠시 숙고한 후, 이 사건을 자신에게 맡겨 줄 수 있는지 물었다. 그러자 선제후는 따뜻이 그의 손을 잡고 자기 가슴에 누르면서, "자네가 나라고 생각하고, 나에게 그 쪽지를 갖다 주게!"라고 대답했으므로 시종은 자기 일을 다른 사람에게 맡긴 후 출발을 2,3일 더 빨리 서둘러, 아내를 뒤에 남겨둔 채, 몇몇 하인들만 데리고 베를린을 향해 출발했다.

그 사이에 콜하스는 이미 말했듯이 베를린에 도착했고, 브란덴부르크 선제후의 특별 명령에 따라 다섯 아이들과 함께 기사의 감옥(역주: 귀족들을 가두어 둠)에 들어갔고 최대한 편안한 대우를 받았으며, 빈에서 황제가 파견한 변호사가 도착한 직후, 그는 제국의 공공 평화를 문란하게 한 이유로 대법원에 소환되었다. 비록 그가 자신을 변호하면서, 뤼쩬에서 작센 선제후가 이미 자신을 사면해 주었으므로 작센을 무장 침입하고 그때 행사한 폭력을 이유로 기소되어서는 안 된다고 이의를 제기했지만, 변호사를 통해 소송을 제기한 황제폐하는 그 사실을 고려할 수 없다는 것을 알게 되었다. 또 그는 사건을 자세히 설명받고, 다른 한편 융커 폰 벤쩰에 대항하는 자신의 고소에는 드레스덴에서 완전한 배상이 주어질 것이라고 언명되었으므로, 그는 곧 그 재판을 감수하게 되었다. 따라서 시종이 베를린에 도착한 그날 판결이 내려졌고 콜하스는 칼로 단두대에서 사형되기로 되었다. 그 판결은, 비록 관대한 것이었음에도 불구하고, 복잡한 당시의 상황으로서는 아무도 그 사형집행이 실행될 것으로 믿지 않았으며, 뿐만 아니라 선제후가 콜하스에게 갖는 호의를 아는 베를린의 모든 시민도 선제후의 특별 명령에 의해 틀림없이 단순히 고통스럽고

긴 징역의 벌로 감형되기를 기대했다. 그럼에도 불구하고 시종은 선제후로부터 부탁받은 임무를 실현하기에는 지체할 시간이 없다고 보았으므로 자기 일을 시작했다. 우선 어느 날 아침에 그는 일상적인 궁정복을 입고, 악의 없이 감옥의 창문에서 지나가는 사람을 보고 있던 콜하스 앞에 자기 모습을 잘 볼 수 있도록 분명히 그리고 바로 가까이에 나타났다. 콜하스가 갑자기 머리를 흔드는 것을 보고, 그는 그 말 장수가 자신을 알아보았다고 결론내리고, 또 말 장수가 무의식적으로 캡슐이 걸려 있는 가슴 부위에 손을 갖다 대는 것을 관찰하며 특별히 만족했다. 그리고 그는 이 순간 콜하스의 심중에 일어나고 있는 변화를 알아채고, 그것을 그 쪽지를 손에 넣으려는 다음 조치를 하기 위한 충분한 준비로 간주했다. 그는 베를린 길거리에서 넝마를 파는 천민들 속에서 본, 지팡이를 짚고 돌아다니는 늙은 헌옷 파는 여인을 불러오도록 했다. 그 여인은 나이와 복장에서 선제후가 설명해 준 여인과 꼭 일치하는 듯했다. 갑자기 나타나 자신에게 쪽지를 건네준 여인의 용모를 콜하스는 그다지 깊이 인상에 남기지 않았을 것이라고 가정하고, 그는 이 여인을 그녀 대신 슬쩍 바꿔쳐서, 될 수 있으면 콜하스에게 마치 집시여인처럼 역할을 하게 하려고 결심했다. 따라서 그녀가 그 역할을 다하도록 하기 위해, 위터복에서 선제후와 앞에서 말한 집시여인 사이에 일어난 일을 무엇보다도 자세히 알려주었으며, 집시여인이 콜하스에게 어느 정도 자신을 털어놓고 이야기했는지를 몰랐기 때문에, 그 쪽지가 담고 있는 세 가지 비밀스런 항목에 대해 특히 알아듣게 말하는 것을 잊지 않았다. 그는 그녀에게 작센의 궁정에서는 매우 중요한 그 쪽지를 손에 넣으려고 사람들이 간계와 폭력을 준비하고 있다는 것을 누설해야만 한다고 지리멸렬하고 이해하기 힘든 방법으로 설명한 후에, 그 쪽지가 더 이상 콜하스에게 안전하지 않다는 것을 핑계로, 그 쪽지를 보호하기 위해 아주 위험한 며칠간 그녀의 수중에 보관할 수 있도록 콜하스에게 요청하라고 지시했다. 헌옷 파는 여인은 상당한 보수를 받는다는 약속 하에 (시종은 그 중 일부를 그녀의 요구에 따라 미리 지불하지 않으면 안 되었다) 이 일을 당장 맡았다. 그리고 뮬베르크에서 전사한 하인 헤르제의 어머니가 정부의 허락을 얻어서 때때로 콜하스를 방문했으므로, 이 여인은 그녀에게 몇 개월 전부터 잘 알려져 있었다. 따라서 그녀는 며칠 뒤 어느 날 간수장에게 약간의 돈을 주고 말장수에게 접근할 수 있었다.

그러나 콜하스는 이 여인이 자기 방으로 들어왔을 때, 그녀의 손가락에 낀 인장 반지와 목에 걸려 있는 산호 목걸이를 보고, 위터복에서 자신에게 쪽지를 건네준 그 늙은 집시여인임에 틀림없다고 생각했다. 그러나 그럴듯하다는 것이 언제나 진리의 편이 되는 것은 아니듯 여기서 사고가 생겼는데 우리는 그것을 다음과 같이 보고한다. 그렇지만 그것을 의심할 자유는 의심하기를 좋아하는 사람 각자에게 맡겨두지 않으면 안 된다. 시종은 아주 큰 실수를 범했다. 집시여인을 모방하기 위해 베를린 길거리에서 데리고 온 늙은 헌옷 파는 여인은, 그가 모방하려고 했던 바로 그 이상한 집시 여인이었다. 어쨌든 이 여인은 티 자형 지팡이에 의지하여, 자신의 이상한 모습을 보고 깜짝 놀라 아버지에게 기댄 어린이들의 뺨을 쓰다듬어 주면서 콜하스에게 이야기했다. 자신은 이미 오래 전에 작센으로부터 브란덴부르크로 돌아왔으며, 베를린으로 오는 길에 시종한테서 지난 봄 위터복에 있었던 집시여인에 대해 무심코 듣고, 즉시 그에게 달려가서 거짓 이름으로 그가 원하는 사건을 도와주겠다고 제안했다고 말했다. 말 장수는 그녀와 죽은 아내 리스베트가 특히 닮았음을 감지하고, 혹시 그녀가 아내의 할머니가 아닌가를 물을 뻔하였다. 왜냐하면 그녀의 얼굴, 뼈가 앙상하지만 아름다운 손, 특히 그녀가 말할 때 손을 놀리는 태도가 그에게 아내를 생생하게 기억나게 했을 뿐 아니라, 또한 자기 아내의 목에 있는 반점을 그녀의 목에서도 보았기 때문이다. 이상한 생각을 교차시키면서, 말 장수는 그녀를 의자에 앉게 하고는, 도대체 무엇 때문에 시종의 일로 자기에게 왔는지 물었다. 콜하스의 늙은 개가 여인의 무릎 위에 킁킁거리며 꼬리를 흔들고 있는 동안에, 그녀는 개의 머리를 만지며 대답했다. "시종이 나에게 한 부탁은 작센 궁정의 중요한 세 가지 문제에 대한 비밀스런 답을 담고 있는 쪽지에 대해 당신에게 털어놓으라는 것이었습니다. 또 그 쪽지를 입수하기 위해 베를린에 와 있는 사절(使節)을 경계하시오. 당신이 가슴에 그 쪽지를 넣어 다니는 것은 더 이상 안전하지 않다는 것을 핑계 삼아 쪽지를 요구할 것입니다. 그러나 내가 온 진정한 이유는 당신에게 그 쪽지를 간계와 폭력으로 뺏으려는 위협은 불합리하고 공허한 망상이라고 말하기 위한 것입니다. 당신은 당신을 구류하는 브란덴부르크 선제후의 보호를 받고 있기 때문에 그것의 안전에 대해서는 조금도 걱정할 필요가 없습니다. 사실 그 쪽지는 당신에게 있는 것이 나에게 있는 것보다 훨씬 더 안전하니, 누가 무슨 핑계를 내세우더라도 그것을 아무에게도 넘겨주지 않도록 특히 조심하세요. 그럼에도 불구하고 그녀는 결론적으로, 자신이 위터복 시장 터에서 당신에게 준 그 쪽지를 목적에 맞게 사용하는 것이 현명할 것이라 생각한다고 말했다. 즉 폰 슈타인 수렵관을 통해 국경에서 당신에게 제안한 요청에 귀를 기울여 주고, 당신에게 더 이상 도움이 안 되는 쪽지를 작센 선제후에게 삶과 자유의 대가로 넘겨주는 것이 상책이라고 생각한다고 끝맺었다. 콜하스는 이 파멸 직전의 순간에, 적의 급소에 치명적인 상처를 입힐 수 있는 힘을 얻어, 크게 환호하면서 대답했다. "온 세상을 다 준다고 해도 안 돼요, 아주머니, 온 세상을 다 준다고 해도 안 넘기겠어요!"라면서 늙은 여인의 손을 꼭 쥐고 그 쪽지에는 그 끔찍한 질문에 대해 어떤 답이 담겨 있는지를 듣고 싶다고 했다. 그 사이에 여인은 자기 발밑에 엎드려 있던 막내 아이를 무릎 위에 올려놓으며 말했다. "온 세상을 다 준다고 해도 안 됩니다. 말 장수 콜하스여, 그러나 이 예쁜 금발의 어린이를 위해서는 넘겨주어도 괜찮아요!" 그리고는 아이에게 미소를 보내며, 그녀를 놀란 눈으로 쳐다보는 아이를 껴안고 입맞추었다. 그리고 그녀는 앙상하고 여윈 손으로 호주머니에서 한 개의 사과를 꺼내 그에게 주었다. 콜하스는 당황하며, 그 어린이들이 자라면 자신의 행동을 찬양할 것이고, 또 그 종이쪽지를 보관하는 일이 아이들과 그들의 자손을 위해서 무엇보다도 유익한 일이 될 것이라고 말했다. 게다가 그는 물었다. 자신이 이미 당한 것처럼, 또다시 기만당하지 않도록 누가 자신을 지켜 줄 수 있는지? 또 특히 그가 최근에 륏쩬 성에서 모았던 자신의 군대를 선제후에게 넘겨준 것처럼 이 쪽지도 바보같이 그냥 넘겨주는 것이 아닌지? 그는 말했다. "한 번 약속을 어긴 사람과 나는 더 이상 거래하지 않아요. 그리고 아주머니, 오직 당신이 넘겨주라고 단호하고 분명하게 요구하면 불가사의하게 내 재난을 보상해준 이 종이쪽지를 넘겨주겠어요." 그 여인은 어린이를 땅바닥에 내려놓으면서, 당신이 말하는 것이 여러 가지 관점에서 옳고, 또 당신이 생각하는 대로 해도 좋아요. 라고 말하고 티 자형 지팡이를 다시 손에 잡고 가려고 했다. 콜하스는 신비한 쪽지의 내용에 관련하여 질문을 반복했다. "비록 그것이 단순한 호기심이기는 해도 당신이 그것을 열 수 있습니다." 라고 그녀는 간단히 대답했기 때문에, 그는 그녀가 자신에게서 떠나가기 전에 아직도 수천의 다른 일에 대하여 알고 싶다고 했다. 그녀가 실제로 누구인지, 그녀가 어떻게 그 예언술을 습득했으며, 왜 선제후를 위해 글을 쓴 쪽지를 선제후에게 건네주기를 거부하고 수많은 사람 중에서 그녀의 예언술을 원하지도 않는 자신에게 기적의 종이쪽지를 넘겨주었는지 알려달라고 했다. — 이 순간에 몇몇 경찰관이 계단을 올라오는 소리가 들렸다. 그래서 그 여인은 갑자기 이 방안에서 그들에게 들키지 않을까 하는 불안에 사로잡혀 대답했다. "안녕, 콜하스 안녕! 만약 우리가 다시 만나면, 당신은 이 모든 것을 알게 될 것입니다." 그리고 그녀는 문 쪽으로 몸을 돌려 "안녕, 어린이들이여 잘 있어!"라고 외치고 그녀는 그들에게 차례로 입맞추고는 그곳을 떠나갔다.

그 사이에 비탄에 빠져 있던 작센 선제후는, 그 당시 작센에서 큰 명성을 얻은 두 점성사 올덴홀름과 오레아리우스를 불러, 자신과 자신의 후세 자손 모두에게 그렇게 중요하며 비밀에 찬 쪽지 내용을 문의했다. 두 사람은, 며칠간 드레스덴의 성 탑에서 깊은 탐구를 계속했지만, 그 예언이 후대에 관한 것인지 또는 현재에 관한 것인지, 지금도 여전히 적대 관계에 있는 폴란드 왕국을 의미하고 있는지에 대해 의견의 일치를 볼 수가 없었으므로, 이런 학문상의 논쟁으로써는 불행한 선제후의 불안을 해소시키지 못했다. 실제로 그의 불안은 더 커지고 심화되어, 마침내 그가 참을 수 없는 단계에까지 갔다. 바로 이때 시종은 베를린까지 자신을 따라

가려고 막 준비하고 있는 아내에게, 출발하기 전에 다음의 사실을 선제후께 잘 전하라고 부탁했다. 한 늙은 여인의 도움을 빌려, 콜하스가 소지한 쪽지를 손에 넣으려는 자신의 노력은, 이 여인이 그 뒤 자취를 감추었기 때문에 실패했고, 따라서 그것을 다시 손에 넣는 희망은 거의 없었다. 왜냐하면 소송 서류들을 모두 면밀히 검토해 보니, 말 장수에게 내려진 사형선고는 브란덴부르크 선제후의 손에 의해 서명되었고, 사형 집행의 날짜가 부활절 전의 월요일로 이미 확정되었기 때문이다. 이 소식을 들은 선제후는 걱정과 후회에 가슴이 찢어져 마치 실성한 사람처럼 방문을 걸어 잠갔으며, 또 삶에 싫증이 나서 이틀 동안 전혀 식사도 하지 않았는데, 사흘째 되는 날에 갑자기 정부에 짧은 소식을 보내 사냥을 가기 위해 폰 데사우 후작한테 간다고 하면서 드레스덴에서 사라졌다. 실제로 그가 어디로 갔는지, 그가 데사우에 도착했는지에 대해 우리는 의문으로 남겨두는데, 그 이유는 우리들이 비교하면서 보고하고 있는 연대기의 기록이 이 점에서 이상하게 상쇄되고 모순되어 있기 때문이다. 그러나 확실한 것은 폰 데사우 후작이 아파서 이 시기에 브라운슈바이크의 자기 큰아버지 하인리히 공작 댁에 누워 있었기에 사냥을 갈 수 없는 상태였다. 그리고 다음날 저녁 헬리오제 부인은, 자기 사촌오빠라고 소개한 폰 쾨니히슈타인이라는 한 백작과 함께 남편인 시종 쿤츠 곁에 머물기 위해 베를린에 도착했다.

그 사이 브란덴부르크 선제후의 명령에 따라 사형선고가 콜하스에게 읽혀졌고 그의 쇠사슬이 벗겨졌으며, 드레스덴에서 박탈했던 그의 재산 증서는 다시 그에게 돌려졌다. 그리고 대법원이 선임했던 변호사가 죽은 뒤에 소유 재산을 어떻게 처분할지 그에게 물었을 때, 그는 공증인의 도움으로 아이들을 위해 유서를 작성했고, 성실한 친구인 콜하젠뷔르크의 장원 관리인을 그들의 후견인으로 지명했다. 그는 최후의 수일간 안심과 만족을 얻었고 그것은 유례가 없는 것이었다. 왜냐하면 그 뒤 곧 선제후의 특별 명령으로 그가 갇혀 있는 감옥이 열렸고 시내에 살고 있는 그의 많은 친구들에겐 하루 밤과 낮 동안 그에게 자유로이 접근하는 것이 허락되었기 때문이다. 실제로 그는 루터 박사의 사절인 신학자 야콥 프라이징이, 박사 자필의, 분명 주목할 만한—그러나 분실했던— 편지를 휴대하고 감옥 안으로 들어오는 것을 보았으며, 도와주고 있던 브란덴부르크의 두 보좌신부의 입회 하에 이 성직자로부터 성찬의 은총을 받고 만족을 얻었다. 그런데 콜하스의 생명을 구하는 선제후의 특사(特赦)가 있을 것이라는 희망을 버리지 못하고 있는 일반 시민들의 동요 속에서도, 그가 스스로 이 세상에서 정의를 회복하기 위해 너무 성급한 시도를 했기 때문에 세상에 대해 그 자신의 죄를 속죄해야 할 숙명적인 부활절 전의 월요일이 왔다. 그가 엄한 호위를 받으면서 자기 두 아이들을 팔에 안고 (왜냐하면 그가 이 특전을 법원에 분명히 신청했기 때문이다)

신학자 야콥 프라이징에 이끌려 감옥의 문에서 나왔고, 침울한 얼굴을 한 아는 사람들이 몰려와 그의 손을 잡고 작별을 하려 했을 때, 이를 뚫고 선제후의 궁정 집사가 심상치 않는 얼굴을 하고 그에게 다가와, 한 노부인이 그에게 주라고 했다면서, 한 장의 종이쪽지를 넘겨주었다. 콜하스는 잘 알지 못하는 그 남자를 놀란 듯이 쳐다보면서 그 쪽지를 열었는데, 봉랍(封蠟)에 눌러 찍힌 인장 반지의 모습을 보자 즉시 잘 아는 집시여인을 생각해냈다. 그러나 그가 다음 소식을 읽었을 때 받은 놀라움을 누가 묘사하겠는가.— "콜하스여, 작센 선제후는 베를린에 있어요. 그는 이미 당신보다 한 발 먼저 사형장으로 갔어요. 당신이 원하시면, 그가 쓰고 있는 푸르고 흰 깃털을 단 모자로 쉽게 그를 알아볼 수 있을 것입니다. 그가 무엇 때문에 온 것인지 제가 당신에게 말해 줄 필요가 없습니다. 그는 당신이 매장되자마자 곧 그 캡슐을 파내려고 하며, 그 안에 있는 쪽지를 열려 합니다. 당신의 엘리자베트."— 콜하스는 완전히 기가 막혀 집사에게로 몸을 돌리고, 그 쪽지를 건네준 신비스런 여인을 아느냐고 물었다. 그러나 집사는, "콜하스여, 그 여인……."라고 한창 이야기하고 있는 중에 아주 이상하게 말이 막혔고, 말 장수는 바로 그 순간 다시 나아가기 시작한 사람들의 행렬에 휩싸여, 사지를 떨고 있는 듯한 그 남자가 말하는 것이 무엇인지를 알아들을 수 없었다.

형장에 도착했을 때, 그는 브란덴부르크의 선제후가

재상 하인리히 폰 고이자우를 포함해서 수행원들을 거느리고 많은 사람들 가운데에서 말을 타고 기다리고 있음을 보았다. 선제후의 우측에는 황제측의 변호사 프란츠 뮬러가 사형선고의 판결문 사본을 손에 들고 서 있었으며, 좌측에는 드레스덴 대법원의 판결문을 가진 자신의 변호사이며 법학자인 안톤 죠이너가 있었고, 군중들이 만든 반원의 중앙에는 사자(使者)가 하나의 소지품 꾸러미를 들고, 말발굽으로 땅을 밟고 있는 건강하게 빛나는 두 마리의 가라말들 옆에 서 있었다. 왜냐하면 재상 하인리히 폰 고이자우가 군주의 이름으로 드레스덴에 계류시킨 소송에서 승소했으며, 판결이 융커 폰 트롱카에게 한 점 유보 없이 낱낱이 내려졌기 때문이다. 그 결과 말들은 머리 위에서 깃발을 흔들어서 옛 명예를 되찾았고, 그들을 사육한 박피공의 손을 떠나 융커의 부하들에 의해 살찌워졌으며, 특별히 임명된 위원회가 지켜보는 앞에서, 드레스덴 광장에서 변호사에게로 넘어갔다. 그 후 콜하스가 호위병에 이끌려서 형장의 언덕 위에 나타났을 때 선제후는 말했다. 자 콜하스여 오늘이 바로 너에게 권리가 회복되는 날이야! 네가 트롱카의 성에서 폭력에 의해 빼앗겼던 것을, 그리고 내가 너의 군주로서 나는 너에게 돌려 줄 의무를 지는 것, 가라말 두 필·목수건·금화·빨래뭉치 그리고 너를 위해서 뮬베르크에서 희생된 하인 헤르제의 치료비에 이르기까지 일체를 너에게 돌려준다. 너는 나에게 만족하느냐? — 콜하스는 재상의 눈짓에 따라 자기에게 넘겨진 판결문을 받아 눈을 번쩍이며 읽으면서 팔에 안고 있던 두 어린이들을 자기 옆의 땅바닥에 내려놓았다. 그리고 그는 그 안에서 융커 폰 벤쩰을 2년간 징역에 처할 것을 판결한 한 구절을 발견하고, 감격하여 두 손으로 가슴에 십자를 긋고 멀리 떨어져 선제후 앞에 꿇어앉았다. 그는 다시 일어서면서 한 손을 자기 무릎에 놓고 재상에게 자신의 지상 최대의 소원이 성취되었다고 기쁘게 확신시켰다. 그리고는 말들이 있는 곳으로 걸어가 그들을 점검했다. 그들의 살찐 목을 톡톡 두드렸으며, 다시 재상에게 돌아가면서 그는 "두 아들 하인리히와 레오폴드에게 그 말들을 넘겨준다!"라고 경쾌하게 선언했다. 재상 하인히리 폰 고이자우는 말 위에서 부드럽게 그를 내려다보고는 선제후의 이름으로, 그의 마지막 유언은 엄숙하게 지켜질 것임을 약속했고, 또 그 꾸러미 속에 있는 다른 물건도 그의 생각대로 처분할 것이니 어떻게 할 것인지 결정하라고 재촉했다. 그러자 콜하스는 광장에서 보았던 헤르제의 노모를 군중 속에서 불러내어 그녀에게 물건을 주면서 말했다. "여기 있습니다. 어머니, 이것은 당신의 것입니다." 그에 대한 손해배상으로 받은 금액을 그 꾸러미 속에 있던 돈에 보태어 그녀의 노후를 보장해 주기 위해 선물로 주었다.— 선제후는 외쳤다. "자, 말 장수 콜하스여, 너에게 그런 정도로 보상이 주어진 이상 여기에 변호사를 보낸 황제폐하에 대해 황제폐하의 국가 공안을 문란케 했기 때문에 너 쪽에서도 보상을 해야 해." 콜하스는 모자를 벗어 땅 위에 던지면서, 그렇게 할 준비가 되었다고 대답하고 어린이들을 다시 한 번 땅바닥에서 안아 올려 가슴에 꼭 껴안은 뒤, 콜하젠뷔르크의 장원 관리인에게 넘겨주었다. 장원 관리인이 조용히 눈물을 흘리면서 그들을 데리고 광장을 떠나가고 있는 사이에, 그는 교수대 위로 나아갔다. 그가 목수건을 풀어내고 가슴받이를 열고, 군중들이 만들고 있는 원을 흘깃 보았을 때, 그리 멀리 떨어지지 않은 곳에서 두 기사의 몸에 반쯤 가려져 있던 푸르고 흰 깃털모자를 쓴 낯익은 그 남자가 눈에 띄었다. 자신을 에워싸고 있는 호위병들을 놀라게 하면서 콜하스는 갑자기 빠른 발걸음으로 그 사람 앞에 바싹 나아갔고, 캡슐을 가슴에서 떼어, 그 안의 쪽지를 꺼내, 펴서 읽었다. 그리고 눈은 푸르고 흰 깃털모자를 쓴, 이미 달콤한 희망에 사로잡힌 그 남자에게 딱 고정시킨 채, 그는 그 쪽지를 입에 넣고 삼키기 시작했다. 푸르고 흰 깃털모자를 쓴 남자는 이것을 보고 경련을 일으키며 졸도하여 땅바닥에 넘어졌다. 깜짝 놀란 그의 종자들이 허리를 굽혀 그를 땅에서 일으켜 세우고 있는 사이에 콜하스는 교수대로 몸을 돌렸으며, 거기서 그의 머리는 형리의 도끼 밑으로 떨어졌다. 여기서 콜하스의 이야기는 끝난다. 시체는 일반 국민들의 애도 속에 관에 넣어졌고, 그 시체를 교외의 묘지에 정중하게 묻기 위해 운구인들이 메고 가는 사이에 선제후는 고인의 두 아들을 불러, 그들에게 기사의 작위를 주고, 재상에게 그들이 귀족학교에서 교육받을 수 있도록 등록하라고 지시했다. 그 후 작센 선제후는 곧 몸과 마음이 갈가리 찢어져 드레스덴으로 돌아갔다. 그 뒷이야기는 역사에서 읽는 것이 좋다. 그러나 명랑하고 건장한 콜하스의 몇몇 후예들은 지난 세기까지 메클렌부르크에서 살았다.

로카르노의 거지부인

 알프스 산맥의 기슭, 북부 이탈리아의 로카르노 근처에 후작 소유의 오래된 성이 위치하고 있었는데, 지금은 사람들이 성 고트하르트에서 오면 폐허로 변해 있는 것을 보게 된다. 그 성은 천장이 높고 넓은 방들이 있었고, 그 중 한 방에는 어느 날 한 늙고 병든 부인이, 문 앞에서 구걸하고 있는 것이 발견되어, 이 집 여주인이 동정심에서 그녀 밑에 볏짚을 깔아 만들어 준 침대에 누워 있었다. 사냥에서 돌아온 후작은 우연히 자신의 엽총을 보관하곤 했던 그 방으로 들어가, 불쾌한 마음에서 그 부인에게 누워 있는 구석진 곳에서 일어나서 난로 뒤로 갈 것을 명령했다. 그 때 몸을 일으킨 그 부인은 티 자 지팡이와 함께 미끄러운 바닥에서 미끄러져, 아주 심하게 허리에 부상을 입었으나, 그녀는 매우 힘을 들여 일어났고 지시받은 대로 그 방을 비껴 나가 난로 뒤로 가기는 했으나, 신음소리를 내고 탄식하며 쓰러졌으며 죽었다.
 그로부터 몇 년 후, 전쟁과 흉년으로 후작이 아주 나쁜 재정상태에 빠졌을 때, 플로렌츠의 한 기사가 그를 방문해 와, 그 성이 아름답기 때문에 그 성을 후작으로부터 사들이고자 했다. 후작에게는 성의 매매가 매우 중요했으므로, 아내에게 이 손님을 앞에서 언급한 매우 훌륭하게 차려진 비어 있는 방에 묵게 하라고 지시했다. 그러나 밤중에 그 기사가 당황하고 창백한 모습으로 후작 부부에게로 내려와 그 방에 유령이 나타났다고 진지하게 말했을 때 그들 부부는 얼마나 당황했는가. 눈에 보이지 않는 것이, 마치 짚단 위에 누워 있는 듯한 소리를 내며 방구석에서 일어나 알아들을 수 있는 발걸음으로, 천천히 비틀거리면서 방을 가로질러 난로 뒤로 가서 신음하고 탄식하다가 가라앉았다는 것이다.

그 후작은 자신도 모르게 깜짝 놀라 그 기사에게 일부러 명랑하게 웃으며, 그를 안심시키기 위해 즉시 일어나 그와 함께 그 방에서 남은 밤을 보내겠다고 말했다. 그러나 그 기사는 후작에게 그의 침실의 팔걸이의자 위에서라도 묵게 친절을 베풀어 달라고 요청했고, 그리고 아침이 되자 마차를 준비시켜 인사를 하고 떠나갔다.

이 사건은 세인의 비상한 관심을 끌었고, 후작에게는 매우 기분 나쁘게도, 많은 구매자들을 놀라 도망가게 했다. 그리하여 자기 집 하인들도 밤중에 그 방에 유령이 돌아다닌다는 이상하고 이해할 수 없는 소문을 냈기에, 후작 자신이 결정적인 방법으로 이 소문을 퍼지지 않게 하기 위해, 그 다음날 밤에 그 사건을 직접 조사하려고 결심했다. 따라서 그는 저녁 어스름이 들 때에 자기 잠자리를 이미 말한 그 방에 깔게 했으며, 밤중까지 잠들지 않고 머물러 있었다. 그러나 놀랍게도 그는 유령이 나타나는 시간이 되었을 때 알 수 없는 소리를 실제로 들었다. 그것은 마치 한 사람이 푸석푸석 소리를 내면서 자기 밑에 깐 짚단에서 몸을 일으켜 그 방을 가로질러 나가, 난로 뒤에서 연거푸 한숨 쉬고, 목에서 골골 소리를 내다가 푹 쓰러지는 듯했다. 다음날 아침 후작이 내려왔을 때, 후작 부인은 그 조사가 어떻게 되었는지 물었다. 그러자 그는 겁먹고 불안한 눈길로 사방을 둘러보더니, 문을 걸어 잠그고 나서, 유령이 나오는 것이 맞다고 확언했다. 그녀는 여태까지 살아오면서 경험하지 못한 듯이 깜짝 놀랐으며, 그가 그 소문을 퍼뜨리기 전에, 다시 한번 자기와 함께 침착히 조사를 해보자고 그에게 요청했다. 그러나 그들은 동행한 한 성실한 하인과 함께 다음날 밤에 실제로 똑같은 알 수 없는 유령 같은 소음을 들었다. 그리고 그들은 그 성을 값이 얼마 나가든지간에, 팔아 치우고 싶은 간절한 소원을 가졌기에, 하인 앞에서 그들이 받은 놀라움을 감출 수 있었고, 또 그 사건을 하찮은 우연한 사건이라고 돌리면서 그 원인을 반드시 밝힐 것이라고 말했다. 사흘째 되는 날 밤에 두 부부는 이 사건의 본질을 파악하기 위해 가슴을 두근거리면서, 다시 그 손님의 방으로 가는 계단을 올라갔으며, 우연히 사람들이 고리에서 풀어놓았던 개가 그 방의 문 앞에 있는 것을 보았다. 그래서 두 부부는 분명하게 설명할 수는 없지만 아마 무의식적으로, 자기도 모르게 제3의 살아 있는 동물을 데려가고 싶었고, 그 개를 데리고 방안으로 들어갔다. 11시경에 부부는 탁자 위에 두 개의 촛불을 켜 놓고 후작 부인은 옷을 벗지 않은 채, 후작은 벽장에서 꺼내 온 칼과 권총을 옆에 두고 각자 잠자리에 든다. 그리고 될 수 있는 대로 그들이 대화를 하려고 하는 동안에 개는 머리와 다리를 한데 웅크리고 방 한가운데서 쭈그려 잠이 든다. 그 후 밤중이 되자, 끔찍한 소리가 다시 들린다. 눈에 보이지 않는 어떤 사람이 티 자 지팡이를 짚고 방구석에서 일어난다. 그의 발밑의 짚단이 바스락바스락 소리를 내고, 첫발걸음을 톡! 톡! 내딛자, 개가 깨고, 갑자기 두 귀를 쫑긋하게 세우고 바닥에서 일어나 마치 한 사람이 자기에게로 다가오는 듯이 으르렁거리면서 짖다가, 뒷걸음질을 치며 난로 쪽으로 물러난다. 이 광경을 본 후작 부인은 머리카락을 곤두세우고 방에서 뛰어 나가고, 후작은 칼을 잡고 거기 누구요? 라고 외쳤고, 아무런 대답이 없자 마치 미친 사람처럼 사방으로 공기를 갈라 헤친다. 그녀는 마차를 준비시키고 즉시 시내로 출발할 것을 결심한다. 그러나 몇몇 소지품을 챙겨 문을 딸랑딸랑 하면서 채 벗어나기도 전에 그녀는 이미 그 성의 주위에 불길이 치솟는 것을 본다. 후작은 깜짝 놀라 너무 흥분하여 촛불을 잡고, 삶에 지쳐서, 나무판자를 댄 네 벽의 여기저기에 불을 붙였다. 그녀는 그 불행한 자를 구하기 위해 사람들을 안으로 보냈으나 허사였다. 그는 가장 비참하게 이미 죽었으며, 그리고 그의 흰 유골은, 그 지방 사람들이 한데 모앉는데, 그가 로카르노의 거지부인을 일어나라고 명령했던 방구석에 지금도 쉬고 있다.

주운 아이

 로마의 부유한 토지 상인 안토니오 피아키는 거래상 때때로 먼 여행을 하지 않을 수 없었다. 그러면 그는 보통 자기 젊은 아내 엘비레를 그녀의 친척들의 보호 하에 로마에 남겨 두곤 했다. 여행 중 한번은 자기 첫 아내와의 사이에서 태어난 아들인 열한 살 짜리 소년 파올로를 데리고 라구사로 갔다. 여기서 페스트 같은 질병이 발생했으며, 이것이 이 도시와 주변지역을 큰 공포로 몰아넣었다. 피아키는 여행 도중에 비로소 그것에 관한 소식을 듣고 나서 이 질병의 성질에 대해 알아보기 위하여 교외에 정지했다. 그러나 그는 그 재해가 나날이 심각해져가고 있으며, 그러자 시 당국이 성문을 걸어 잠그려고 의논한다고 들었다. 그리하여 자기 아들에 대한 걱정이 상인의 모든 이해득실을 능가했다. 그는 말을 몰고 다시 여행을 계속했다.

 그가 교외로 나갔을 때에 한 소년이 자기 마차 곁에 있는 것을 보았는데, 그 소년은 간청하는 태도로 그에게 손을 뻗치고 큰 곤란에 빠져 있는 듯이 보였다. 피아키는 마차를 멈추게 했다. 무엇을 원하느냐는 물음에 그 소년은 천진난만하게 대답했다. 그는 병에 전염되었고, 경찰이 그를 병원으로 데려가기 위해 뒤따르고 있는데, 그 병원에서 아버지와 어머니가 이미 죽었다는 것이다. 그는 제발 자기를 데려가 줄 것을, 그리고 이 도시에서 죽게 내버려두지 말 것을 빌었다. 그러면서 그는 노인의 손을 잡고 누르며 입맞추고는 그 위에 눈물을 흘렸다. 피아키는 놀란 나머지 그 소년을 자신에게서 떼어 멀리 내던지려 했다. 그러나 그 소년은 바로 이 순간 얼굴색이 바뀌며 땅바닥에 기절하여 주저앉았고, 그것이 이 착한 노인의 동정심을 불러일으켰다. 그는 자기 아들과 함께 마차에서 내려 그 소년을 마차에 태우고, 그를 어떻게 처치해야 좋을지 전혀 모른 채, 함께 계속 갔다.

그는 첫 정거장의 여관에서 사람들과 어떻게 하면 그 아이를 버리게 될까 하는 방법과 기술에 대해서 상의했다. 그때 이미 그것에 대해 낌새를 맡은 경찰의 명령에 의해 그는 체포되었으며, 그와 자기 아들과 니콜로 (그 병든 소년은 그렇게 불렸다)는 감시를 받으면서 다시 라구사로 호송되었다. 이 잔혹한 조치에 대해 피아키가 아무리 항의해 보았지만 아무 소용이 없었다. 라구사에 도착하여 세 사람 모두는 이제 한 경찰의 감시를 받으며 병원으로 보내졌고, 거기서 피아키는 건강하게 있었고 소년 니콜로는 그 질병으로부터 건강을 다시 회복했다. 그러나 피아키의 아들, 열한 살 짜리 파올로는 그 질병에 감염되어 3일 만에 죽었다.

성문은 다시 열렸고, 피아키는 자기 아들을 묻고 나서, 경찰로부터 여행 허가를 받았다. 그는 상심한 몸으로 마차를 탔고 자기 옆 좌석이 텅 비어 있는 것을 보고 흐르는 눈물을 그치게 하려고 손수건을 꺼냈다. 니콜로는 손에 모자를 들고 자기 마차로 다가와서는 그에게 안녕히 다녀오시라고 인사했다. 피아키는 마차의 문 밖으로 몸을 굽혀서 격렬한 흐느낌으로 말을 더듬으며 그에게 자기와 함께 여행하고 싶은지 물었다. 그 젊은이는 그 노인의 뜻을 이해하자마자 고개를 끄덕이며 말했다. "좋습니다! 기꺼이 가겠습니다." 그리고 토지 상인이 병원장에게 저 젊은이가 마차를 타고 가도 되는지 질문하자 병원장은 미소를 짓고 그가 고아이며, 아무도 그가 없다고 아쉬워하지 않을 것이라고 확신시켰다. 그래서 피아키는 마음이 크게 고무되어 그를 높이 들어올려 마차 속에 태우고 그리고는 자기 아들 대신에 그를 데리고 로마로 돌아갔다.

시의 성문 앞 큰길에서 토지 상인은 처음으로 그 젊은이를 똑바로 쳐다보았다. 그는 특별히 아름다운 미모를 가졌고 약간 냉정하게 검은 머리카락을 자기 이마로 내려뜨려 얼굴을 가렸으며, 진지하고 현명한 자기 용모를 결코 바꾸지 않았다. 그 노인은 그에게 몇 가지 질문을 했는데 그는 단지 짤막하게 대답했다. 그는 말없이 손을 바지에 꽂고 생각에 잠겨 구석진 곳에 앉아 있었다. 그리고 신중하고 겁이 많은 눈으로 마차 옆을 스쳐 지나가는 것들을 보았다. 때때로 그는 조용하게 소리나지 않게 움직여 지니고 있던 가방에서 한 줌의 호두를 꺼내, 피아키가 눈물을 닦고 있는 동안에, 이빨 사이에 끼워서 깨물어 쪼갰다.

로마에 도착한 피아키는, 사건을 간단히 이야기하면서, 그 젊은이를 자신의 젊은 아내 엘비레에게 소개했다. 그녀는 비록 어린 양아들이었지만 자신이 매우 사랑했던 파올로 생각이 나서 울음을 감출 수가 없었다. 하지만 그녀는 비록 그가 낯설고 뻣뻣이 자기 앞에 서 있지만, 니콜로를 가슴에 안고는 파올로가 잠잤던 침대를 그의 잠자리로 보여주었으며 파올로의 모든 옷가지들을 그에게 주었다. 피아키는 그를 학교에 보내 쓰기, 읽기, 계산을 배우게 했다. 쉽게 납득할 수 있듯이, 노인은 그 젊은이를 큰 대가를 치르고 얻었기 때문에 한층 더 사랑했으며, 그래서 몇 주 후 늙은 자신에게서 더 이상 아이를 얻을 수 있다고 기대하지 못하는 착한 엘비레의 동의를 얻어, 그는 그를 아들로 입양시켰다. 얼마 후, 그는 여러 가지 이유에서 그가 만족을 얻지 못했던 점원을 해고했고, 그 대신에 니콜로를 계산대에 앉혔으며, 니콜로가 복잡한 자신의 사업에 매우 능동적으로 유용한 도움을 주는 것을 보고 기뻤다. 모든 맹신을 불구대천의 적으로 간주하던 아버지는, 언젠가 젊은이에게 노인의 유산에서 엄청난 재산이 상속될 것을 기대하며 큰 호의를 갖고 있는 카르멜(역주: 12세기 팔레스티나의 카르멜 산에서 은둔자의 연합체로 결성된 탁발 수도승단) 수도원의 수사들과 교제하는 것을 제외하고는 젊은이를 비난하지 않았다. 어머니도 그의 가슴에서 일어나는 여성에 대한 조숙한 애정 이외에는 아무 비난도 하지 않았다. 왜냐하면 그는 열다섯 살의 나이에 이미, 그 수사들을 방문하는 기회에 사비라 타르티니라는 주교의 첩의 유혹에 희생물이 되었기 때문이다. 그리고 비록 그는 곧 노인의 엄격한 당부에 못 이겨 이 관계를 청산했지만, 엘비레는 이 위험의 영역에 대한 니콜로의 금욕이 그렇게 크지 않다는 것을 여러 가지 이유에서 믿고 있었다. 그러나 니콜로가 스무 살의 나이에 엘비레의 감독 하에 로마에서 양육된 질녀 콘스탄짜 빠르퀘라는 한 젊은 사랑스런, 제노바 여자와 결혼했기에 최소한 마지막 걱정의 원천은 이로써 막힌 듯했다. 두 부모들은 모두 그와 만족스럽게 결합했고, 그에게 그 증거를 보여주기 위해 훌륭한 혼수를 지급했고, 그들의 아름답고 넓은 집의 상당한 부분을 그에게 비워주었다. 간단히 밀해서 피아키는 나이가 예순에 도달했을 때, 젊은이를 위해서 할 수 있는 마지막, 최대의 일을 다했다. 그는 자신을 위한 얼마간의 재산을 남겨 놓고 자기 부동산 거래의 토대가 된 전 재산의 법적인 소유권을 그에게 양도하고, 이 세상에서는 별다른 소원을 가지지 않는 성실하고 훌륭한 엘비레와 함께 은퇴했다.

엘비레는 어린 시절에 일어났던 한 감동적인 사건에 대해 조용한 비애감을 갖고 있다. 그녀의 아버지이며 제노바의 부유한 포목상인 필립포 빠르퀘는, 직업상 집 뒤로 튼튼한 정방형 돌로 쌓은 바다의 가장자리와 바싹

접하고 있는 집에서 살았다. 물들인 수건을 걸어 두곤 했던 박공에 몇 개 끼워 넣어둔 횡목은, 몇 자〔尺〕정도 바다로 튀어나와 있었다. 어느 불행한 밤에 그 집에 불이 났으며, 그리고 마치 그것이 역청이나 유황으로 지어진 것처럼, 모든 방들에서 동시적으로 불길이 치솟았다. 사방의 불길에 놀란, 열세 살 짜리 엘비레는 이 계단 저 계단으로 도망쳤으며, 어떻게 해서 거기에 왔는지 자신도 모르게 이 횡목 위에 자리를 잡았다. 그 불쌍한 어린이는 하늘과 땅 사이에서 흔들리면서 어떻게 자신을 구원해야 할지 전혀 알지 못했다. 그애 뒤에서 불타던 박공은, 불꽃이 바람을 받아 더욱 사나워져, 이미 횡목을 집어삼켜 버렸으며, 그애 밑에는 넓고 황량한, 무시무시한 바다가 있었다. 그녀는 모든 성자들과 작별하려고, 두 재난 중에서 보다 작은 재난을 선택하여, 물 속으로 막 뛰어 내리려 할 때 갑자기 귀족 가문 출신의 한 젊은 제노바 사람이, 입구에 나타나서 자기 외투를 횡목 위로 던지고, 그녀를 움켜잡고 노련할 뿐 아니라 용기 있게, 횡목에서 아래로 걸려 있는 젖은 수건을 잡고 그녀와 함께 바닷속으로 뛰어 내렸다. 여기서 항구에 떠 있던 곤돌라 선이 그들을 구해 많은 국민들의 환호를 받으며, 물가로 데려왔다. 그러나 젊은 주인공은 그 집을 빠져나올 때 이미 집의 난간으로부터 떨어진 돌에 맞아 머리에 깊은 상처를 입었다. 그 상처는 곧 그의 의식을 빼앗고, 그를 땅바닥에 넘어뜨렸다. 후작인 그의 아버지는, 자기 호텔로 그를 옮겼는데, 회복 시간이 오래 걸리자 이탈리아의 모든 지역에서 의사를 불러왔으며, 의사들은 여러번 아들의 머리에 구멍을 뚫고 두개골을 떼어 냈다. 그러나 모든 기술은 하느님의 알 수 없는 운명으로, 아무 효과가 없었다. 그의 어머니의 요청으로 그를 간호하기 위해 온 엘비레의 손에 이끌려 그는 가끔 일어섰다. 그리고 그는 고통스런 병상에서 3년을 지낸 후, 그 기간 동안 소녀는 그의 옆에서 물러나지 않았는데, 마지막으로 다정하게 그녀의 손을 잡고는 숨을 거두었다.

이 젊은 귀족의 가족과 거래 관계를 갖고 있던 피아키는, 마침 후작의 집에서 그 아들을 간호하고 있던 엘비레를 알게 되었고 2년 후 그녀와 결혼했다. 그는 젊은이의 이름을 그녀 앞에서 부르거나 그녀에게 그를 기억나게 하지 않도록 매우 조심했는데 그 이유는 그것이 그녀의 아름답고 민감한 감정을 가장 격렬히 흔드는 것을 일있기 때문이다. 희미하게나마 그 시간을 기억나게 하는 최소한의 자극은, 그 젊은이가 그녀를 위해 고통당하고 죽었기 때문에, 그녀를 언제나 눈물나게 했으며, 그럴 때면 그녀에게는 어떤 위안도 안식도 없었다. 그녀는 어디에 있든지 뛰어나갔으며, 아무도 그녀를 따라가지 않았다. 왜냐하면 사람들은 이미 그녀를 혼자 조용히 고독하게 내버려두어 자기 고통을 실컷 다 울어버리도록 하는 것 이외에는 다른 어떤 방법도 아무 효과가 없다는 것을 경험으로 알았기 때문이다. 피아키를 제외하고는 아무도 이 이상하고 잦은 충격의 원인을 알지 못했다. 그 이유는 그녀가 살아 있는 한 그 사건을 암시하는 한 마디 말도 자기 입에 담지 않았기 때문이었다. 사람들은 보통 그것을 그녀가 결혼한 직후 걸렸던 열병이 남긴 지나치게 흥분한 신경조직의 탓으로 돌렸고, 이로써 그 원인에 대한 모든 조사를 끝내었다.

일찍이 니콜로는 아버지의 금지에도 불구하고 사비라 타르티니와의 관계를 완전히 끊지 않았으며, 몰래 그리고 아내가 알지 못하도록, 겉으로는 한 친구로부터 초대를 받았다고 하면서, 사육제에서 그녀를 만났다. 그날밤 늦게 이미 모두 잠든 때에, 그는 우연히 선택한 제노바 기사의 가면을 쓰고 집으로 돌아왔다. 이때 마침 노인은 갑자기 몸이 좋지 않았다. 하녀가 부재중이어서, 엘비레가 그를 돕기 위해 일어나, 그에게 식초병을 갖다 주기 위해 식당으로 갔다. 때마침 그녀는 구석에 있던 장을 열고, 한 의자 위에 서서 유리잔들과 작은 병들을 둘러보고 있을 때 니콜로가 문을 살짝 열고, 그가 복도에서 붙인 촛불을 들고 깃털모자·외투·칼을 가지고 안으로 들어왔다. 그는 엘비레를 보지 못하고 아무 생각 없이, 자기 침실로 통하는 문 쪽으로 갔으며, 그 문이 잠겨 있음을 알고 깜짝 놀랐다. 그때 엘비레는 그의 뒤에서 약병과 유리잔들을 손에 잡고 의자 위에 서 있었는데, 그를 보고 마치 눈에 보이지 않는 번개를 맞은 듯이 바닥 위로 넘어졌다. 깜짝 놀라 창백해진 니콜로는 몸을 돌려 그 불행한 여자에게로 달려가려고 했다. 그러나 그녀가 낸 소리가 노인을 이리로 오게 할 것이 틀림없었으므로, 그는 그로부터 질책 당하지 않을까 하는 걱정이 무엇보다도 앞섰다. 그는 정신없이 서둘러 그녀가 갖고 있던 열쇠 한 다발을 허리에서 낚아채어 그 중 맞는 하나를 찾아내고 나머지는 다시 식당 바닥에 던지고 사라졌다. 몇 분 후 피아키가, 비록 몸이 아팠지만, 곧 침대에서 뛰어 내려, 그녀를 끌어올렸으며, 고용원들과 하녀들을 비상 소집하자, 그들은 등불을 들고 나타났다. 니콜로도 잠옷 바람으로 와서, 무슨 일이 일어났느냐고 물었다. 그러나 엘비레는 놀라 혀가 굳어져 말을 할 수가 없었으며, 그녀를 제외하고는 이 문제에 대해 오직 니콜로 자신만이 정보를 제공할 수 있으므로 그 사건은 영원히 비밀에 싸여 있었다. 사람들은 사지를 떨고 있는 엘비레를 침대로 데려갔으며, 거기서 그녀는 며칠 동안 심한 열로 누워 있었다. 그럼에도 불구하고 그녀는 선천적인 건강 덕분에 이 사건을 극복했고, 뒤에 남은 이상한 우울증을 제외하고 건강이 상당히 회복되었다. 그리하여 1년이 지나갔고, 니콜로의 아내인 콘스탄쩨는 해산을 했으나, 낳은 아기와 함께 산욕으로 죽었다. 덕성스럽게 잘 교육받은 그녀가 죽은 사건은 그 자체가 유감스러운 일일뿐 아니라, 또한 니콜로의 두 열정, 즉 맹신과 여성에 대한 애착을 다시 일깨웠기 때문에 더욱더 유감스러웠다. 그는 다시 자신을 위로한다는 핑계로 매일매일 카르멜 수사들의 방을 이리저리 돌아다녔다. 하지만 그는 자기 아내가 살아 있을 동안에도 그녀에 대해 별로 사랑과 신의를 가지지 않았다는 사실이 밝혀졌다. 그렇다, 콘스탄쩨가 아직 땅에 묻히기 전, 엘비레가 저녁에 곧 있을 장례의 일로 그의 방으로 들어갔을 때, 그곳에서 한 소녀를 발견했다. 그 소녀는 앞치마를 두르고 화장을 한 자기에게 잘 알려져 있는 사비라 타르티니의 하녀였다. 이 모습을 본 엘비레는 눈을 감았고, 한 마디 말도 하지 않은 채 몸을 돌려 방을 떠났다. 그녀는 피아키나 그 밖의 누구에게도 이 사건에 대해 한 마디도 말하지 않았다. 그녀는 니콜로를 매우 사랑했던 콘스탄쩨의 시체 곁에서 슬픈 마음으로 무릎을 꿇고 울기만 했었다. 그러나 우연히 시내에 갔던 피아키가, 집에 돌아오는 길에 문을 들어섰을 때 그 하녀를 만났으며, 그녀가 여기서 무엇을 했는가를 잘 알았기에 그녀한테 엄하게 다가가서, 반은 간계로 또 반은 폭력으로, 그녀가 가지고 있던 편지를 빼앗았다. 그는 그 편지를 읽기 위해 자기 방으로 갔으며, 그가 예상했던 대로 그것은 니콜로가 사비라에게 보낸, 만나기를 간절히 바라고 또 그 장소와 시간을 정해줄 것을 긴급히 요청하는 편지임을 알았다. 피아키는 자리에 앉아서 사비라의 이름으로 가짜 필체로 답장을 썼다. '즉시, 밤이 되기 전에 막달레나 교회에서,' 이 편지를 낯선 문양으로 봉하여 마치 방금 그 편지가 그 여자에게서 온 것처럼 니콜로의 방에 넣게 했다. 이 간계는 완전히 성공했다. 니콜로는 즉시 자기 외투를 잡고 관에 누워 있는 콘스탄쩨를 잊어버리고 집을 나갔다. 그리하여 크게 분개한 피아키는 다음날로 정해진 성대한 장례식을 취소하고, 그 시체를 차려져 있는 그대로 몇몇 짐꾼에게 들려서, 단지 엘비레와 자신과 몇몇 친척들이 뒤따르며, 아주 조용히 그녀를 위해 준비된 막달레나 교회의 지하 묘지에 묻게 했다. 외투를 둘러쓴 니콜로는 교회의 현관 앞에 서서, 놀랍게도 자기가 잘 아는 사람들로 구성된, 장례행렬이 다가오는 것을 보고 그 관을 뒤따르는 노인에게 이것이 무엇을 뜻하는지, 그리고 또 누구를 메고 가는지 물었다. 그러나 노인은 기도 책을 손에 들고, 머리를 들지 않고 대답했다. "사비라 타르티니." 그때 사람들은 마치 니콜로가 그 자리에 없는 듯이 완전히 무시하고 시체의 덮개를 다시 한 번 열고 명복을 빌었다. 그리고 나서 관을 내리고 지하 묘지에 묻었다.

이 사건은 니콜로를 매우 창피스럽게 만들었고, 그 불행한 자는 가슴속에 엘비레에 대한 불타는 증오심을 품었다. 왜냐하면 그 노인이 모든 국민들 앞에서 자기에게 가한 모욕은 그녀 탓이라고 믿었기 때문이다. 오랫동안 피아키는 그와 단 한 마디 말도 하지 않았다. 그러나 니콜로는 콘스탄쩨의 재산상속의 문제로 그 노인의 호의와 지지를 필요로 했기에, 하는 수 없이 어느 날 밤에 노인의 손을 잡고 그에게 후회의 표정을 지으며, 지체없이 그리고 영원히 사비라와 작별할 것을 서약했다. 그러나 그는 이 약속을 지키려는 의도는 전혀 없었다. 이와 반대로, 사람들의 저항에도 불구하고 그는 더 도전적으로, 더 교활한 방법으로 착한 노인의 감시를 피하려 했다. 동시에 그에게는 엘비레가 그의 타락의 순간에 하녀가 있던 그 방의 문을 열었다가 다시 닫는 그때보다 더 아름답게 여겨진 적이 없었다. 그녀의 볼을 붉게 했던 그 분노는 좀처럼 감정을 드러내지 않는 부드러운 얼굴에 끝없는 매력을 더해주었다. 그녀가 그렇게 많은 매력을 가지고 있음에도 불구하고 그녀 자신이 길가의 꽃을 꺾기 위해서 때때로 길을 벗어나지 않고, 그가 그 꽃을 꺾으려 하다가 그렇게 수치스럽게 그녀로부터 벌을 받을 줄은 그에겐 믿어지지 않은 듯이 보였다. 그는 만약 그런 일이 있게 된다면, 그녀가 자기에게 한 것과 똑같은 방법으로 노인에게 알림으로써 복수하려는 욕망에 불탔으며, 오직 이 계획을 실행에 옮기려는 기회를 필요로 하고 찾았을 뿐이었다. 한번은 피아키가 집을 나간 사이에 그는 엘비레의 방을 지나갔으며, 놀랍게도 그 방안에서 누군가가 말을 하는 소리를 들었다. 갑자기 사악한 희망에 사로잡힌 그는 열쇠구멍에 눈과 귀를 주고는 몸을 굽혔다. 하느님! 그가 무엇을 보았을까? 거기에는 그녀가 무아지경에 빠져 그가 누구인가는 즉시 알 수 없는, 어떤 사람의 발에 엎드려 있었으며 매우 악센트를 주면서 사랑을 고백하는 것을, 콜리노! 하고 속삭이는 말을 아주 분명하게 들었다. 두근거리는 가슴으로 그는 복도의 창문으로 가서, 거기서 자기 모습을 들키지 않게 자리잡고, 그녀의 방 입구를 관찰할 수 있었다. 그리고 그는 빗장이 조용히 열리는 소리를 듣고 이 위선자를 폭로할 수 있는 아주귀한 순간이 왔다고 믿었다. 그때 그가 기대했던 미지의 남자 대신에, 엘비레 자신이 아무도 대동하지 않고 아주 무관심하고 조용한 눈길을 멀리서 그에게 던지며 방에서 나왔다. 그녀는 자신이 짠 아마포를 팔 밑에 끼고, 허리에 차고 있던 열쇠로써 방을 잠근 후, 팔을 난간 위에 얹고 조용히 계단을 내려갔다. 이 위장, 이 거짓된 침착성이 니콜로에게는 뻔뻔함과 간사함의 극치로 느껴졌고, 그녀가 그의 시야에서 벗어나자마자 그는 마스터키를 가지러 달려갔다. 그가 조심하는 눈길로 주변을 약간 점검한 후에 그 방문을 열었다. 그러나 놀랍게도 방이 텅 비어 있는 것을 발견했으며 사방 구석구석을 찾아보았지만 사람의 흔적은 찾을 수 없었고, 단지 위풍 당당한 한 젊은 기사의 실물 크기의 초상화가 오목 들어간 벽의 붉은 비단 커튼 뒤에서 특별 조명을 받으며 자리하고 있을 뿐이었다. 니콜로는 깜짝 놀랐으나, 자신도 그 이유를 몰랐다. 그는 자기를 빤히 쳐다보고 있는 초상화의 큰 눈을 마주 대하자 수많은 생각이 자기 가슴을 파고들었다. 그러나 그가 생각들을 모으고 정리하기도 전에 이미 자신이 엘비레한테 들켜 벌을 받게 될 것이라는 불안감에 싸였다. 크게 당황한 그는 문을 다시 닫고 나갔다.

그가 이 이상한 사건을 생각하면 할수록, 그가 발견했던 그 초상화는 더욱더 중요하게 느껴졌으며 그것이 누구의 초상화인지 알고 싶은 욕망이 더 고통스럽고 강하게 불타올랐다. 왜냐하면 그는 그녀가 무릎을 꿇고 있는 것을 똑똑히 보았으며, 그녀가 그 앞에 무릎을 꿇은 인물이 아마포 화폭에 담은 젊은 기사임을 분명히 알았다. 불안에 사로잡힌 마음으로 그는 사비라 타르티니에게 가서 자신이 체험했던 이 이상한 사건을 이야기했다. 사비라 타르티니는 엘비레를 몰락시키는 일에 그와 이해가 일치되었으므로, 자신들의 교제를 방해했던 모든 장애물을 그녀 탓으로 돌리며 그녀의 방에 설치된 초상화를 한 번 보고 싶다는 소원을 말했다. 왜냐하면 그녀는 이탈리아의 명사들을 폭넓게 알고 있음을 자랑하고 싶었기 때문이며, 만약 문제의 그 사람이 언젠가 한 번 로마에 있었고 중요한 사람이라면 그를 알 수 있으리라 믿었기 때문이다. 우연히도 곧 피아키 부부가 친척을 방문하려고 어느 일요일에 시골로 여행을 갔으며, 이렇게 하여 니콜로는 방해자가 없어진 것을 알자마자 사비라에게 달려갔고, 추기경과의 사이에 딸 하나를 둔 그녀를 딸과 함께 집으로 데려가, 그림과 바느질을 구경하고 싶어하는 낯선 숙녀라고 핑계를 내세워 엘비레 방으로 안내했다. 그러나 니콜로가 커튼을 올리자마자 그녀의 작은 딸 클라라(그 딸은 그렇게 불렸다)는, "아, 하느님 아버지! 니콜로 씨 저것은 바로 당신 아닙니까?" 하고 소리를 질렀고, 이때 그는 깜짝 놀랐다. ― 사비라는 말문이 막혔다. 사실 그녀가 그 초상화를 오래 보면 볼수록 그것은 그와 눈에 띄게 닮아 있었다. 특히 그녀는 몇 개월 전에 몰래 자기와 함께 카니발에 갈 때 그가 입었던 기사의 복장을 쉽게 기억해

내자 더욱 그랬다. 니콜로는 갑자기 자기 뺨이 붉어지는 것을 웃어넘기려고 노력했다. 그는 어린이에게 입맞추면서 말했다. 그렇군, 귀여운 클라라야. 저 초상화가 나를 닮았구나. 마찬가지로 네가 너의 아버지라고 생각하는 저 사람을 닮았군! — 그러나 가슴속에 질투의 아픈 감정이 세게 일어난 사비라는 그를 쳐다보았다. 그녀는 거울 앞으로 나가면서 결국은 그 사람이 누구이든 상관없다고 말했다. 그녀는 그에게 상당히 냉정하게 인사를 하고는 그 방에서 나갔다.

사비라가 나가자마자 니콜로는 이 소동으로 심한 흥분에 빠졌다. 그는 그날밤 환상적으로 출현함으로써 엘비레에게 이상하고 강한 충격을 주었다고 회상하고 매우 기뻤다. 부덕(婦德)의 전형이라고 간주되던 이 여인에게 정열을 일깨웠다고 생각하면, 그녀에게 복수하려는 욕망에 조금도 뒤지지 않는다는 기분이 들었다. 그리고 이제 자신의 두 욕망을 동시에 충족시킬 수 있는 전망이 열렸기에, 그는 인내하면서 엘비레가 돌아오기를 기다렸으며, 또 그녀의 눈을 쳐다보며 자신의 흔들리던 확신을 극대화시켜 줄 순간을 기다렸다. 그가 열쇠구멍으로 보았을 때에 엘비레가 그 초상화 앞에 무릎을 꿇고 콜리노라고 불렀다는 생생한 기억을 제외하고는 아무것도 그를 사로잡고 있는 도취상태를 방해하지 않았다. 그러나 이 나라에서 흔하지 않는 이 이름의 음향에는, 그의 가슴을 달콤한 꿈속으로 흔들어 놓는, 자신도 알 수 없는 여러 가지가 있었다. 자신의 눈과 귀,

둘 중의 하나를 불신하는 양자택일에서 그는 자기 욕망에 생생하게 기쁨을 주는 쪽으로 자연스럽게 넘어갔다.

그러는 사이에 며칠이 지난 후 엘비레는 시골에서 돌아왔고, 자기가 방문했던 사촌의 집에서 로마를 구경하고 싶어하는 한 젊은 여자 친척을 데리고 돌아왔다. 그녀는 이 여자를 보살피는 일에 바빴으므로, 자신을 친절히 마차에서 내려주던 니콜로에게는 단지 지나가는 의미 없는 눈길을 던졌다. 몇 주일 동안 이 손님을 접대하는 일에 헌신하여, 이 집에서는 평소에 없던 분주함이 있었다. 그들은 젊고 예쁜 그 소녀가 흥미를 가지는 곳이면 시내이건 시외이건 방문했다. 니콜로는 사무실의 자기 일 때문에 이 작은 소풍에 초대되지 못했으며, 엘비레에 대해 다시 좋지 못한 기분에 빠져들었다. 그는 다시 쓰라리고 고통스런 감정으로 그녀가 몰래 열렬히 숭배하는 그 낯선 남자에 대해 돌이켜 생각하기 시작했다. 이 감정이 특히 오래 전부터 고대했던 그 젊은 친척 여인이 떠나간 날 밤에 그의 삭막한 마음을 사로잡았는데, 그날 엘비레는 자기와는 말도 하지 않고, 거의 한 시간 내내 침묵하면서 바느질에 매달려 식탁에 앉아 있었다. 며칠 전 피아키가 작은 상아제의 문자를 넣어둔 상자에 대해 물었던 일이 있다. 이를 사용해 니콜로는 어릴 때에 읽기를 배웠지만, 이제 아무도 그 상자들을 사용하지 않으므로 노인은 그것을 이웃의 어린 아이들에게 선물하려고 생각했다. 오래된 많은 물건들 중에서 이들을 찾으라고 지시받은 하녀는 니콜로

(Nicolo)의 이름을 이루는 여섯 글자 이외에는 아무 것도 찾지 못했다. 다른 것들은 그 소년과 관계가 적었 기 때문에 주목을 덜 받았고 어느 땐가 버려졌음이 틀림없다. 이제 이 여섯 글자는 며칠 동안 식탁에 놓여 있으며, 니콜로는 팔꿈치를 식탁 위에 얹고 우울한 생각에 잠기며 앉아 있다가, 그것들을 집어 가지고 놀았다. 참으로 우연하게도 — 그도 그럴 것이 그는 평생 그렇게 놀란 적이 없기 때문이다 — 조합하면 콜리노 (Colino)라는 이름이 만들어지는 사실을 알았다. 이 수수께끼 문자 같은 이름의 특성에 익숙하지 않던 니콜로는 다시 광란적인 희망에 사로잡혀 자기 옆에 앉아 있는 엘비레에게 머뭇거리며 부끄러운 눈길을 던졌다. 두 단어의 이 일치는 그에게는 단순한 우연 이상이었다. 그는 기쁨을 억누르면서 이 이상한 발견의 숨은 의미를 헤아려보았으며, 그리고 손을 식탁에서 떼고 두근거리는 가슴으로 엘비레가 수복하여 그 위에 펼쳐져 있는 이름을 보게 될 순간을 기다렸다. 그가 바라고 있던 기대는 결코 그를 속이지 않았다. 엘비레가 순간적으로 식탁 위의 문자의 배열을 알아보자마자 그것을 읽기 위해, 아무 생각 없이, 좀더 가까이 몸을 굽혔는데 그 이유는 그녀가 약간 근시였기 때문이다. 바로 그때 그녀는 외관상 냉담하게 그것들을 내려다보던 니콜로의 얼굴을 특히 불안한 눈길로 힐끗 보고는 표현할 수 없는 비애감을 느끼며 자기 일을 다시 시작했고, 남들이 눈치채지 못하게, 그녀 스스로 그렇게 믿듯이, 얼굴이 붉

어지며 계속 흘러나오는 눈물을, 무릎으로 떨어뜨렸다. 니콜로는 그녀를 관찰해 보지도 않고 이 모든 내적인 움직임을 알아챘으며, 그녀가 이 문자의 자리바꿈에서 자신의 이름을 숨긴다는 것을 더 이상 의심하지 않았다. 그는 그녀가 갑자기 그 문자들을 부드럽게 포개어 쌓는 것을 보았으며 그의 과격한 희망은 그녀가 일어서서 바느질감을 걷어치우고 자신의 침실로 사라졌을 때 그 절정에 도달했다. 그는 일어서서 그녀를 따라 가고 싶었다. 그때 피아키가 들어왔고, 하녀에게 엘비레가 어디 있는가 묻고, 그녀로부터 몸이 좋지 않아서 침대에 누워 있다는 대답을 얻었다. 피아키는 크게 놀란 기색을 보이지 않고 몸을 돌렸으며, 그녀가 어떤 상태인지 보려고 그녀의 침실로 갔다. 그리고 15분 후, 그녀가 식탁에 오지 않을 것이다 라는 소식을 가지고 다시 돌아왔으며, 더 이상 그것에 관해서 아무 말도 하지 않았다. 그리하여 니콜로는 그가 체험한 이런 모든 수수께끼 같은 소동에 해법을 발견했다고 믿었다.

다음날 아침, 이 발견에서 무엇을 끌어내기를 희망하며 곰곰이 생각하고 있을 때, 그는 사비라로부터 편지 한 통을 받았다. 그 편지에서 그녀는 엘비레와 관련하여 그에게 뭔가 재미있는 것을 공개할 것이 있으니, 자기에게로 와 달라고 했다. 사비라는 자기를 돌보아 주던 주교를 통해 카르멜 수도원의 수사들과 긴밀한 관계를 맺었다. 그리고 니콜로의 어머니가 이 수도원으로 고백성사를 가기 때문에, 그는 사비라가 자신의 부자연스런 희망에 확신을 줄 수 있는 어머니의 비밀 이야기에 대한 어떤 정보를 얻어낼 수 있다는 것을 의심하지 않았다. 그러나 사비라가 이상하고 익살스런 인사를 한 후, 미소지으면서 그를 자신이 앉아 있던 소파에 끌어앉히고, 엘비레의 사랑의 대상이 이미 12년 전부터 무덤에서 잠자고 있는 죽은 사람이라는 것을 터놓지 않을 수 없다고 말했다. 그러자 그는 달콤한 꿈에서 매우 불쾌하게 깨어났다. 그가 엘비레 방의 붉은 비단 커튼 뒤 벽감에서 발견한 이 초상화의 모델은 알로이시우스 몽페라 후작인데, 그 후작은 파리의 자기 큰아버지 집에서 교육을 받았고, 그의 큰아버지가 그에게 콜린 이라는 별명을 붙여 주었으며 후에 이탈리아에서 익살스럽게 콜리노라는 별명으로 바뀌었다. 그가 바로 그녀를 어린 시절에 고상한 방법으로 불에서 구하고 그때 입은 상처로 죽은 젊은 제노바 기사였다. 사비라는 여기에 덧붙여서 니콜로에게 난지 이 비밀을 더 이싱 폭로하지 말 것을 당부하며, 그것에 대해 독자적인 권리를 가지지 않는 사람에 대해서 절대 비밀로 한다는 약속 하에, 카르멜 수도원에서 자기에게 털어놓은 것이라고 했다. 니콜로는 얼굴색을 붉으락푸르락 바꾸면서 조금도 걱정하지 말라고 다짐해 주었다. 그리고 그가 사비라의 악당 같은 눈길을 마주치자 이 비밀을 폭로함으로써 생긴 당혹감을 조금도 감출 수 없었으므로 그는 급한 일을 핑계로 윗입술을 보기 싫게 경련하면서, 모자를 벗고 작별인사를 하고는 떠나갔다.

전례 없는 끔찍한 행위를 꾸미기 위해서 부끄러움, 육욕 그리고 복수심이 이제 그의 마음속에서 서로 합해졌다. 그는 엘비레의 순수한 영혼을 오직 기만으로써 얻을 수 있다는 것을 확신했다. 그리고 며칠간 시골에 간 피아키가 그에게 자리를 비워주자마자, 곧 그가 생각해 낸 악마적인 계획을 실현하고자 했다. 그는 몇 달 전 밤에 몰래 카니발에서 돌아올 때 입고 엘비레에게 나타났던 바로 그 복장을 다시 마련했다. 제노바 식의 외투・조끼 그리고 깃털모자 등 그 초상화가 하고 있는 것과 똑같이 걸치고 잠자러 가기 직전에 엘비레의 방으로 잠입해서 검은 수건을 벽 안에 서 있는 초상화 위에 걸었으며, 그리고 손에는 지팡이를 쥐고 초상화에 그려진 젊은 귀족과 같은 자세로 서서 엘비레가 예배하러 오기를 기다렸다. 그는 약삭빠르게도 비열한 정욕의 육감으로써 아주 바르게 계산했다. 왜냐하면 엘비레가 들어오자마자 평소에 그랬던 것처럼 조용히 침착하게 옷을 벗더니 벽을 덮고 있던 비단 커튼을 열고 그를 쳐다보았을 때 곧 그녀는 콜리노! 내 애인이여! 라고 외치더니 기절하여 바닥 위로 넘어졌다. 니콜로는 벽의 움푹 들어간 곳에서 나왔다. 그는 한 순간 그녀의 매력에 넋을 잃고 쳐다보았으며 죽음의 키스를 받고 갑자기 창백해진 그녀의 연약한 모습을 쳐다보았다. 그러나 허비할 시간이 없었기에 그는 즉시 그녀를 자기 팔에 안고서, 검은 수건을 그 초상화에서 떼어내고, 그녀를 데리고 그 방의 구석에 있는 침대로 갔다. 이 일을 끝내고 그는 문을 걸어 잠그기 위해서 갔으나, 이미 그 문은 잠겨져 있었다. 그리고 그녀가 혼미해진 감각을 다시 찾는다 해도, 환상적이고 외관상으로는 초자연적인 자기 출현에 대해 아무 저항도 하지 못할 것을 확신하고서, 그는 이제 그 침대로 돌아가서 뜨거운 키스를 그녀의 가슴과 입술에 퍼부으면서 그녀를 깨우려고 노력했다. 그러나 이 범죄를 뒤따르던 복수의 여신 네메시스는, 그 비열한 자가 며칠 간격으로 멀리 떠났다고 믿었던, 피아키를 예상치도 않게, 바로 이 순간에 자기 집으로 돌아가게 했다. 그는 엘비레가 이미 잠들었다고 생각했기에 조용히 복도를 통해 기어 들어갔고, 언제나 열쇠를 지니고 다녔기에 어떤 소리를 내지 않고 문을 열 수 있었고 갑자기 방안으로 들어왔다. 니콜로는 마치 벼락을 맞은 듯이 서 있었다. 그는 자신의 나쁜 짓을 어떤 방법으로도 숨기지 않았고, 노인의 발밑에 엎드려 다시는 그의 부인에게 눈길을 돌리지 않을 것을 맹세하면서 그에게 용서를 빌었다. 그리고 사실 그 노인도 이 사건을 조용히 끝내고 싶었다. 노인의 팔에 안겨 생기를 찾은 엘비레는 놀란 눈길을 그 비열한 녀석에게 던졌고, 몇 마디 말을 하자, 노인은 그녀가 쉬고 있던 침대의 커튼을 떼어내고 그대로 말없이, 벽에서 채찍을 꺼내, 니콜로에게 문을 열어주고 즉시 걸어 나가야 할 길을 가리켜 주었다. 그러나 이 녀석은 완전히 타르튀프(역주: 프랑스의 극작가 몰리에르의 5막 희극 〈타르튀프〉에 나오는 주인공. 위선자를 뜻함)를 닮아서, 이 방법으로 아무것도 성취하지 못했다는 것을 알아채자마자, 갑자기 땅바닥에서 일어나서 그 노인에게 집을 비워달라고 말했다. 왜냐하면 그는 자기가 이 집의 소유자임을 증명하는 완전한 서류를 가지고 있으며, 이 세상의 누구에게도 자신의 권리를 주장할 줄 알았기 때문이다!— 피아키는 자신의 귀를 믿지 않았다. 예전에 들어보지 못한 이 뻔뻔스러움에 무장 해제된 듯이 그는 채찍을 내려놓고 모자와 지팡이를 잡고 즉시 자기의 옛 친구인 법률변호사 발레리오 박사에게 달려갔다. 초인종을 누르자 하녀가 나와, 그에게 문을 열어주었다. 그리고 그는 변호사의 방에 도착하여 한 마디 말도 채 하기 전에 의식을 잃고 그의 침대에 넘어졌다. 피아키를, 다음에는 엘비레까지 자기 집에 받아준 박사는 다음날 아침에 곧바로 달려가 이 악마와 같은 악한을 체포하라고 요청했다. 그러나 이 악한도 법적으로 상당히 유리한 점들을 가지고 있었다. 그러나 피아키가 전에 그에게 명의를 바꿔 주었던 재산에서 그를 몰아내기 위해 힘없는 조치를 취하고 있는 동안에 그 녀석은 이미 쏜살같이 달려가 그 재산의 전부를 친구인 카르멜 수도원의 수사들에게 양도하고는 그들에게 자기를 몰아내려는 그 늙은 바보로부터 자신을 보호해 줄 것을 요구했다. 간단히 말해서 주교가 떼어버리기를 원하는, 사비라와의 결혼에 니콜로가 동의했기 때문에, 악이 승리했다. 그리고 정부는 이 종교 지도자의 중재로 니콜로의 소유를 확인하고 피아키에게는 그 점에서 그를 괴롭히는 것을 단념하라고 하는 법령을 공포했다.

피아키는 바로 전날, 그 사건에서 얻었던 고열 때문에 죽은 불쌍한 엘비레를 장사지냈다. 이 이중의 고통에 흥분되어 그는 그 법령을 호주머니에 넣고 집으로 가서, 매우 화가 나 천성적으로 좀 허약한 니콜로를 집어던지고 그의 뇌를 벽에다 밀쳤다. 집에 있던 사람들은 이 사건이 일어나기 전까지 그의 존재를 눈치채지 못했다. 그들은 그가 니콜로를 무릎 사이에 끼우고 그의 입에 그 법령을 쑤셔 넣는 것을 발견했다. 이 일을 끝내고 그는 자기 모든 무기를 버리고 일어섰다. 그는 감옥으로 보내져 심문을 받았고 교수형에 처한다는 판결을 받았다.

교회국가에는 어떤 범죄자도 면죄를 받기 전에는 사형에 처해져서는 안 된다는 법이 있다. 피아키는 사형의 판결이 내려졌을 때 완강하게 면죄를 거부했다. 사람들이 그에게 자신의 행위가 유죄임을 납득시키려고 종교가 조언할 수 있는 모든 시도를 했으나 실패하자, 그를 기다리는 죽음을 바로 눈앞에 보여주면서 후회의 감정을 불어넣으려고 생각하고, 그를 교수대로 데리고 갔다. 이쪽에 있는 한 신부가 그에게 최후의 심판의 나팔소리 같은 목소리로 그의 영혼이 곧 빠져야 할 지옥의 참혹함을 설명했다. 저쪽에 있는 다른 한 신부가 신성한 속죄의 매개체인 성체를 손에 쥐고 그에게 영원한 평화의 집을 찬양해 주었다. ─"당신은 구원의 선행에 참가하고 싶습니까?" "당신은 성찬을 받겠습니까?"라고 두 사람이 그에게 물었다.— "아닙니다." 피아키는 대답했다.— "왜 안 받겠습니까?" — 나는 구원받지 않겠습니다. 나는 지옥의 가장 깊은 심연에 내려가겠어요. 나는 하늘에 있지 않을 니콜로를 다시 발견하여, 내가 이 지상에서 완전히 만족할 수 없었던 복수를 하겠어요! — 이 말을 하면서 그는 계단을 올라갔으며, 형리에게 그의 직무를 행하도록 요구했다. 간단히 말해서 사람들은 그 처형을 중지시키고, 법이 보호한 그 불행한 사람을 다시 감옥으로 데려가지 않으면 안 된다고 보았다. 이어지는 사흘 동안 계속 사람들은 같은 시도를 했으나 똑같은 결과를 얻었다. 3일쨋날 다시 처형대 위에서 목 매이지 않고 계단을 내려와야만 했을 때, 그는 분노한 몸짓으로 주먹을 올리고 자기를 지옥으로 내려보내지 않으려는 비인간적인 법을 저주했다. 그는 자기를 데려가라고 악마의 모든 일당을 불렀으며, 자신의 유일한 소원은 처형되어, 영겁의 벌을 받는 것이라고 맹세했다. 그리고 그는 니콜로를 지옥에서 다시 붙잡기 위해서는 수석신부를 습격하여 목을 조를 것이라는 말을 단언했다.— 사람들이 이 사실을 교황에게 보고했을 때 교황은 그를 면죄하지 않은 채 처형하라고 명령했다. 단 한 명의 신부도 그를 따라가지 않았고, 사람들은 조용히 민중의 광장에서 그의 목을 매달았다.

성녀 세실리아(또는 음악의 힘—성담—)

16세기 말경에, 네덜란드에서 우상파괴 운동이 한창 번지고 있을 때, 빗텐베르크에서 공부하는 젊은 세 형제들이 앤터워퍼에서 목사로 일하는 넷째 동생을 아헨 시(市)에서 만났다. 그들은 거기서 그들 모두에게 잘 알려지지 않은 어느 큰아버지로부터 넘어온 유산을 받을 셈이었다. 그런데 이곳에는 그들이 의지할 만한 사람이 없었기 때문에 한 여관에 들었다. 그로부터 며칠간, 목사로부터 네덜란드에서 일어난 심상치 않은 사건을 들으며 지내는데, 마침 그 당시 이 시 성 밖에 있는 성 세실리아 수녀원의 수녀들이 성체축일의 축제를 성대하게 개최할 것이라는 소문을 들었다. 네 형제들은 광신과 젊음 그리고 네덜란드 사람들의 우상파괴 선례에 자극받아 아헨 시에도 역시 마찬가지로 우상파괴의 광경을 보여주기로 결의했다. 그 같은 시도를 이미 여러번 지휘했던 목사는 그 축제의 전날 밤에 몇몇의 새로운 교리를 신봉하는 젊은 상인의 아들과 학생들을 모았으며, 그들은 그 여관에서 교황제도에 대해 저주하면서 술을 마시고 음식을 먹으며 밤을 새웠다. 그리고 해가 시의 뾰족탑 위로 떠올랐을 때, 그들은 그들의 방자

한 일을 시작하기 위해 도끼와 온갖 파괴의 도구로 무장했다. 그들은 기뻐 날뛰면서 하나의 신호를 약속하고, 그 신호에 따라 성경 이야기를 채색한 창유리를 깨기 시작하기로 했다. 그들은 국민들 가운데서 많은 추종자들을 얻게 될 것이라 확신하면서, 완전히 파괴하기로 결의하고, 시계가 울리는 그 시간에, 성당 안으로 갔다. 날이 샐 때, 수녀원이 처해 있던 이 위험을 한 친구에게서 보고받은 수녀원 원장수녀는, 이 시에 파견된 황제의 장교에게 수녀원을 지키기 위한 경비병을 보내줄 것을 거듭해서 요청했으나 허사였다. 자신이 교황제도의 적이었던 그 장교는 최소한, 새 교리를 몰래 지지하는 사람인지라, 그녀가 틀림없이 유령을 보았고, 그녀의 수녀원에는 위험의 그림자가 없다고 하는 교묘한 구실로 경비병을 보내주기를 거절했다. 그러는 사이에 축제 의식을 시작해야 할 시간이 왔으며, 수녀들은 다가올 일을 고통스럽게 기다리며 불안해하고 기도하면서 미사를 준비했다. 70세의 늙은 수녀원 관리인이, 몇몇의 무장한 하인들을 데리고 성당 입구에 진을 친 것 이외에는 아무도 그들을 보호하지 않았다.

주지하다시피, 수녀원에서는 수녀들이 모든 종류의 악기들을 연습한 후, 스스로 음악을 직접 연주했는데, 종종 사람들이 남성 오케스트라에는 볼 수 없는(아마도 이 신비스런 예술의 여성적인 요소 때문에) 올바른 이해와 섬세한 감정으로 정확히 연주했다. 그런데 지금 일을 몇 배 더 어렵게 하는 것은, 그 오케스트라에서 평소 음악을 지휘한 지휘자인 안토니아 수녀가 며칠 전에 신경열의 심한 병에 걸렸다. 그 결과 이미 외투를 걸치고 성당의 기둥 밑에 있는 불경스런 네 형제들을 별도로 치더라도, 그 수녀원은 연주할 적절한 음악을 찾지 못했기 때문에 매우 난처하게 되었다. 수녀원 원장수녀는 전날 저녁에 오케스트라에게 이름을 알 수 없는 대 작곡가에 의해 작곡된 아주 오래된 이탈리아 미사곡을 연주하도록 명령했다. 합창단은 이 곡을 그 작사된 신성함과 장엄함에 힘입어서 이미 몇 번이나 최대의 효과를 내면서 연주를 했다. 원장수녀는 자기 의지를 여느때보다도 고집하면서 안토니아 수녀에게 그녀가 어떤 상태에 있는지를 듣기 위해 다시 한 번 더 사람을 보냈다. 그러나 이 임무를 맡은 수녀는, 안토니아 수녀가 아주 의식을 잃은 상태에 누워 있고, 계획중인 음악의 지휘는 결코 생각할 수 없다는 소식을 가지고 돌아왔다. 그러는 사이에 성당에는 도끼와 지렛대로 무장한 신분과 나이를 달리하는 백여 명의 무법자들이 연이어 나타났고, 이미 험악한 광경이 벌어졌다. 그들은 대성당 정문에 서 있던 잡역부들을 무례하게 놀렸으며, 경건한 미사를 드리고자 복도를 왕래하며 모습을 드러낸 수녀들에게도 차마 입에 담지 못할 욕설을 퍼부었다. 그리하여 수녀원 관리인은 성구실로 갔으며, 원장수녀 앞에 무릎을 꿇고 그 축제를 중지시키고 시내의 사령관 한테로 피신해 갈 것을 간절히 빌었다. 그러나 원장수녀는 최고의 신의 명예를 위해서는 그 축제를 반드시 열어야 한다고 단호히 주장했다. 그녀는 수녀원 관리인에게 성당에서 거행될 미사와 축제의 행렬을 유사시에는 목숨을 걸고 방어하는 것이 그의 의무라고 상기시켰다. 이윽고 시계 종이 울리자, 그녀는 무서워서 벌벌 떨며 자신을 에워싸고 있는 수녀들에게, 어떤 곡이라도 좋으니 오라트리오 곡을 하나 골라 즉시 연주하라고 명령했다.

수녀들은 단상으로 올라가 오르간으로 오라트리오를 연주하려 했으며, 이미 그들이 자주 연주했던 악보는 나누어 가졌으며, 바이올린·오보에 그리고 콘트라베이스는 연습하고 가락을 맞추었다. 그때 안토니아 수녀는 생생하고 건강한 얼굴이나 약간은 창백한 모습으로 갑자기 계단 위에 나타났다. 그녀는 원장수녀가 그렇게 간절히 연주하라고 고집했던 아주 오래된 이탈리아 미사곡의 악보를 팔 밑에 끼고 있었다. 놀란 수녀들이, "어디서 왔으며, 어떻게 그렇게 갑자기 회복했느냐?"고 묻자, 그녀는 대답했다. "걱정하지 말아요, 친구들이여, 걱정하지 말아요!" 그러면서 그녀는 자신이 갖고 온 악보를 나누어주고, 감격하여 얼굴이 달아오르면서, 스스로 이 훌륭한 악곡을 지휘하기 위해 오르간 앞에 앉았다. 그리하여 경건한 여자들은 마음속에 기적 같은 하늘의 위안을 느꼈다. 그들은 즉시 각자의 악기를 손에 들고 보면대 앞에 자리잡았다. 그들을 누르던 불안감이 그들의 영혼을 마치 날개에 태워 음악의 천국으로 끌어올리는 것 같았다. 오라트리오는 지고지선(至高至善)의 음악적 광채를 내며 연주되었다. 연주가 끝날 때까지 홀에 서 있거나 좌석에 앉은 사람 어느 누구도 숨소리를 내지 않았다. 특히 〈성모 찬가〉를 영창할 때, 더욱이 〈지극히 높은 곳에서는 하느님께 영광〉 찬가를 연주할 때에는 성당 안의 모든 청중들이 죽은 듯 조용했다. 그리하여 신을 모독한 네 형제들과 그들의 추종자들은 바닥의 먼지 하나도 날리지 못했다. 그 수녀원은 30년 종교전쟁이 끝나고 베스트팔렌 평화조약의 한 조항에 의해 국유화되었지만 그때까지 손상되지 않고 그대로 서 있었다.

그로부터 6년 뒤, 이 사건이 완전히 잊혀졌을 때, 이 네 형제의 어머니가 헤이그에서 왔다. 자신의 네 아들이 모두 행방불명되었다고 한탄하며, 그들이 여기서 어디로 갔는지 알아봐 달라고 아헨의 시의회에 법적인 조사를 의뢰했다. 원래 그들의 고향인 네덜란드에서, 그들에 관해 얻은 마지막 소식은, 이 어머니가 보고한 바에 의하면, 앞에서 언급한 날, 즉 성체축일의 전날 밤에 목사가 엔터워프에 있는 학교 선생인 자기 친구에게 편지 한 통을 썼고, 그 편지에서 그는 쾌활하다기보다는 오히려 불손하게, 성 세실리아 수녀원을 습격할 계획을 네 장의 종이에 빽빽이 적어 친구에게 미리 통고한다는 것이었다. 그에 관해서 어머니는 더 자세히 말하려 하지 않았다. 이 불쌍한 부인이 찾고 있는 아들을 찾으려고 여러번 노력했으나 실패하고 난 후, 사람들은 거의 그녀가 말한 시간과 일치하는 몇 년 전부터 조국과 출신을 모르는 네 명의 젊은 사람들이 황제의 배려로 근년에 건립된 시의 정신병원에 지금까지 감금되어 있다는 사실을 마침내 상기했다. 그러나 그들은 종교적 관념이 지나쳐 병적인 상태에 있었기에 그들의 행동은, 법관이 심문을 통해 대충 들었다고 주장하는 바에 의하면, 극도로 애처로웠고 우울했다는 것이다. 그래서 이것은 유감스럽게도 어머니에게 잘 알려진 아들들의 정신상태와 거의 일치하지 않았다. 그리고 특히 그들이 가톨릭 신자인 듯 하다는 알림을 주었을 때에 어머니는 이 정보를 중시하지 않았다. 그럼에도 불구하고 사람들이 그녀에게 설명해 준 많은 특징들이 이상하게 적중했으므로, 그녀는 어느 날 법원의 정리를 대동하고 정신병원으로 가서 병원 관리자들에게, 그곳에 보호하고 있는 불행하고 어찌할 바를 모르는 네 사람을 조사할 수 있도록 입장시켜 달라고 요청했다. 그러나 이 가련한 여인이 문을 들어서자 첫눈에 자기 아들임을 확인했을 때의 놀라움을 누가 묘사할 수 있는가! 그들은 길고 검은 가운을 입고 십자가가 놓여 있는 탁자에 빙 둘러앉아 있었으며, 두 손을 모아 침묵하면서 판자바닥을 짚고 십자가상에 기도를 드리고 있는 듯했다. 맥이 빠져 의자에 주저앉은 부인이 거기서 그들은 무엇을 하느냐고 묻자, 병원 관리자들은 "그들은 단지 구세주를 찬양하는 중이며, 그들이 내세우는 말에 의하면, 구세주에 관해서 다른 누구보다도 더 잘 이해하며, 구세주가 하느님의 진정한 독생자라고 믿는다."고 대답했다. 그리고 그들은 이어서 덧붙였다. "그 젊은이들은 6년 전부터 유령과 같은 삶을 계속해 왔으며, 거의 잠도 자지 않고 먹지도 않으며 입에 말 한 마디 내지 않고, 오직 밤중에 한 번 그들은 자리에서 일어나, 병원의 창문이 깨질 정도의 큰 소리로 〈지극히 높은 곳에서는 하느님께 영광〉을 노래했습니다." 병원 관리자들은 그녀를 확신시키면서 말을 맺었다. 젊은이들은 그 당시 육체적으로는 완전히 건강했고, 사람들이 그들에게서 비록 매우 진지하지만 어떤 특정한 성대한 명랑성을 부인할 수 없었지만, 만약 누군가가 그들을 미쳤다고 하면, 그들은 그를 불쌍히 여기며 어깨를 으쓱했으며, 몇 번이고 이렇게 말했습니다. '만약 아헨 시의 선량한 시민들이 자신들이 누구인가를 안다면, 그들은 자기들의 일을 그만두고, 우리들처럼 〈지극히 높은 곳에서는 하느님께 영광〉을 노래부르기 위해, 주의 십자가상 주위에 모였을 것입니다.'

이 불행한 아들들의 끔찍한 장면을 참지 못하던 부인은 이윽고 비틀거리며 집으로 돌아갔으며, 이 끔찍한 사건이 왜 일어났는지 알아보려고, 다음날 아침 이 시의 유명한 포목상 바이트 곳헬프에게로 갔다. 왜냐하면 이 남자는 목사가 쓴 편지에 언급되어 있기 때문이고, 또 바로 그가 성체축일의 당일 성 세실리아 수녀원의 파괴 계획에 열렬히 참가했다는 것이 드러났기 때문이었다. 그 사이에 결혼을 하여 여러 아이를 낳았고 자기 아버지의 상당한 사업을 이어받은 포목상 바이트 곳헬프는, 그 낯선 여자를 매우 친절히 맞이하였다. 그리고 그는 그녀가 자기에게로 온 이유를 듣고, 문을 걸어 잠그고 그녀를 의자에 앉게 하고는 다음과 같이 들려주었다.

"부인, 만약 당신이 6년 전 당신 아들과 친하게 지냈던 저를 법적 수사에 얽혀들게 하지 않으신다면, 그럼 저는 당신에게 마음을 열어놓고 숨김없이 고백하겠습니다. 그렇습니다, 우리들은 그 편지에 언급됐던 그런 계획을 꾸몄습니다! 그 실행을 위해 참으로 신(神)을 망각한 날카로운 통찰력으로 모든 것을 세밀히 준비했으나, 왜 이 일이 실패로 돌아갔는지는 저도 모릅니다. 하늘이 스스로 경건한 여인들의 수녀원을 거룩하게 보호해 준 듯합니다. 왜냐하면 당신의 아들들이 결정적인 소동을 일으키기 전에 이미 미사를 방해하는 수많은 방자한 장난을 했음을 당신은 아셔야 합니다. 이상의 도끼와 역청을 칠한 횃불로 무장한 3백 명 이상의 악한들이 그 당시 혼란에 빠져 있던 시의 성벽에서 나와, 그 성당을 폐허로 만들기 위해 목사가 내릴 신호만을 기다렸습니다. 그런데 음악이 시작되자 당신의 아들들은 모두 갑자기, 일제히, 우리들에게는 이상한 느낌을 주면서, 모자를 벗었습니다. 그들은 말할 수 없는 깊은 감동을 받고서 점차 고개를 숙이고 손으로 얼굴을 가렸습니다. 그리고 감동의 침묵이 잠시 흐른 후, 목사는 갑자기 돌아서서, 우리 모두에게 무서운 큰 목소리로 자기처럼 모자를 벗으라고 외쳤습니다. 몇몇 동료들이 팔꿈치로 쿡쿡 찌르고 속삭이면서 약속해 둔 우상파괴의 신호를 하라고 요구했으나 허사였습니다. 목사는 대답하는 대신에 가슴에 십자로 손을 얹고 무릎을 꿇었고 다른 형제들과 함께, 조금 전까지도 그들이 저주했던 일련의 기도의 말을 중얼거렸습니다. 이 광경을 보고 가련한 광신자들의 무리는 심란해져, 또 자신들의 지도자를 잃고, 어찌할 바를 몰라 제단에서 울려퍼지는 이상한 오라트리오가 끝날 때까지 거기에 열심히 머리를 수그리고 우두커니 서 있었습니다. 그리고 이때 사령관의 명령에 의해 많은 사람들이 체포되었고, 무례한 짓을 한 몇몇 악한들이 경비병에게 체포되어 끌려나가자, 불쌍한 무리들은 빽빽이 떼지어 있는 일반 군중 속에 섞여 성당에서 신속히 도망가는 수밖에 없었습니다.

저녁에 제가 여관에서 돌아오지 않은 당신의 아들들에 대해 여러번 질문을 했으나 아무것도 알지 못했고, 저는 매우 불안해져서 몇몇 친구들과 함께 다시 수녀원으로 가서, 황제의 위병을 도와주고 있던 문지기들에게 그들에 대해 물어 보았습니다. 그랬더니, 고상한 부인이여, 저의 놀라움을 당신에게 어떻게 다 묘사하겠습니까. 저는 네 형제가 여전히 손을 모으고 마치 그들이 돌처럼 굳어져 땅바닥에 가슴과 머리로써 입을 맞추고, 열광적으로 성당의 제단 앞에 엎드려 있는 것을 보았습니다! 바로 이 순간에 다가온 수녀원 관리인이 그들의 외투를 잡아당기고 팔을 흔들면서 그들에게 이미 캄캄해져 아무도 없는 성당을 떠나라고 했으나 허사였습니다. 그들은 몽롱한 상태에서 몸을 반쯤 일으키면서도 그의 말을 듣지 않았습니다. 그래서 그는 하인들을 시켜서 그들의 팔을 붙잡고 정문 앞으로 끌어내게 했습니다. 거기서 그들은 계속 한숨을 쉬며 넘어가는 태양에 찬란히 빛나고 있는 성당을 가슴이 찢어지는 듯이 바라보면서 마침내 우리를 따라 시내로 갔습니다. 돌아가는 길에 친구들과 나는 여러번 반복해서, 부드럽고 다정하게, 도대체 무슨 끔찍한 일을 당했기에 그렇게 심경에 변화를 일으켰는지 그들에게 물었습니다. 그러나 그들은 다정하게 쳐다보면서 우리에게 악수를 했고, 깊이 생각에 잠기면서 바닥을 내려다보더니 때때로 눈물을 닦았습니다. 아! 그때 그 표정은 지금도 제 마음을 아프게 합니다.

일단 그들은 여관에 도착하여 자작나무로 의미심장하고 훌륭한 십자가를 엮었으며 그것을 조그마한 밀랍의 덩어리에 꽂아 방 한가운데 있는 탁자 위의, 하녀들이 갖다 놓은 촛불들 사이에 놓았습니다. 그 사이에 친구들은 점점 더 많이 모였으며, 여기저기에 무리 지어서, 손을 비비면서 옆에 서서, 말없이 애처로운 마음으로 그 형제들의 고요하고 유령 같은 행동을 지켜보았습니다. 네 형제들은 일체의 외부현상에 대해 지각을 완전히 닫은 듯이, 탁자에 둘러앉아서, 조용히 합장하고, 기도할 준비를 했습니다. 네 형제들은 친구들을 대접하기 위해 아침에 주문한 음식을 하녀가 그들에게 가져갔으나 그 음식을 먹으려 하지도 않았으며, 또 밤이 늦어 그들이 피곤하게 보여, 하녀가 옆방에 깔아준 잠자리에 들려고 하지도 않았습니다. 이런 행동들을 이상스럽게 생각한 여관 주인이 화를 내지 않도록 하기 위해, 친구들은 옆에 있는 호화스럽게 차려놓은 식탁에 앉아, 많은 사람들을 위해 준비해 놓은 요리를 쓰라린 눈물을 흘리며 간을 해가며 먹지 않으면 안 되었습니다. 그때 갑자기 시계가 밤중을 알렸습니다. 당신의 네 아들들은 한 순간 시계의 둔탁한 소리에 귀를 기울이더니, 갑자기 일제히 자리에서 일어섰습니다. 우리들은 놀라 냅킨을 떨어뜨린 채 그들을 쳐다보며, 그런 드물고 낯선 일이 어떤 결과를 가져올지 불안한 기대감에 사로잡혔는데, 그들은 무시무시한 큰 소리로 〈지극히 높은 곳에서는 하느님께 영광〉을 노래하기 시작했습니다. 그것은 표범과 늑대들이 찬 얼음이 어는 겨울날에 하늘을 향해 울부짖을 때 내는 그런 소리 같았습니다. 제가 당신에게 확언하건대, 그 집의 기둥이 흔들거렸으며, 그들의 가슴에서 내쉰 숨에 충격을 받아 창문은 마치 사람들이 무거운 모래 한 줌 가득 쥐고 그 표면에 던진 것처럼 깨지는 듯한 소리를 내었습니다.

이 무서운 광경을 보고 우리들은 외시을 잃고 머리카락을 곤두세우고 도망쳤습니다. 우리들은 외투와 모자를 남겨둔 채 근처의 길을 통해 흩어졌습니다. 그 길에는 잠깐 사이에 우리들 대신에 백 명 이상의 잠에서 놀라 깬 사람들로 가득 찼습니다. 사람들은 떼지어 여관 입구로 몰려와서는 계단을 지나 이 무시무시한 울부짖음의 근원지를 보기 위해 홀로 갔습니다. 그것은 불꽃 가득한 지옥의 심연에서 마치 영원히 저주받은 죄수의 입술에서 애절하게 하느님의 귀에 대고 자비를 갈구하고 있는 듯이 보였습니다. 마침내 시계가 한 시를 치자, 여관 주인의 분노의 소리도, 또 그들을 에워싸고 있는 사람들의 감동적인 외침도 듣지 않고, 그들은 입을 닫았습니다. 그들은 수건으로 이마에서 방울져 턱과 가슴을 타고 내리는 땀을 닦았습니다. 그리고 그들은 외투를 펴 깔아놓고 한 시간 가량이나 일한 고통을 쉬기 위하여 마룻바닥에 누웠습니다.

그들을 방해하지 않고 내버려두었던 여관 주인은 그들이 잠드는 것을 보자마자 그들 위에 십자가를 그었습니다. 그리고 그는 고통에서 잠시 벗어나 기뻐하며, 거기에 와서 몰래 중얼거리는 구경꾼들에게 아침이 되면 그들이 틀림없이 나아질 것이라고 확신시키면서 방에서 떠나가도록 설득했습니다. 그러나 유감스럽게도 첫닭이 울자 그 불행한 네 형제들은 다시 일어나서 탁자 위에 있는 십자가를 마주하고, 지쳐서 한 순간 중단하지 않으면 안 된 음침하고 유령 같은 수도원의 생활을 다시 시작했습니다. 그들은 그들의 고통스런 광경에 압도당한 여관 주인으로부터 어떤 훈계나 도움을 받으려 하지 않았습니다. 오히려 그들은 여관 주인에게 매일 아침마다 자신들을 찾아오는 친구들을 정중하게 돌려보내 달라고 부탁했습니다. 그들은 그에게 물·빵 그리고 가능하면 밤을 지새울 임시 잠자리용 짚 이외에는 아무 것도 요구하지 않았습니다. 그리하여 평소 그들의 흥청거림에서 많은 돈을 벌었던 그 여관 주인은 모든 사건을 법원에 고발하여, 이 네 형제들이 의심할 것도 없이 악령의 지배를 받고 있음에 틀림없으므로 그들을 이 여관에서 내보내 달라고 청하지 않을 수 없었습니다. 게다가 그들은 당국의 명령에 따라 의사의 진찰을 받았으며, 정신이상임이 밝혀졌으므로 당신이 아시듯이, 그들은 최근에 돌아가신 황제의 자비로 이런 불행한 자들을 위해서 우리 성안에 건설됐던 정신병원의 병실에 수용되어 있습니다."

포목상 바이트 곳헬프는 이밖에도 많은 것을 이야기했지만, 우리가 여기서 사물의 내적인 관계를 알 수 있도록 충분히 말했다고 생각했기 때문에 이만 생략한다. 그리고 그는 그 부인에게 다시 한번 더 자기를 어떤 방법으로도, 만약 이 사건에 대한 법적인 수사가 있을지라도, 그것에 휘말려들지 않게 해 달라고 요구했다.

그리고 사흘이 지난 후, 포목상의 이 보고에 마음속 깊이 충격을 받은 그 부인은, 마침 날씨도 좋았기 때문에 산보하는 도중에 한 여자 친구의 팔에 이끌려 신이 자신의 아들들을 눈에 보이지 않는 번개처럼 멸망시킨 그 끔찍한 장소를 눈으로 관찰하기 위해 우울한 심정으로 수녀원으로 갔다. 성당은, 마침 건축 중이었기 때문에 입구가 두꺼운 판으로 막혀 있었다. 이 두 여인은 간신히 발돋움하여, 판자 틈으로 성당 내부를 보았으나, 성당 뒤로 찬란히 빛을 내는 장미를 제외하고는 아무엇도 볼 수 없었다. 그리고 수백명의 노동자들이 기쁘게 노래부르며 얽어맨 갸름한 발판 위에서 현재의 탑을 약 3분의 1 이상 높이는 일에 몰두하고 있는 모습이 보였다. 지금까지 단지 슬레이트로 덮여 있던 그 지붕과 첨탑을, 햇빛을 받으면 빛나는 튼튼하고 밝은 동판으로 입히는 일이었다. 그때 마침 황금으로 테두리를 한 시꺼먼 천둥구름이 건물 뒤쪽에 끼여 있었다. 그것은 이미 아헨 근처 상공에서 천둥소리가 그치고 이 성당이 서 있는 방향으로 몇 차례 약한 번개를 내리치더니 안개로 바뀌어 약한 천둥소리를 내면서 동쪽으로 사라졌다. 두 부인들은 넓은 성당 건물의 계단을 내려오면서 수많은 생각에 사로잡혀, 이 하늘과 땅의 광경을 바라보고 있을 때, 한 수녀가 그 옆을 지나가며 우연히 현관 밑에 서 있는 부인이 누구인가를 알아보았다. 그리하여 그녀는 성체축일에 관련된 편지를 가진 부인이 와 있다는 보고를 원장수녀에게 했고 원장수녀는 이를 듣고 나서 직접 그 수녀를 보내, 그 네덜란드의 부인을 찾아 자기에게로 모셔오게 했다. 네덜란드 여인은, 비록 잠시 그 소환에 당황하긴 했으나, 매우 공손하게, 자신에게 내려진 명령을 따르겠다고 했다. 그리하여 친구인 부인이 수녀의 안내를 받고 바로 옆에 자리한 옆방의 입구로 들어가는 동안에, 사람들은 계단을 올라가야 하는 그 네덜란드 여인에게 아름답게 지어진 발코니의 이중문을 열어주었다. 그 방에서 그녀는 왕비처럼 고상한 원장수녀가 의자에 앉아, 발을 용무늬가 있는 발판에 얹어두고 쉬고 있는 것을 발견했다. 원장수녀 옆의 보면대 위에는 악보가 놓여 있었다.

원장수녀는 그 낯선 여인에게 의자 하나를 내놓으면서 앉으라고 권한 다음, 자신은 이미 시장으로부터 당신이 이 시에 오셨다는 것을 들었다고 털어놓았다. 그리고 친절하게 이 부인의 불행한 아들들의 건강상태에 대해 물은 후, 이미 그들에게 닥친 운명이며, 결코 바꿀 수 없으니 가능한 한 받아들이라며 그녀를 격려했다. 그리고는 그 목사가 엔터워프의 학교선생인 친구에게 보낸 편지를 보고 싶다고 말했다. 이런 요구의 결과가 어떻게 될 것인가를 경험으로 잘 알고 있던 그 부인은 한순간 당혹감을 느꼈다. 그러나 존귀한 부인의 얼굴이 절대적 신뢰를 불어넣었기에, 그녀가 이 편지의 내용을 공개적으로 폭로할 의도가 없을 것이라고 믿었으며, 그래서 그녀는 잠시 생각을 해본 후, 품에서 그 편지를 꺼내어 원장수녀의 손에 뜨겁게 키스를 하면서 넘겨주었다.

원장수녀가 그 편지를 읽고 있는 사이에 그 부인은, 보면대 위에 아무렇게나 펼쳐진 악보에 눈길을 던졌다. 그때 그녀는 포목상의 보고도 알있던 그 끔찍한 날, 자신의 불쌍한 아들들의 감정을 파괴했으며, 혼란케 했던 것이 음악의 힘일 것이라고 생각하게 되었다. 그리하여 그녀는 자기 의자 뒤에 서 있는 수녀에게로 몸을 돌리면서 조심스럽게 물었다. "이것이 6년 전에 이상한 성체축일의 축제날 아침에, 성당 안에서 연주된 그 악곡입니까?" 이 젊은 수녀는, 예! 그런 말을 들은 기억이 있습니다. 그리고 그 후 그 악보를 사용하지 않을 때에는 언제나, 고상한 원장수녀의 방에 보관하고 있다고 대답했다. 이 말을 듣고 그 부인은 심한 충격을 받고 일어서서, 여러 가지 생각을 떠올리며 그 보면대 앞으로 나갔다. 그녀는 미지의 마술 같은 부호를 쳐다보니, 무서운 영이 신비한 원을 그리고 있는 듯했으며, 그리고 곧 〈지극히 높은 곳에서는 하느님께 영광〉이 펴져 있음을 알았을 때, 땅 속으로 가라앉는 듯한 느낌이 들었다. 그리고 자신의 아들들을 파멸시켰던 음악의 무서운 힘이, 자기 머리 위로 쏴쏴 소리를 내며 지나가는 듯이 느껴졌다. 그녀는 그 악보를 한번 보기만 해도 감각을 잃는다고 생각했으며, 전능하신 신 앞에 무한한 겸손과 복종을 하며 재빨리 그 종이에 입술을 댄 후, 다시 자기 의자에 앉았다.

그러는 사이에 원장수녀는 그 편지를 다 읽고 접으면서 말했다. "바로 그 기적의 날에 천주님이 몸소 이 수녀원을 당신의 매우 심한 혼란에 빠진 아들들의 무례함으로부터 보호해 주셨습니다. 천주님이 그때 어떤 수단을 썼는지는, 개신교인 당신에게는 상관없는 일입니다. 당신은 제가 당신에게 그것에 관해서 말해 줄 수 있는 것을 쉽게 이해하지 못할 것입니다. 왜냐하면, 이 끔찍한 우상파괴가 우리 앞에 벌어지는 절박한 순간에, 조용히 오르간 앞에 앉아서 당신이 보았던 저기 펼쳐진 그 곡을 지휘한 자가 누구인지 최소한 아무도 모르기 때문입니다. 다음날 아침에 수녀원 관리인과 그리고 다수의 다른 사람들의 입회 하에 기록하여 문서실에 보관해 놓은 증거에 의하면, 안토니아 수녀는 유일하게 그 작품을 지휘할 수 있는 사람이지만, 이 곡이 연주되는 동안 내내 병이 들어 의식을 잃고, 더구나 수족을 못 쓰고 수녀원의 방에 누워 있었음이 증명되었습니다. 그녀의 혈연의 친척으로서 그녀의 몸을 돌보라고 임명된 한 수녀가, 성체축제가 성당에서 열리고 있는 오전 내내, 그녀의 침대에서 멀리 떠나지 않았습니다. 그렇습니다, 안토니아 수녀도 자신의 의식불명 상태가 비록 의심의 여지가 있다고 하더라도, 처음에는 전혀 생명에 위험하지 않은 듯한 신경성 열병에 걸려 그날밤에 죽지 않았다 하더라도, 그렇게 이상하고 놀랍게 오르간 앞에 나타날 상황이 아니었음을 스스로 명백히 증언했을 것입니다. 또한 트리어의 대주교도 이 사건에 대해 보고를 받고, 이미 전체 사건을 해명하는 한 마디의 말씀을 내렸습니다. 말하자면, '성녀 세실리아(역주: 음악의 수호성인) 자신이 그 시각에 이 무시무시하고 장엄한 기적을 이룩했다.' 그리고 저는 바로 그때 교황으로부터 이것을 확인시켜 주는 짧은 교시를 받았습니다."

이렇게 말하고 원장수녀는 자신이 이미 알고 있던 사건에 단지 좀더 자세한 정보를 얻기 위해, 내용을 공개하지 않겠다고 약속하면서 얻었던 그 편지를 부인에게 돌려주었다. 그리고 원장수녀는 그녀의 아들들의 회복에 희망이 있는지, 또 돈이나 다른 지원책으로 아들을 회복시키기 위해 그녀를 도울 수 있는지 다시 물었다. 부인은 원장수녀의 치마에 입을 맞추고는 눈물을 흘리면서 사절했다. 그러자 원장수녀는 다정하게 손을 잡고 작별인사를 하고는, 그녀를 떠나가게 했다.

여기서 이 성담은 끝난다. 아헨에 있을 필요가 완전히 없어진 그 부인은 자신의 불쌍한 아들들을 위해 법원에 자그마한 돈을 맡겨두고 헤이그로 돌아갔다. 거기서 그녀는 그 1년 후, 이 사건에 깊이 감동을 받아 가톨릭의 품안으로 전향했다. 그러나 아들들은 고령까지 살다가, 그들의 습관에 따라 〈지극히 높은 곳에서는 하느님께 영광〉을 다시 한 번 부른 후 밝고 만족스럽게 죽었다.

결 투

 빌헬름 폰 브라이자흐 공작은, 자기보다 신분이 낮은 듯이 보이는 알트휘닝겐가(家) 출신의 카타리나 폰 헤르스부르크라는 이름의 한 백작 부인과 내연(內緣) 관계를 맺고 난 후, 자기 이복동생인 붉은 수염의 야콥과 원수가 되어 살고 있었는데, 14세기 말엽 성 레미기우스의 밤(역주: 10월 1일)이 어두워지기 시작되었을 때에, 보름스에서 독일 황제를 알현하고 돌아왔다. 이 알현에서 그는 황제로부터 결혼생활에서 낳은 아이들이 죽어 자식이 없다는 이유로 부인과의 사이에서 결혼 전에 낳은 사생아 필립 폰 휘닝겐 백작을 합법적인 아들로 인정하는 허락을 얻고 돌아왔다. 그는 자신이 통치하던 전 기간에 느낄 수 있던 것보다도 더 큰 기쁨 속에서 미래를 꿈꾸며 자신의 성 뒤에 위치한 공원에 도착했을 때, 갑자기 어두운 숲속에서 화살이 하나 날아들어 그의 흉골 바로 밑의 가슴을 관통했다. 그의 시종 프리드리히 폰 트로타는 이 사건에 매우 놀라서 다른 몇몇 기사들의 도움을 받아가며 그를 성안으로 옮겼는데, 거기서 그는 깜짝 놀란 부인의 팔에 안겨 시종이 황급히 소집했던 제국신하 회의에서 황제로부터 받은 적자(嫡子) 인증서를 겨우 읽을 수 있었다. 그리고 격렬한 반대가 없었던 것은 아니나, 법에 따르면 왕관이 공작의 이복동생인 붉은 수염의 야콥 백작에게 주어지기로 되어 있는데도 신하들은 그의 최후의 결연한 유언을 실현시키고 황제의 허락을 얻는다는 조건으로, 필립 백작을 왕위 계승자로, 그러나 그가 나이가 어리기 때문에 그의 어머니를 후견인이며 섭정자로 인정했다. 이 모든 일이 끝난 후에 공작은 죽고 말았다.

공작 부인은 곧 단지 사절 몇을 시동생 야콥 백작에게 보내 간단히 통보만 한 채, 왕위에 올랐다. 백작의 속마음에 있는 터놓지 않는 기질을 꿰뚫어 보았다고 생각하는 다수의 궁중 기사들이 예언했던 바가 최소한 표면상으로는 적중했다. 붉은 수염의 야콥은 현 상태를 현명하게 심사숙고한 후 형이 자신에게 행한 부정을 참아내었다. 최소한 그는 공작의 마지막 유언을 반박할 모든 조치를 단념했다. 그리고 어린 조카가 받은 왕관을 진심으로 축하해 주었다. 그는 매우 유쾌하고 친절하게 자기 식탁에 불러들인 사절에게 자기 아내가 왕같이 많은 재산을 남겨두고 죽은 뒤 구속당하지 않고 자유롭게 자기 성에서 살고 있고, 또 이웃의 귀족 부인들과 교제하고 자기가 손수 빚은 포도주며 그리고 명랑한 친구들과 함께 하는 사냥을 즐기고 있다고, 그리고 성급했던 젊은 시절의 죄, 유감스럽게도 나이가 들어가면서 더 괴로운 죄를 속죄하려고, 삶의 종말에 예견할 수 있는 유일한 시도로서 팔레스티나로 향하는 십자군 원정을 생각하고 있다는 등등을 설명했다. 왕위를 계승할 것이라는 확실한 희망 속에서 자라난 자기의 두 아들은 아버지가 무관심하고 무감각하여 예상치도 않게 그들의 요구를 철저히 모욕하는 것을 참았다고 혹독하게 비난했지만 아무 소용이 없었다. 그는 아직 수염도 나지 않은 그들을 꾸짖고, 짧고 조롱 섞인 말투로 권력욕을 잠재우라고 지시했으며, 성대한 장례식이 있는 날 시내로 자기를 따라와서, 거기서 자기를 도와 고인이 된 공작인 큰아버지를, 지위에 어울리게 묘지에 매장해야 한다고 했다. 그는 공작 궁전의 알현실에서 젊은 태자인 자기 조카에게, 섭정자인 그의 어머니가 참석한 상태에서, 동시에 궁중의 다른 모든 대신들이 참석해 있는 가운데 충성의 맹세를 바친 후, 섭정자인 형수가 자기에게 건네 준 모든 직위와 권위를 마다한 채, 자신의 관용과 절제력을 배로 존경해 마지않는 국민들의 축복을 받으며, 다시 자기 성으로 돌아갔다.

공작 부인은 첫 관심사가 예상 밖으로 순조롭게 처리되자 이제 섭정이라는 두번째 의무에 착수했다. 말하자면, 자기 남편의 살해범들을 찾아내는 일, 사람들이 공원에서 그 무리들을 보았다고 했기 때문에, 이 목적을 위해서 그녀는 자신의 재상인 고드빈 폰 헤르탈과 함께 남편의 목숨을 앗아간 화살을 직접 조사했다. 그러나 사람들은 그 화살이 색다른 방법으로 화려하고 훌륭하게 세공을 했다는 사실 외에는 그 소유자를 밝혀 낼 실마리를 찾을 수 없었다. 손잡이 한쪽에는 강하고 거칠게 빛나는 깃털이 꽂혀 있었다. 화살은 가늘고 강한 것으로, 흑개암나무로 공들여 만들어진 것이었다. 앞쪽 끝은 황동으로 덮여 있었다. 그리고 가장 예리한 촉 끝 자체는 물고기의 가시처럼 날카로운 강철로 되어 있었다. 그 화살은 아마도 상류층의 어느 부유한 사람의 무기고를 위해서 제작되어진 듯했고, 그는 다툼에 빠져들었거나 사냥을 아주 좋아하는 사람인 듯했다. 한편 사람들은 화살 끝에 새겨진 연호를 보고 이것이 불과 얼마 전에 제작된 것으로 추측했다. 그래서 공작 부인은, 재상의 권유로, 그 화살에 왕실의 관인을 찍어서, 독일의 모든 제작소로 돌렸다. 왜냐하면 그 화살을 넘겨준 기술자를 찾기 위해, 그리고 만약 그 기술자를 찾는 경우에는 그에게서 세공을 주문한 주문자의 이름을 알아내기 위해서였다.

그로부터 5개월이 지난 후, 사건의 전 수사를 공작 부인한테서 위임받은 재상 고드빈은 스트라스부르크의 화살 제작자로부터 통지를 받았다. 화살 제작자는 그와 같은 화살 60개를 화살통과 함께 3년 전에 붉은 수염의 야콥을 위해 제작했다는 것이었다. 이 통지에 매우 당황한 재상은 이 통지를 수주일 동안 자기 비밀 서랍 속에 두었다. 왜냐하면 그는 한편으로는 고상한 마음의 그 백작이 자유롭고 방종한 생활방식에도 불구하고 자기 형을 살해하는 짓과 같은 그런 끔찍한 행위를 범하지는 않을 정도로 착하다고 생각했기 때문이고, 또 다른 한편으로는 마찬가지로 착한 성품임에도 불구하고 섭정자의 정의감이 너무 적어서, 그는 그녀의 원수의 생명과 관련된 이 사건을 최대한의 신중을 기해 처리하지 않으면 안 된다는 것을 알았기 때문이다. 그러는 사이에 그는 자신이 받은 이 이상한 단서를 은밀히 수사해 나갔다. 그리고 시장관구의 관리로부터 우연히 그 백작이 자기 성을 평소에는 절대로 떠나지 않거나 기껏해야 드물게 떠나곤 했다는 것을 알게 되었고, 더구나 공작이 살해된 날 밤에는 내내 부재중이었다는 것이다. 그래서 그는 이 비밀을 털어놓는 것이 자신의 의무라고 생각했다. 따라서 다음 추밀원 회의에서 그는 공작 부인에게 이 이상하고 희한한 혐의를, 두 가지 사실을 들어 그녀의 시동생인 붉은 수염의 야콥 백작에게 둔다고 자세히 설명했다.

공작 부인은 자기 시동생인 그 백작과 우정어린 관계에 있음을 다행으로 여기고 있는 중이었고, 단지 무분별한 조치로 그의 심성을 흥분시키지 않을까만 걱정했다. 그 사이에 그녀가 이 애매 모호한 통지를 받고서도 아무런 만족의 표시도 하지 않자, 재상은 의아해 했다. 오히려 그녀는 이 서류를 조심스럽게 두 번 읽어본 후 사람들이 이런 불확신하면서도 중대한 사안을 공개적으로 추밀원 회의에서 논의하게 한 데 대해 강한 불만을 표시했다. 그녀는 이 사건에 오해나 중상모략이 있음에 틀림없다는 생각을 하면서, 더구나 법원에 기소하지 말라고 명령했다. 사실 이 백작이 왕위에서 배제된 후 사태의 자연스런 전환에 따라 국민의 비상하면서도 거의 열광적인 존경을 누리고 있기에, 추밀원 회의에서 이미 행한 이 단순한 보고가 그녀에겐 매우 위태롭게 느껴졌다. 그리고 그것에 대한 도시 사람들의 수다가 그의 귀에까지 가게 됨을 예측하여, 그녀는 두 혐의 사실을 진실로 관대한 편지를 첨부하여 이를 이상한 오해의 장난이라고 하고, 오해에서 기인했으며 자신은 그의 무죄를 처음부터 확신하고 있으니, 어떤 변명도 하지 말아 줄 것을 간절히 요청하면서 그에게로 보냈다.

이제 막 친구들과 함께 연회에 앉아 있던 백작은 기사가 공작 부인의 소식을 갖고 그에게로 들어왔을 때에 정중하게 자기 의자에서 일어났다. 그러나 친구들이, 더 이상 앉으려 하지 않는, 이 예절바른 기사를 보고 있는 사이에 그는 창문의 돌출부에서 그 편지를 다 읽자마자 얼굴빛이 변하면서 그 서류를 다음과 같이 말하면서 친구들에게 넘겨주었다. "형제들이여, 보게나! 형님의 살해에 대해 나에게 얼마나 수치스런 고소가 날조되었는지를!" 친구들이 놀라며 그의 주위를 빙 둘러싸는 사이에, 그는 눈을 흘기며 그 화살을 기사의 손에서 빼앗고, 자기 영혼의 괴멸을 감추면서, 덧붙여 말하길, 그 화살은 자신의 것이며 또 자신이 성 레미기우스의 밤에 성밖으로 나가 있었다는 말은 사실이라고 했다. 친구들은 이 음흉하고 비열한 간계를 저주했다. 그들은 살인의 혐의를 바로 그 흉악한 고소자에게로 돌렸고 또한 주인인 공작 부인을 변호하는 사자(使者)를 향해 막 모욕을 가하려 할 때, 백작이 서류를 다시 한 번 읽고는, 갑자기 그들 가운데로 들어가면서 소리를 질렀다. "조용히 하게, 내 친구들이여!" 그리고 구석진 곳에 세워 둔 자신의 칼을 쥐고, 기사에게 자기는 그의 포로라는 말과 함께 칼을 그에게 넘겨주었다. 그 기사는 혹시 자신이 잘못 듣지 않았는지 또 재상이 작성한 두 고소 사항을 실제로 인정하는지 당황스럽게 묻자, 백작은 대답했다. "예! 예! 예!" 그러면서 그는 자신의 무죄에 대한 증거를 공작 부인에 의해 정식으로 소집된 법정 이외의 장소에는 제출하지 않기를 희망했다. 이 진술에 대해 불만이 큰 기사들은 최소한 황제 이외의 다른 누구에게도 이 사건의 관련성에 대해 변명할 필요는 없다는 것을 그에게 납득시키려고 했으나 허사였다. 그런데 백작은 갑자기 생각을 바꾸어 섭정의 공정함을 믿고, 자신이 지방 법원에 출두하겠다고 주장했으며, 이미 그들의 팔에서 빠져 나오면서 창밖에 대고 자기 말을 준비하도록 외치고, 즉시 사자를 따라 기사 감옥에 가겠다고 말했다. 친구들이 강제로 길을 막으며 제안을 하자, 그는 결국 그것만은 받아 들여야 했다. 그들은 전체의 이름으로 공작 부인에게 편지를 써서 그런 사건에 처할 경우 모든 기사들에게 주어지는 권리인 미결범 보호의 권리를 그를 위해 요구했으며, 또 그는 그녀가 설치한 법원에 출두할 것을 약속하며 또 그 법원이 그에게 내리는 어떤 판결에도 굴복할 것을 확약하며, 그 보증금으로 은화 2만 마르크를 내놓았다.

공작 부인은 이 기대하지도 않았던 그리고 납득할 수

도 없는 제안을 받자마자, 이미 국민들 가운데서 고소의 동기로 떠돌고 있는 끔찍한 소문에 비추어, 자신은 이 사건에서 완전히 물러나서 황제에게 이 사건의 해결을 전적으로 구하는 것이 가장 사려 깊은 것이라고 간주했다. 그녀는 재상의 충고에 따라 사건의 전모가 적힌 서류 묶음 전부를 황제에게 보냈으며, 그에게 이 제국의 우두머리로서 자신이 한 당사자로 개입되어 있는 이 사건의 수사에서 자신을 면제시켜 주실 것을 요청했다. 스위스 동맹의 문제를 협의하기 위해서 그때 막 바젤에 머물던 황제는 이 요청을 받아주었다. 그는 바로 그곳에 3명의 백작, 12명의 기사 그리고 2명의 배심원으로 구성된 법원을 설치하였다. 그리고 그는 붉은 수염의 야콥 백작에게는, 그의 친구들의 요청에 따라서, 제안된 2만 마르크의 미결범 보호를 위해 내놓은 보증금을 받고 나서 호위의 허락을 해주고, 언급된 법원에 출두하여 다음 두 가지 소송의 원인을, 즉 자신의 소유라고 자백한 그 화살이 어떻게 살인자의 손에 들어갔는지 그리고 또 그가 성 레미기우스의 밤에 어느 제3의 장소에 머물렀는지에 대해 진술하고 답변할 것을 요구했다.

성령강림절 후의 첫 월요일에 붉은 수염의 야콥 백작은 분부받은 대로 훌륭하게 차린 기사들을 대동하고 바젤 법원의 법정에 나타나 첫번째 질문은 자신도 알 수 없다고 하면서 간과하고는, 논쟁에서 결정적인 두번째 질문에 관하여 다음과 같이 대답했다. "고귀한 분들이

시여!"라고 하면서 자신의 두 손을 난간 위에 얹고는 강렬한 빛이 나는 붉은 눈썹에 가려진 작은 눈으로 군중들을 쳐다보았다. "당신들은 왕관과 왕홀에 대해서 냉담하다는 것을 충분히 입증한 나를, 범해질 수 있는 가장 혐오스러운 사건으로 사실상 나를 조금도 좋아하지 않던 형, 그러나 나에게는 조금도 덜 중요하지 않은 형의 살해자로 고소했습니다. 그리고 고소의 근거로써 여러분들이 제시하는 것은 내가 그 성 레미기우스의 밤에, 저 끔찍한 모반이 범해진 때에 수년간 지켜오던 습관과는 달리 내 성을 비웠었다는 것입니다. 어느 귀부인이 몰래 사랑을 바친 기사는 그 부인의 명예에 책임이 있다는 사실을 나는 너무 잘 알고 있습니다. 그리고 사실 그렇습니다! 하늘이 경쾌한 바람으로부터 이 이상한 운명을 내 머리 위로 몰아오지 않았던들, 그러면 내 가슴속에 잠자고 있던 그 비밀은 나와 함께 죽을 것이며, 먼지로 변한 후 무덤을 두드리는 천사의 나팔 소리를 듣고서야 비로소 하느님 앞으로 나와 함께 부활했을 것입니다. 당신들의 입을 통해 황제의 위엄이 내 양심에 호소하는 이 질문은, 여러분들이 직접 잘 보시듯이, 모든 고려와 모든 의혹을 헛된 것으로 만들고 말았습니다. 그런데 당신들이 내가 형님을 살해하는 일에 직접이든 혹은 간접이든 개입되었다는 아마 그럴 듯하지도 않고 아예 가능하지도 않은 일을 알고자 원한다면, 내 말을 들어보십시오. 나는 성 레미기우스의 밤에, 즉 형님이 살해당한 바로 그 시간에, 나를 매우 사랑하는 지방군수 빈프리트 폰 브레다의 딸이며 과부인 아름다운 리테가르데 폰 아우에르슈타인 부인에게 몰래 가 있었습니다."

여기서 말해두지 않으면 안 되는 것은, 이 수치스런 고소의 순간까지도 과부인 리테가르데 폰 아우에르슈타인 부인은 이 나라에서 제일 아름답고 또 가장 결점이 없고 품행이 방정한 여인이라는 사실이다. 그녀는 남편 폰 아우에르슈타인 성주가 결혼한 지 몇 달이 지나지 않아서 어떤 전염성의 열병으로 죽은 후, 조용히 은거하여 친정아버지의 성에서 살고 있었다. 그리고 이제 그녀를 기꺼이 재혼시키려고 하는 이 늙은 아버지의 원에 따라 주변 지방의 귀족이나 주로 붉은 수염의 야콥에 의해 준비된 사냥 잔치나 연회에 때때로 모습을 드러낼 뿐이었다. 지방의 가장 고상하고 유복한 가문 출신의 백작과 지주들은 그런 기회에 그녀에게 구혼을 하러 나타났으며, 이들 중에는 언젠가 사냥에서 다친 산돼지의 돌격으로부터 노련하게 그녀의 목숨을 구해준 프리드리히 폰 트로타가 있었는데, 그는 시종으로 가장 고상하고 가장 사랑스러운 사람이었다. 그러나 그녀는 자기 재산의 상속지분을 계산하는 두 오빠들의 마음에 들지 않을까 걱정하며, 아버지의 권고에도 불구하고, 그의 구혼을 받아들일지 아직 결정하지 못했다. 그렇다, 두 오빠 중 연장자인 루돌프가 이웃의 부유한 처녀와 결혼하고 3년 동안의 결혼생활에서 아기가 없다가 가족들을 크게 기쁘게 하며 종손을 낳았을 때에, 알게 모르게 여러번 의사표시를 해온 것에 못 이겨, 그녀의 친구인 프리드리히 경에게 눈물로 쓴 많은 편지로 정식의 작별을 고했다. 그리고 가정의 평화를 유지하기 위해 오빠의 제안, 즉 아버지의 성에서 멀리 떨어지지 않은 라인 강변에 위치한 수녀원 원장 직을 수락하라는 제안에 동의했다.

이 계획이 스트라스부르크의 주교로부터 독촉되어 실현되려 할 무렵에, 군수 빈프리트 폰 브레다는 황제에 의해 설치된 법원으로부터 자기 딸 리테가르데의 수치를 통보받았고, 그리고 야콥 백작이 그녀를 걸어서 제기한 고소에 대해 답변을 하도록 딸을 바젤로 보내라는 독촉을 받았다. 편지의 중간 중간에는 백작이 증언했던 대로 리테가르데 부인을 몰래 방문하였다던 시간과 장소가 정확히 기재되어 있었으며, 더욱이 그녀의 죽은 남편에게서 받은 반지도 동봉되어 보내졌는데, 그 반지는 그가 그녀와 헤어질 때에 지난밤에 내한 기념으로 그녀의 손에서 건네 받은 것이라고 확인시켰다. 그런데 빈프리트 씨는 이 편지가 도착한 바로 그날 깊고 고통스런 노환을 앓고 있었으며, 극도로 흥분한 상태로 딸의 부축을 받으며 살이 숨쉬는 모든 것이 지면하게 될 죽음을 생각하면서 비틀거리고 있었다. 이 무서운 소식을 다 읽자마자 그는 충격을 받아서 그 편지를 떨어뜨리는 동시에 팔다리가 마비되면서 졸도하여 땅바닥에 주저앉고 말았다. 그 자리에 있던 오빠들은 당황하며 아버지를 땅바닥에서 일으켜 세우고 그를 돌보기 위해 이웃 건물에 사는 의사를 불렀다. 그러나 그를 소생시키려는 온갖 노력도 허사였다. 리테가르데 부인이 의식을 잃고 그녀를 돌보는 부인들의 무릎에 안겨 있는 동안에 그는 숨을 거두었고, 그녀가 깨어났을 때, 그녀는 자신의 명예를 지키기 위한 단 한 마디의 말도 그에게 영원히 해주지 못했다. 이 절망적인 사건에 대한 두 오빠들의 놀람과 누이가 고소당해 있고 또 능히 그럴 법한 수치가 아버지를 그렇게 되도록 자극한데 대한 분노는 거의 묘사할 수 없는 것이었다. 왜냐하면 그들은 붉은 수염의 야콥이 여동생에게 지난 여름 내내 간절히 비위를 맞추었다는 사실을 너무나도 잘 알고 있었기 때문이었다. 그는 그녀를 위해 많은 무술시험과 연회를 열었으며, 그 당시 단지 감정을 상하게 할 정도로 그가 불러모은 다른 모든 부인들 앞에서 그녀를 특별대우 했다. 그렇다, 그들은 리테가르데가 언급된 레미기우스의 날 무렵에 바로 자기 남편으로부터 물려받은 반지를, 지금은 이상하게도 야콥 백작의 손에서 재발견되는데, 산보를 하다가 잃어버렸다고 핑계를 대던 것을 기억했다. 그리하여 그들은 순간적으로 이 백작이 법원에서 그녀에 관해 진술한 내용의 진실성을 의심할 수가 없었다. 그러는 와중에 조신들의 비탄 속에서 아버지의 시체는 치워졌고, 그녀는 오빠들의 무릎 밑에 엎드려 단 한 순간만이라도 귀기울여 달라고 빌었으나 허사였다. 분노로 흥분한 루돌프는 그녀를 향해 몸을 돌리면서, 혹시 그녀가 자신을 위해 이 고소가 사실과 다르다는 것을 증거로 제시할 수 있는지 물었다. 그때 그녀는 몸을 벌벌 떨면서 유감스럽게도 자기는 자기 처신의 청렴함 이외에는 아무것도 주장할 수 없고, 또 그날밤 자기 여종은 자신이 허락하여 그녀의 부모님을 방문하러 갔기 때문에 자신의 침실을 떠나 있었다고 대답했다. 그러자 루돌프는 그녀를 발로 차버리고, 벽에 걸어 둔 칼집에서 칼을 뽑아 들고 억제할 수 없는 열정으로 격분하여 개들과 종들을 불러모으면서, 그녀에게 즉시 이 집과 성을 떠나라고 명령했다. 리테가르데는 마치 백묵처럼 창백해져서 땅바닥에 서 있었다. 그녀는 그의 학대에 말없이 물러나면서 최소한 요구된 출발을 준비하기 위한 꼭 필요한 시간을 달라고 간청했다. 그러나 루돌프는 격분하여 거품을 뿜는 것 이외에는 아무 대답도 하지 않았다. "성밖으로 나가라!" 그리고 그는 자기에게 관용과 인간적인 선처를 요구하며 앞으로 나서는 자기 아내의 청을 듣지 않고, 오히려 그녀를 칼로 찔러 피가 나게 하고는, 미친 듯이 옆으로 밀쳤다. 불행한 리테가르데는 살아 있기보다는 죽은 듯이 방을 떠났다. 그녀는 비천한 다수의 사람들의 눈길을 받으며, 성의 안뜰을 지나 문 쪽으로 비틀거리며 갔다. 거기서 루돌프는 그녀에게 옷감 한 다발과 돈 몇 푼을 얹어 주게 하고는, 그녀 뒤에서 욕설과 저주를 퍼부으면서 자신이 직접 문을 닫아 버렸다.

명랑하고 거의 맑은 행복의 꼭대기로부터 헤아릴 수 없고 일체의 희망이라곤 없는 비참한 심연 속으로의 이 갑작스런 추락은 한 가련한 부인의 몸으로는 참을 수 없는 것이었다. 그녀는 어디로 방향을 바꾸어야 할지도 모른 채 난간을 의지하며 바위투성이의 좁은 길을 내려다보면서 이제 막 어두워지기 시작한 밤을 위해 최소한의 숙소를 찾으려고 비틀비틀 걸었다. 그런데 아직 골짜기에 드문드문 있는 마을 입구에 도착하기도 전에 그녀는 이미 기운이 빠져 땅바닥에 주저앉고 말았다. 그녀는 모든 속세의 고뇌를 벗어 던지고, 한 시간 동안 그렇게 있었으며 주위는 이미 완전히 암흑으로 덮였으며 이 지방의 몇몇 동정심에 찬 시민들에 의해 둘러싸여 깨어났다. 왜냐하면 바위 언덕에서 놀던 한 소년이 거기서 그녀를 알아채고는 집에 가서 자기 부모님에게 이 이상한 출현에 대해 이야기했기 때문이었다. 그러자 이들은 리테가르데로부터 도움을 많이 받았던 사람들로서 그녀가 비참한 상황에 빠져 있음을 알고는 매우 놀라 즉시 그들의 힘이 닿는 대로 그녀를 돕기 위해 급히 왔던 것이다. 이런 사람들의 노력으로 그녀는 즉시 회복되었으며, 그녀 뒤로 굳게 닫힌 성을 보는 순간 그녀는 제정신으로 돌아왔다. 그러나 그녀는 자기를 성안으로 다시 데려가려는 두 부인들의 제안을 거절했으며 단지 자신이 방랑을 계속할 수 있도록 길 안내자를 자신에게 붙여주기를 희망했다. 사람들이 이 상태로서는 여행길에 나설 수 없다고 그녀를 간절히 타일렀으나 듣지 않았다. 리테가르데는 자신의 생명이 위험에 처해 있다는 것을 핑계로 내세워 지금 즉시 성의 영역을 벗어나야 한다고 주장했다. 실제로 그녀는 자신에게 도움을 주지 않고 주위로 점점 더 많이 모여드는 군중을 억지로 헤치고 나갈 채비를 했으며, 혼자서 깊어져 가는 밤의 어둠에도 불구하고 길을 나섰다. 그리하여 사람들은 그녀의 신상에 어떤 불행한 일이 닥치는 경우에 주인한테서 책임을 추궁당할까 두려워하며, 그녀의 소원대로 한 대의 마차를 마련해 주었다. 그 마차는 그녀를 태우고 어디로 방향을 잡아갈 것인가를 재차 물어가면서 바젤로 향했다.

그러나 마을 앞에서 그녀는 상황을 용의주도하게 숙고한 후, 자신의 결심을 바꾸어, 길 안내인에게 방향을 바꾸어 자신을 불과 2,3 마일 떨어진 트로타 성으로 태워 갈 것을 명령했다. 왜냐하면 그녀는 자신이 아무런 도움 없이는 붉은 수염의 야콥 백작과 같은 그런 적에게 대항해서 바젤의 법정에서 이겨내지 못할 것이라고 깨달았기 때문이었다. 더구나 그녀에게는 성실힌, 자기도 알고 있듯이, 자기를 사랑하며 언제나 공손한 친구인 훌륭한 시종 프리드리히 폰 트로타보다도 더 믿음직하게 자신의 명예를 지켜주기 위해 나설 사람은 없는 것 같았다. 그녀가 여행으로 극도로 피곤해져 마차로 그곳에 도착했을 때에는 거의 한밤중이었지만 아직도 성안의 불이 희미하게 빛나고 있었다. 그녀는 자기를 마중 나온 한 하인을 들여보내 가족에게 자신의 도착을 알리게 했다. 그러나 이 하인이 자신의 임무를 채 완수하기도 전에 우연히 앞방에서 집안 일을 하고 있던 프리드리히 경의 누이인 베르타와 쿠니군데 양이 문 밖으로 나왔다. 리테가르데를 잘 알고 있던 이 친구들은 기쁘게 인사를 하면서 마차에서 리테가르데를 부축하여 내리고는, 어느 정도 불안감이 없지는 않았지만 그녀를 데리고 2층의 오빠에게로 갔는데, 그는 어떤 소송에 관한 서류에 몰두하며 책상에 앉아 있었다. 그러나 그는 자기 뒤에서 들리는 소리에 고개를 돌렸고 리테가르데 부인이 창백하고 일그러진, 진실로 절망에 찬 모습으로 자기 무릎 앞에 무너져 내려앉는 것을 보았을 때 프리드리히 경의 놀라움을 누가 묘사할 수 있겠는가. "나의 고귀한 리테가르데!"라고 그는 외치며 일어서서 그녀를 바닥에서 일으킨 뒤, "당신에게 무슨 일이 생긴 겁니까?" 리테가르데는 의자에 앉은 뒤 일어난 일을 그에게 이야기했다. 붉은 수염의 야콥 백작이 공작 살인의 혐의를 벗기 위해, 그녀를 얼마나 흉악하게 바젤 법정에 고소했는가를. 또 그 소식에 때마침 노환을 앓고 계시던 아버지께서 즉시 졸도하여 그 때문에 그로부터 몇 분 후 오빠들의 팔에서 돌아가신 이야기며, 그리고 또 이 오빠들이 분노로 흥분하여 그녀가 자신을 변호하기 위해 하려는 말은 들어보지도 않고 그녀에게 가혹한 학대를 더하였으며 마침내 죄를 지은 여인처럼 집에서 쫓아내었다는 이야기를 했다. 그녀는 프리드리히 경에게 자기와 함께 바젤로 가 줄 것과 거기서 황제에 의해 설치된 법정 앞에 자신이 설 때에 저 수치스런 고소에 맞서서 자신에게 현명하고 신중한 충고를 해 주며 도와

줄 수 있는 변호사 한 사람을 주선해 달라고 요청했다. 그녀는 단언하여 말하기를 자신이 한 번도 보지 못한 파르테르 사람(역주: 고대 이란 지방의 유목민) 또는 페르시아 사람의 입에서 그런 주장이 나왔다 하더라도 붉은 수염의 야콥 백작의 입에서 나온 것보다는 오히려 의외의 일이 아닐 것이라면서, 자기는 그의 나쁜 명성 때문만이 아니라 외적 교양 때문에라도 언제나 마음속 깊이 싫어하였고, 자기는 그 백작이 지난 여름의 향연에서 자기에게 점잖지 못한 말을 건넬 때마다 언제나 매우 냉담하게 그리고 경멸하며 거절했다고 했다. "충분해요, 내 고귀한 리테가르데!" 프리드리히 경은 외치면서 고상한 열정으로 그녀의 손을 잡아 자기 입술에 갖다 대면서, "당신의 무죄를 방어하고 변호할 쓸데없는 말을 하지 말아요! 내 가슴속에서는 당신을 위한 오직 한 소리가 모든 확신보다도 더 생생하고 설득력 있게 말을 합니다. 그렇습니다, 당신이 아미도 상황과 사건을 간추린 다음 바젤의 법정에서 내놓을 수 있는 모든 법률상의 근거나 증거보다도 더 생생하고 더 확신감 있습니다. 정의롭지 못하고 관용이 없는 당신의 오빠들이 당신을 버린 이상, 나를 당신의 친구며 오빠로 받아 주시고 또 이 사건에서 당신의 변호사가 되는 영광을 주십시오. 나는 당신의 명예의 빛을 바젤의 법정에 그리고 전세계의 심판 앞에서 복원시키겠습니다!" 그러면서 그는 이 고결한 말에 감사하고 감동하여 눈물만 흘리고 있는 리테가르데를 이미 침소에 드신 자기 어머니

헬레나 여사가 있는 2층으로 데려갔다. 그는 리테가르데를 특별히 사랑했던 이 품위 있는 노부인에게 리테가르데를 손님으로, 또 가정 내에서 일어난 불화로 인해 한동안 자신의 성안에서 체재할 결심을 했다고 설명했다. 바로 그날 저녁으로 사람들은 그녀에게 넓은 성의 곁채를 내주었고 거기에 있는 옷장에는 누이들이 저장해둔 옷들을 꺼내어서 그녀를 위해 옷과 수건을 충분히 채워주었고, 또한 그녀의 신분에 걸맞은 단정하고 훌륭한 하인들을 딸려주었다. 그리고 3일쨋 날에 이미 프리드리히 폰 트로타 경은 법정에서 자기의 증거를 어떻게 제시할까 생각하고는 그 기술과 방법에 대해서는 말을 하지 않고 수많은 기병과 종자들을 데리고 바젤로 가는 길을 나섰다.

그러는 사이에 리테가르데의 오빠들인 폰 브레다 경들로부터 성에서 일어난 사건에 관련된 편지가 바젤의 법원에 도착했는데, 그 내용은 그들이 이 불쌍한 여인을 실제로 죄가 있는 것으로 간주한다는 것이고 또 그들이 전적으로 그녀를 유죄가 인정된 죄인으로서 법의 심판에 내맡겨 파멸시킬 특별한 이유를 가졌다는 것이었다. 적어도 그들은 이 여인을 고상하지 못하고 진실하지 못한 방법으로 성에서 추방한 사실을 놓고도 자발적인 도망이라고 말했다. 그들은 자신들의 입에서 튀어나온 몇 마디 격분한 말을 듣고, 그녀가 자기 무죄를 변호하기 위한 어떤 것도 내놓지 못한 채 즉시 성을 뛰쳐나갔다고 기술했다. 그리고 그들이 그녀를 찾기 위해 온갖 수색을 했지만 쓸모 없었다고 법정에 맹세했으며, 그녀는 이제 아마 자신의 욕망을 최대한 채우기 위해 다른 탐험자 옆에서 세상을 이리저리 헤매고 있을 것이라고 생각한다는 것이었다. 게다가 그들은 그녀 때문에 실추당한 집안의 명예를 회복시키기 위해 그녀의 이름을 브레다 가문의 족보에서 지워버릴 것을 제안했으며, 법의 적용범위를 더욱 넓혀 그녀를 지금까지 들어보지도 못한 잘못에 대한 벌로서, 그녀의 수치스런 행위가 죽음으로 몰아간 고상한 아버지의 유산에 대한 모든 권리를 무효라고 선언받고자 했다. 그러나 바젤의 재판관들은 더구나 그들 법정의 소관사가 아닌 이 제안을 도저히 들어줄 수 없었다. 그러는 사이에 야콥 백작은 이 소식을 듣고 리테가르데의 운명에 대한 자신의 동정심을 명백하고 확실하게 표명했다. 그녀에게 자기 성을 은신처로 제공하기 위해 그녀를 찾으러 몰래 기사를 보냈다고 알려졌다. 그리하여 법원측은 그의 말의 진실성에 대해 더 이상 의심하지 않았고 공작암살에 관해 그에게 걸려 있는 이 고소를 즉시 기각하려고 결정했다. 그렇다, 그가 이 불행한 여인이 처한 절박한 순간에 보여준 동정심은 그 자체로 그에 대한 호의가 심하게 동요되던 국민들의 여론에 매우 이롭게 작용했다. 그를 사랑하여 심신을 바친 여인을 온 세상의 놀림감으로 내놓았다고 사람들은 조금 전까지도 심하게 비난을 했지만 지금은 용서해 주었고, 또 그에겐 생명과 명예가 걸려 있는 그런 비상하고 끔찍한 상황에서, 그가 성 레미기우스의 제전날 밤에 생긴 사랑의 모험을 가차없이 털어놓을 수밖에 없었다는 사실도 알았다. 황제의 엄명에 따라서 붉은 수염의 야콥 백작은 공개석상에서 정식으로 공작 살해에 관여했다는 혐의를 벗기 위해 다시 법정에 소환되었다. 전령관이 법원 강당의 넓은 홀에서 폰 브레다 형제들의 편지를 읽고, 법정은 이제 막 황제의 결정에 따라 전령관 옆에 서 있는 피고에 관한 명예회복을 정식으로 선언하려던 순간, 프리드리히 폰 트로타 경이 법정에 나타났으며, 모든 공평한 방청객들의 일반적인 권리를 근거로, 그 편지를 잠시 조사해 볼 수 있게 해 달라고 요구했다. 모든 사람들의 시선이 그에게로 향하고 있는 가운데 그의 소원은 허락되었다. 그러나 프리드리히 경은 전령관의 손에서 그 편지를 건네받자마자 한 번 위에서 아래로 훑어보고 난 후 그것을 찢어 그 조각들을 자기 장갑과 함께 뭉쳐서 붉은 수염의 야콥 백작의 얼굴에 내던지며 다음과 같이 선언했다. 백작은 불명예스럽고 수치스런 비방자이고 죄 없는 리테가르데에게 그가 뒤집어씌운 모함에 자신이 생명을 걸고 만천하에 신의 심판으로 증명할 준비가 되었노라고!

붉은 수염의 야콥 백작은, 창백한 얼굴로 장갑을 집어 올리며 말했다. "무기를 들고 하는 심판이 하느님의 올바른 심판이 확실한 이상, 나도 경에게 내가 리테가르데 부인과 관련된 일을 부득이하게 밝힐 수밖에 없었던 진실함을 명예로운 기사의 결투로써 확실히 증명해 보이겠소!"라고 말하면서 그는 재판관들에게로 몸을 돌려 덧붙였다. "고결하신 재판관님, 황제폐하께 프리드리히 경이 제기한 이의를 보고해 주십시오. 그리고 우리들이 손에 칼을 들고 이 송사를 결정짓기 위해 만날 시간과 장소를 정해 주시기를 청원해 주십시오!" 따라서 재판관은 공판을 중지시켜 놓은 채 이 사건에 대한 보고서를 지닌 사절을 황제에게 보냈다. 그리고 황제는 프리드리히 경이 리테가르데의 보호자로 등장하였으므로 야콥 백작의 무죄에 대해 가졌던 자기 믿음이 적지 않게 혼란에 빠졌고, 그래서 그는 명예율이 요구하는 대로, 리테가르데 부인을 결투에 입회하도록 바젤로 오라고 불렀으며 이 사건에 감도는 이상한 비밀을 해명하기 위해 성 마가레테의 날(역주: 7월 13일)을 시간으로 그리고 바젤 성 광장을 프리드리히 폰 트로타 경과 야콥 백작 두 사람이 리테가르데 부인의 입회 하에 서로 만나는 장소로 정했다.

이 결정에 따라 마가레테날 정오의 태양이 바젤시의 탑 위로 솟았을 때에, 헤아릴 수 없는 많은 군중들이, 그들을 위해 설치해 놓은 긴 의자와 스탠드들이 있는, 성 광장에 모여들었고, 그때 심판관의 발코니 앞에 서 있는 전령관의 세 번에 걸친 신호에 따라 발끝부터 머리까지 번쩍이는 금속으로 무장을 한 프리드리히 경과 야콥 백작이 그들의 다툼을 결투로 해결하기 위해서 목책 안으로 들어섰다. 거의 모든 슈바벤의 기사들과 스위스 기사들이 후면에 위치한 성의 경사면에 나와 있었다. 그리고 황제 자신은 그 발코니 위에서 신하들에게 둘러싸여, 옆에는 황후와 태자, 태자비, 그리고 그의 아들 딸들을 대동하고 앉았다. 결투가 시작되기 직전, 재판관이 두 전사 가운데를 빛과 그림자로 나누는 사이에 헬레나 부인과 그녀의 두 딸, 리테가르데를 바젤까지 동반했던 베르타와 쿠니군데가 다시 들어와서, 이 광장 입구에 서 있던 경비병에게 아주 오래된 관습에 따라 장내의 무대에 앉아 있는 리테가르데 부인에게 한 마디만 할 수 있도록 입장을 허락해 달라고 청했다. 왜냐하면 비록 이 부인의 품행이 그리고 그녀의 확언의 진실함이 더할 나위없는 존경과 무조건적인 신뢰를 보낼 만한 것처럼 보인다고 하더라도, 야콥 백작이 제시했던 반지와 그리고 더욱이 리테가르데가 자기의 증언에 도움을 줄 수 있는 유일한 사람인 자신의 하녀를 성 레미기우스의 제전날 밤에 휴가를 보낸 상황이 그들 모녀의 마음을 매우 불안케 하였기 때문이었다. 그들은 이 절박하고 중대한 순간에 고소당한 여인에게 내재한 의식의 확실함을 다시 한 번 시험해 보고, 만약 실제로 죄가 그녀의 영혼을 누르고 있다면, 진실을 틀림없이 밝혀줄 성스러운 무기의 판결로써 그 죄의 결백을 밝히려는 시도는 아무 소용 없고 더욱이 신을 모독하는 것임을 설명해 줄 작정이었다. 그리고 사실 리테가르데도 프리드리히 경이 현재 자기를 위해서 하는 행동에 대해 잘 생각해 보아야 할 여러 가지 이유를 가지고 있었다. 만약 하느님이 무쇠같이 준엄한 판결에서 그의 편이 아니라, 그 대신 붉은 수염의 야콥 백작에게 그리고 그 백작이 법정 앞에서 그녀에 대해 제시했던 진술의 진실성에 편을 든다면, 화형(火刑)의 장작이 그녀뿐만 아니라 그녀의 친구 폰 트로타 기사를 기다릴 것이기 때문이다. 리테가르데 부인은 프리드리히 경의 어머니와 누이들이 옆으로 들어오는 것을 보고, 자신의 고통이 몸 전체에 퍼져 더 감동을 주는 위엄 있는 표정으로 의자에서 일어서서는 그들에게로 다가와, 무엇 때문에 이런 숙명의 순간에 자기에게로 왔는지 물었다. "내 사랑하는 어린 딸이여." 헬레나 부인은 그녀를 옆으로 끌면서 "당신은 아들자식 이외에는 이 황량한 노년에 어떤 위안거리도 가지지 않은 어머니에게서 아들의 무덤에서 눈물을 흘려야만 될 불행을 덜어 줄 수 있겠어요? 그리고 아직 결투가 시작되기 전에, 대가는 얼마라도 드릴 터이니, 마차를 타겠습니까? 우리들의 영지의 일부인 라인강 저쪽에 있는 땅을, 거기서 당신은 정중하고 따뜻한 영접을 받게 될 터인데, 우리가 주는 선물로 받아 주겠어요?" 리테가르데는 곧 안색이 창백해졌으나 그녀의 얼굴을 한동안 빤히 쳐다보고서는 이 말의 의미를 충분히 이해하자 그녀 앞에 무릎을 꿇었다. 존경스럽고 훌륭하신 부인! 그녀는 말했다. 이 결정적인 시각에 하느님이 내 가슴의 순결을 부정하실지도 모른다는 불안감이 당신의 고귀한 아드님의 가슴에서 생겨났습니까?— "왜 그러세요?"라고 헬레나 부인이 물었다.— 왜냐하면 저는 이 사건에서 그에게 확실한 손 없이는 차라리 칼을 뽑아 휘두르지 마시고 어떤 적당한 평계를 대서라도 적에게 싸움터를 양보하시라고 간청했기 때문이고, 또 저에게 아무 도움도 못 되는 동정심에서 때아니게 귀를 기울이지는 마시고 저를 하느님의 손에 든 저의 운명에 맡겨 주실 것을 간청했기 때문입니다.— "아니지요!" 헬레나 부인은 당황해하며 말을 이었다. "내 아들은 아무것도 모릅니다! 그애가 당신의 사건을 변호하겠다고 법정에서 약속한 이상, 결전의 시간의 종이 울리고 있는 지금, 당신이 간청한대로 행동하는 것은 그애로서도 못할 짓입니다. 그애는 당신의 무죄를 확실히 믿고서, 당신도 보다시피, 이미 결투할 장비를 갖추고 당신의 적인 백작과 맞서 있습니다. 이것은 우리들, 딸과 내가, 곤궁의 순간에서 모든 이로움을 고려해보고 그리고 모든 불행을 방지하기 위해 생각해 낸 제안입니다."— 좋습니다. 리테가르데 부인이 노부인의 손에 눈물을 흘리며 뜨거운 입맞춤을 하면서 말했다. 그러면 그에게 약속을 지키게 하소서! 어떤 죄도 나의 양심을 더럽히지는 못합니다. 그가 투구도 갑옷도 없이 결투에 나간다 해도 하느님과 하느님의 모든 천사들이 그를 보호할 것입니다! 그리고 나서 그녀는 땅바닥에서 일어서면서 헬레나 부인과 그 딸들을 무대 안쪽에 위치한 자신이 앉은 빨간 수건을 두른 안락의자 뒤쪽에 있는 몇 개의 의자 위로 데려갔다.

이제 전령관이 황제의 눈짓에 따라 결투를 시작하라는 나팔을 불었으며, 손에 방패와 칼을 든 두 기사들은 서로를 향해 돌진했다. 프리드리히는 첫번째 일격으로 즉시 백작에게 상처를 입혔다. 그는 자신의 길지 않은 칼끝으로 그의 팔과 손 사이의 갑옷의 이음새가 맞물리는 곳에 상처를 입혔다. 그러나 아픔에 놀란 백작은 뒤로 물러나 상처를 살펴보니 비록 피가 심하게 흐르기는 하지만 피부의 표면만 약간 할퀴었다는 것을 알았다. 그리하여 그는 테라스에 있는 기사들이 백작의 이런 행동에 대해 유치하다고 퍼붓는 야유를 듣고 다시 돌진하였으며 완전히 건강한 사람과 같은 새로운 힘으로 결투를 다시 계속했다. 이제 두 전사 사이에는 싸움이 한창이며, 마치 폭풍이 서로 만나듯이 또 번개 구름이 번개를 보내 서로 만나듯이 서로 섞이지 아니하고 자주 천둥번개를 일으키면서 서로 번갈아가며 서로를 쫓으며 비틀거렸다. 프리드리히는 방패와 칼을 앞으로 내뻗고 마치 그가 땅바닥에 뿌리를 박으려는 듯이 서 있었다. 그는 박차에서부터 발목과 장딴지에까지 포장을 걷어내서 무르게 한 땅바닥으로 파고들었으며, 작고 날랜 백작의 음험한, 마치 양 사방으로부터 동시에 하는 것 같은 공격에서 가슴과 머리를 방어해 내었다. 결투가 벌써 쌍방이 숨이 차서 어쩔 수 없이 취한 휴식 시간까지 합쳐서 거의 한 시간이나 계속되자 마침내 스탠드에 위치한 관중들 사이에서 새로이 불평이 터져 나왔다. 이번에는 싸움을 끝내려는 열정을 아끼지 않는 야콥 백작이 불평의 대상이 아니라 방어책을 똑같은 장소에 파놓고 겉보기에는 두려워 움츠러든 듯 적어도 일체의 자기 공격을 완강하게 중지한 프리드리히 경에게 향한 것이었다. 프리드리히 경은, 너무나 민감하여 비록 그가 취한 전법(戰法)이 타당하다고 하더라도, 이 순간 자신의 명예를 심판하는 사람들의 요구에 응해 즉각 자신의 전법을 내버리지 않을 수 없다고 느꼈다. 그는 용감한 발걸음으로 자신이 처음에 선택한 발판과 자기 발자국 주위에 저절로 만들어진 일종의 자연스런 참호에서 뛰쳐나와 이미 힘이 떨어지기 시작한 적의 머리 위에 몇 번이고 강하고 수그러들 줄 모르는 타격을 가하였음에도 불구하고, 적은 자기 방패를 가지고 노련하게 옆으로 피하면서 받아 내었다. 그러나 이 같은 변화된 싸움의 첫 순간에 이미 프리드리히 경은 결투를 관장하는 보다 더 높은 존재가 때마침 작용하지 않은 듯이 보이는 불행을 겪었다. 그는 자기 박차에 걸음이 휘감긴 채 앞쪽으로 처박혔으며, 상체를 짓누르는 갑옷과 투구의 무게 때문에 먼지 속에 손을 앞으로 짚고 무릎을 꿇고 있는 동안 붉은 수염의 야콥 백작은 가장 고상하지 못하고 기사도에 어긋나는 방법으로 맨몸이 드러난 그의 옆구리를 칼로 찔렀다. 프리드리히 경은 순간적인 고통에 큰 소리를 지르며 땅바닥에서 뛰어 올랐다. 비록 그가 투구를 눈에까지 눌러쓰고 얼굴을 다시 적에게로 돌려 결투를 계속할 채비를 했으나 점차 고통으로 몸을 구부리면서 자기 칼에 의지한 채 시야가 점점 흐려지는 동안 백작은 자기 장검으로 두 번 더 그의 심장 바로 밑을 찔렀다. 그러자 그는 자기 갑옷과 투구를 철거덕거리면서 땅바닥으로 고꾸라지며 칼과 방패를 옆에 떨어뜨렸다. 백작은, 그가 무기를 옆으로 떨어뜨리고 나자, 트럼펫의 3중주 취주를 받으며 그의 가슴에 발을 얹어 놓았다. 그러는 사이에 황제를 비롯한 모든 관중들은 놀라고 동정심에서 무거운 탄식을 내뱉으며 그들의 자리에서 일어섰고, 헬레나 부인은 자기 두 딸을 데리고 자신의 귀한, 먼지와 피 속에 뒹구는 아들에게로 달려들었다. "내 아들 프리드리히야!"라고 그녀는 외치며 그의 머리맡에서 통곡하면서 무릎을 꿇고 앉았다. 그 사이에 리테가르데 부인은 기절하여 의식을 잃고 두 정리에 의해 그녀가 쓰러진 발코니의 바닥에서 일으켜 세워져서 감옥으로 끌려갔다. "극악 무도한 여자."라며 헬레나 여사는 말을 덧붙였다. "가슴의 죄의식을 감추고 여기까지 와서는 가장 성실하고 고결한 친구의 팔에 무기를 들려 이 부정한 결투에서 하느님의 심판을 얻으려는 사악한 여인이여!" 그녀는 통곡하였고, 두 딸들이 투구를 벗기는 사이에, 사랑하는 아들을 땅바닥에서 일으켜 세우고 그의 고결한 가슴에서 흘러나오는 피를 멈추게 하려고 노력했다. 그런데 이때 황제의 명령을 받은 정리들이 나타나 프리드리히를 법을 위반한 죄인으로 감옥에 넣으려고 데려갔다. 그들은 그를 몇몇 의사의 도움을 받아 들것에 얹고 많은 사람들이 뒤따르는 가운데 감옥으로 데려갔다. 헬레나 부인과 그녀의 딸들은, 아무도 그의 죽음을 의심하지 않았기에 임종시까지 그를 따라가도 좋다는 허락을 얻었다.

그러나 곧 프리드리히의 상처는 비록 생명에 위험하고 또 급소에 나기는 했어도 하늘의 이상한 섭리로 그렇게 치명적이지 않다는 것이 명백해졌다. 오히려 그에게 배속된 의사들은 가족들에게 그로부터 며칠 후면 그가 생명을 건지게 될 것이며 또 강인한 천성 덕분에 몇 주 이내에 신체 어느 부위도 절단하는 고통 없이 다시 회복하게 될 것이라고 확언했다. 그가 고통으로 오랫동안 잃었던 의식을 다시 찾자마자, 그는 어머니에게 끊임없이 리테가르데 부인은 어떻게 되었는가 물었다. 그는 이 여인이 황량한 감옥 안에서 엄청난 절망에 빠져 있다고 생각하자 눈물을 억제할 수 없었다. 그는 누이동생들의 턱을 다정하게 어루만져 주면서 그들에게 그녀를 찾아가서 위로해 주라고 부탁했다. 헬레나 부인은 이 말에 깜짝 놀라 그 수치스럽고 비열한 여인을 잊어버리라고 애원했다. 그녀는 야콥 백작이 법정에서 언급했던 그 범죄는 이제 결투의 결말로 인해 세상에 알려져서 용서받을 수 있으나, 그녀가 스스로 자신의 죄를 알고 있으면서도 마치 죄 없는 사람처럼 하느님의 성스런 심판에 호소함으로써 고상한 친구를 파멸로 몰아 넣는 것을 고려하지 않은 수치심 없는 뻔뻔스러움은 용서받을 수 없는 것이라고 말했다. 아이고 어머니! 시종이 말하길, 하느님이 이 결투에서 내리신 불가사의한 판결을 감히 해석하려는 동서고금의 지혜를 가진 사람이 어디에 있을까요!— "뭐라고?" 헬레나 부인이 소리를 치며 "이 신의 판결의 의미를 너는 모르겠느냐? 유감스럽지만 너는 결투에서 확실하고도 분명하게 적의 칼에 굴복하지 않았니?"— 그럴지도 모르죠! 프리드리히는 대답했다. 한 순간 저는 그에게 항복했습니다. 하지만 제가 그 백작에게 정복당한 것일까요? 저는 지금 살아 있지 않습니까? 제가 마치 하느님의 입김을 받은 것처럼 경이롭게 다시 회복하여, 아마 며칠 내에 두 배나 세 배의 힘으로 무장을 하고서 하찮은 우연 때문에 패한 결투를 다시 할 수 있지 않겠습니까?— "어리석은 사람아!"라고 어머니는 외쳤다. "너는 결투라는 것이 심판관의 판결이 한 번 내려지면 종결되고, 다시는 동일 사건의 논쟁이 신의 법정 앞에서는 행해지지 않는 법이 있다는 것도 모르느냐?"— 아무래도 좋습니다! 시종은 내키지 않는 듯이 대답했다. 이 자의적인 인간의 법이 저와 무슨 상관입니까? 두 결투자 중 한 사람을 죽음으로 이끌고 가지 않는 결투는 모든 사정을 합리적으로 고려해 본 후에야 종결된 것으로 간주되어야 하지 않을까요? 그리고 만약 제가 그 결투를 다시 할 수만 있다면 제게 닥친 불운을 다시 회복하고, 지금 해석되는 편협하고 근시안적인 신의 판결보다는 전혀 다른 신의 판설을 얻기 위해 칼을 들고 싸울 것을 희망하면 안 됩니까? "하지만," 어머니가 신중히 대답했다. "너와는 관계가 없다고 주장하는 이 법률들이 지배하고 군림하는 법이란다. 그 법은 합리적이든 아니든 신성한 법률의 힘을 행사하여 너와 그녀를 마치 혐오스런 범죄를 저지른 부부처럼 매우 엄격하고 고통스런 재판에 넘긴 것이다."— 아, 프리드리히는 외쳤다. 저를 절망의 고통 속으로 몰아 넣은 것이 바로 그것입니다! 마치 죄인인 것처럼 그녀에게 처형의 판결이 내려졌습니다. 그리고 제가 이 세상에 그녀의 덕성과 무죄를 증명하고자 했지만, 그녀에게 이런 불행을 닥치게 한 사람은 바로 접니다. 제 박차의 가죽끈에 있는 치명적인, 아마도 신이 리테가르데의 사건과는 전혀 무관하게 이것을 통해 제 가슴속의 죄를 벌하고자 하신 그 실수 때문에 꽃처럼 피어나는 그녀의 사지를 불꽃에 그리고 그녀의 기억을 영원한 수치 속으로 던져 넣다니! — 이 말을 하는 사이에 남자의 고통에 찬 뜨거운 눈물이 그의 눈에 어리었고, 그는 손수건을 집으면서 벽 쪽으로 몸을 돌렸고, 헬레나 부인과 그녀의 딸들은 조용히 감동하여 그의 침대 곁에 무릎을 꿇었으며, 그들이 그의 손에 입을 맞추자 그의 눈물이 그들의 눈물과 섞였다. 그러는 사이 간수가 그와 그의 가족을 위해 음식을 가지고 그의 방안으로 들어왔으며, 그때 프리드리히는 그에게 리테가르데가 어떻게 지내고 있느냐고 물었고, 그로부터 그녀는 투옥된 날 이후로 죽 짚단 위에 앉아 자신에 대해 한 마디 말도 하지 않고 있다는 단편적이고 무관심한 말을 들었다. 프리드리히는 이 소식을 듣고 심한 근심 속에 빠져들었다. 그는 간수에게 자신이 하느님의 이상한 섭리 덕택에 온몸이 회복되어가고 있다고 그 부인을 위로하고, 또 건강이 완전히 회복된 후 성 관리인의 허락을 얻어 그녀를 감옥으로 한 번 방문해도 좋은지 그녀의 허락을 구하라고 부탁했다. 그러나 간수가 미친 사람처럼 듣지도 보지도 않고 짚단 위에 누워만 있는 그녀의 팔을 몇 번이나 흔들어 본 후 얻었다고 주장하는 대답은 '아니오.'였으며, 그녀는 이 세상에 있는 한 어느 누구라도 더 이상 보려 하지 않는다는 것이었다. 그렇다, 사람들은 그녀가 바로 그 날 성 관리인에게 자기 손으로 쓴 서한으로 누구도 특히 시종 폰 트로타는 절대로 자기에게로 들여보내서는 안 된다고 간청했다는 것을 알았다. 따라서 프리드리히는 그녀의 상태에 대해 심한 걱정에 빠져들었고, 자신이 특히 기운을 생생하게 회복했다고 느끼던 어느 날, 성 관리인의 허락을 얻어 그녀에게 미리 얘기하지 않고 그녀의 방으로 가는 것을 그녀가 용서할 것이라고 확신하며 어머니와 두 누이들을 데리고 출발했다.

그러나 그녀는 문 쪽에서 생겨나는 소음을 듣고 반쯤 열린 가슴과 풀어헤친 머리로 그녀가 밑에 깔아 놓은 짚단에서 몸을 일으켜 세우며, 기다렸던 간수 대신에 자신의 고상하고 훌륭한 친구인 시종이 고통을 이겨낸 많은 흔적을 지닌 채 베르타와 쿠니군데의 손을 잡고 자기에게로 고통스럽지만 감동적으로 나타나는 것을 보았을 때 불행한 리테가르데의 경악을 누가 묘사할 수 있겠는가. "물러나요!"라고 그녀는 외쳤고, 절망하여 자기 침대의 덮개 위에 뒤로 넘어지면서 손으로 얼굴을 가렸다. "만약 당신의 가슴에서 동정의 불씨가 희미하게라도 타고 있다면, 돌아가 주세요!" — 뭐라고, 내 사랑스런 리테가르데? 프리드리히가 대답했다. 어머니의 부축을 받으며 그는 그녀 옆으로 다가갔으며, 말할 수 없는 감동으로 그녀의 손을 잡기 위해서 그녀 위로 몸을 굽혔다. "물러나세요!" 그녀는 몇 걸음을 무릎으로 기어 그로부터 떨어져 짚단 위에서 떨면서 외쳤다. "만약 제가 미쳐 버리는 것을 원치 않는다면, 저를 건드리지 말아주세요! 저는 당신을 보면 오싹해집니다. 타오르는 불이라도 저에겐 당신보다 더 무섭지는 않습니다!"— 내가 당신에게 소름끼칠만큼 싫다니요? 프리드리히는 깜짝 놀라서 반문했다. "내 사랑스런 리테가르데, 무엇 때문에 당신의 프리드리히가 이런 대우를 받아야만 하는 겁니까?"— 이 말을 들으면서 쿠니군데가 어머니의 눈짓에 따라 의자를 내놓으며 그가 병약하므로 그 위에 앉을 것을 청했다. 리테가르데는 엄청난 불안에서 얼굴을 땅바닥에 대고 그의 앞에 엎드리면서 "아, 주님!" 하고 외쳤다. "사랑하는 이여, 이 방을 비워주세요, 그리고 저를 떠나세요! 저는 뜨거운 열정으로 당신의 무릎을 움켜잡고 당신의 발을 제 눈물로 씻으며 마치 한 마리 벌레처럼 구부리고 오로지 자비를 간청합니다. 저의 방을 비워주세요, 이 방을 즉시 떠나시고 저를 내버려두세요!" — 프리드리히 경은 완전히 충격을 받고서 그녀 앞에 마냥 서 있었다. "당신이 나를 보는 것이 그렇게도 불쾌한 거요, 리테가르데?" 그는 진지하게 그녀를 내려다보면서 물었다.— "무시무시하고, 참을 수 없고, 뭉개지는 듯합니다!"라며 리테가르데는 절망에 빠져 두 손을 앞으로 짚고 자기 얼굴을 그의 발 사이에 숨기면서 대답했다. "모든 공포와 경악으로 가득 찬 지옥이 저에게로 향한 사랑과 존경을 불태우는 봄〔春〕같은 당신 얼굴을 보는 것보다 오히려 더 감미롭습니다!"— 하늘에 계신 하느님! 시종이 소리를 질렀다. 당신의 영혼이 이렇게 죄를 뉘우치고 있는데 내가 무엇을 생각할 수 있겠습니까? 불행한 여인이여, 하느님의 심판이 진실을 말했던 것입니까? 그리고 당신은 그 백작이 당신을 법정으로 끌어들인 그 범죄에 대해 잘못이 있다는 겁니까? — "잘못이 있고, 죄가 있으며, 쫓겨나, 시간과 영원 속에 저주받고 벌을 받았어요!"라고 리테가르데가 미친 여인처럼 가슴을 치면서 대답했다. "하느님은 진실하시고 틀림이 없으십니다. 가세요, 저는 어찌할 바를 모르며, 제 힘은 한계에 도달했습니다. 저를 고통과 절망 속에 혼자 내버려두세요!"

이 말을 듣고 프리드리히 경은 기절했다. 리테가르데가 면사포로 자기 얼굴을 가리고 이 세상과 완전히 결별한 듯 자리에 드러눕는 사이에, 베르타와 쿠니군데는 통곡하면서 기절힌 오빠를 다시 살려내려고 그에게로 달려들었다. "오, 저주받을!" 헬레나 부인이 외쳤을 때 시종은 다시 눈을 떴다. "무덤 이쪽에는 영원한 후회의 저주가 있을 것이고 무덤 저쪽에는 영원한 지옥의 저주가 있을 것이다. 당신이 지금 자백하는 죄 때문이 아니라, 오히려 내 죄 없는 아들과 함께 파멸로 들어갈 때까지 시인하지 않았던 당신의 무자비함과 비인간성 때문이야! 내가 얼마나 바보였던가!" 부인은 조심스럽게 리테가르데에게서 몸을 돌리면서 말을 이었다. "신의 재판이 열리기 직전에, 그 백작이 자기 앞에 놓인 결정적인 순간을 경건하게 준비하며 고백했다는, 이곳 아우구스티누스 수도원의 원장이 나에게 털어놓았던 그 한 마디 말을 만약 내가 믿었더라면! 백작은 수도원장에게 그 비열한 여인에 관해 그가 법정에서 증언한 진술의 진실함을 성체에 대고 맹세하였다 한다. 그는 그에게 정원의 문을 설명했고, 그 문에서 그녀는 약속에 따라 밤에 그가 집안으로 잠입 할 때를 기다렸다가 그를 맞이하여, 아무도 살지 않는 성탑의 곁방을 설명해주고 그 안으로 경비병들이 눈치채지 못하게 몰래 데리고 들어갔다는 것이다. 겹겹이 쌓인 안락한 침구와 훌륭한 천장이 있는 잠자리, 그 위에서 그녀가 몰래 그와 더불어 부끄러움을 모르는 열락(悅樂)의 동침을 하였다는 사실까지도! 그런 시간에 행한 고백은 거짓일 리가 없다. 만약 내가 기만당하지 않고 결투가 시작될 때라도 내 아들에게 그 사실을 귀띔 했더라면, 나는 저애의 눈을 열어 주었을 테고, 저애는 자신이 서 있던 절벽 앞에서 물러났을 텐데.— 그러나 이리 오렴!" 헬레나 부인은 프리드리히 경을 부드럽게 껴안고, 그의 이마에 키스를 하면서 소리질렀다. "그녀가 말을 알아듣고 분통이라도 터뜨린다면 그녀의 명예가 되는데. 그녀는 우리들이 등을 보이며 나가는 것을 보고 싶을 거야. 우리들이 그녀에게 뱉지 않았던 비난으로 절망에 나가 떨어져버렸으면!" — 비열한 여인이라고요! 리테가르데는 이 말에 자극되어 일어서면서 대답했다. 그녀는 자기 머리를 고통스럽게 무릎에 얹고는 뜨거운 눈물을 손수건에 흘리면서 말했다. 저는 제 오빠와 함께 바로 그 성 레미기우스의 밤 3일 전에 백작의 성에 가 있었다는 것을 기억합니다. 그는 자주 그랬던 것처럼 저를 위해 잔치를 열어 초대해 주었고, 꽃다운 저의 젊은 매력이 칭찬받는 것을 즐겁게 보시던 아버지는 저에게 그 초대를 오빠들과 함께 수락할 것을 권하셨습니다. 춤이 끝나고 난 후 늦은 시간에 침실로 올라간 저는 제 탁자 위에 쪽지 한 장이 놓여 있는 것을 발견하였는데, 그것은 모르는 사람의 필적이었고 서명도 없이 공개적인 사랑의 고백을 담고 있었습니다. 저의 두 오빠들이 다음 날로 예정되어 있던 우리들의 출발을 협의하기 위해 그 방에 들어와 있던 치에 일어난 우연한 일이었습니다. 그리고 저는 어떤 종류의 비밀도 그들 앞에서 숨기는 일에는 익숙해져 있지 않아서 제가 방금 손에 넣은 그 습득물을 그들에게 보여주고, 저는 깜짝 놀라 말을 잃었습니다. 오빠들은 즉시 백작의 필체를 알아보고는 입에서 거품을 내뿜으며 격노하였고, 큰오빠는 즉시 그 종이를 가지고 백작의 방으로 가려고 했습니다. 그러나 작은오빠는 백작이 매우 영악하게도 그 쪽지에 서명을 하지 않았기 때문에 그런 행동을 하는 것은 현명하지 못하다고 큰오빠를 설득했습니다. 그리고 나서 두 사람은 그런 수치스런 소동에 대해 기분이 매우 상해 바로 그날밤 저와 함께 마차를 타고 다시는 백작의 성에 자기들이 참석하는 영광을 주지 않으려는 결심을 하고서 아버지의 성으로 돌아왔습니다. — 이것이… 그녀는 말을 덧붙였다. 제가 그때 이 시시하고 비열한 사람과 가졌던 유일한 교제입니다. — "뭐라고?" 시종은 그녀에게로 눈물이 가득한 자신의 얼굴을 돌리면서, "이 말은 내 귀에 마치 음악과도 같군요! — 그 말을 다시 한 번 반복해 주오!" 그는 잠시 쉬었다가 그녀 앞에 무릎을 꿇고 두 손을 모으면서 말했다. "당신은 나를 그 비열한 사람 때문에 배반하지 않았고, 또 당신은 그가 당신을 법정에 끌어들인 그 죄로부터 순결한 거요?" — 사랑하는 사람이여! 리테가르데는 그의 손을 자기 입술에 갖다 대며 속삭였다. — "당신은 그런가요?" 시종이 외쳤다. "당신은 순결한 거요?"— 마치 갓 태어난 어린이처럼, 막 고백성사를 하고 나오는 사람의 양심처럼, 납실에서 베일을 쓰고 누워 있는 죽은 수녀의 시체처럼! — "아 전능하신 하느님!" 프리드리히 경은 그녀의 무릎을 감싸 안으며 외쳤다. "감사합니다! 당신의 그 말이 나에게 다시 생명을 줍니다. 다시는 죽음이 나를 겁주지 못하며 조금 전까지 헤아릴 수 없는 고통의 바다처럼 내 앞에 펼쳐져 있던 영원성은 빛나는 수천의 태양으로 가득 찬 제국처럼 내 앞에서 다시 솟아오릅니다!" — 당신은 불행한 사람이군요 라고 리테가르데가 물러나면서 말했다. 어떻게 당신은 제가 한 말을 신뢰할 수 있는지요? —"왜 안 됩니까?" 프리드리히가 달아오르면서 물었다.— 제정신이 아닌 사람! 실성한 사람이군요! 리테가르데는 외쳤다. 신성한 신의 심판이 저에게 내려지지 않았습니까? 당신은 저 숙명의 결투에서 백작에게 항복하지 않았습니까? 그리고 백작은 나에 대해 법정에서 행한 진술의 진실성을 위해 끝까지 싸우지 않았습니까? —"아, 내 소중한 리테가르데," 시종은 외치며 "절망에서 당신의 정신을 지키시오! 당신의 가슴속에 살아 있는 감정을 바위처럼 높이 쌓아올리시오. 그리고 그것을 붙들고 땅과 하늘이 당신의 위, 아래에서 당신을 멸망시킨다고 해도 흔들려선 안 됩니다! 우리 함께 정신을 혼란에 빠뜨리는 두 생각 중에서 좀더 합리적이고 더 이해하기 쉬운 쪽으로 생각해 봅시다. 그리고 당신은 자신이 죄 있다고 믿기 전에 오히려 당신을 위해 싸운 결투에서 내가 승리했다고 믿어 봅시다! — 내 삶의 주인이신 하느님이여!" 그는 이 순간에 손으로 얼굴을 가리면서 말을 덧붙였다. "내 영혼을 이 혼란으로부터 지켜주소서! 나는 진실로 은총을 받게 되길 원하며 내가 이미 적의 발굽의 먼지 속에 넘어졌지만, 다시 이렇게 살아 일이났기 때문에 적의 칼에 졌다고 생각하지 않습니다. 믿음으로 가득 찬 애원의 이 순간에 진실을 보여주고 말할 수 있는 전능하신 신의 지혜의 의무는 어디에 있단 말입니까? 아, 리테가르데여!" 그는 그녀의 손을 자기 손으로 감싸며 말을 끝내었다. "우리에게 삶에서 죽음을, 죽음에서 영원을 내다보는 확고하고 흔들리지 않는 믿음이 있게 하소서. 당신의 무죄는 점차 내가 당신을 위해 싸운 결투를 통해 밝고 환한 태양의 빛으로 나아갈 것입니다!" — 이 말을 할 때 성 관리인이 들어왔다. 그는 탁자에서 울고 있는 헬레나 부인에게 그런 많은 감정의 변화가 아들을 해칠 수 있다는 것을 상기시켰으며, 그리하여 프리드리히는 자기 가족들의 권고에 따라 어느 정도 위로를 주고받았다는 생각을 하면서 다시 자기 감옥으로 돌아갔다.

그러는 사이에 바젤의 황제에 의해 소집된 법정에선 프리드리히 폰 트로타와 그의 여자 친구 리테가르데 폰 아우에르슈타인에 대해서 죄가 있으면서도 숨기고 신의 판결을 호소한 때문에 소송이 제기되었으며, 두 사람에게 현존하는 법에 따라 결투가 있은 광장에서 화형이라는 수치스런 사형 판결이 내려졌다. 사람들은 갇혀 있는 자들에게 그것을 알리기 위해 의원을 사절로 보냈다. 황제는 붉은 수염의 백작에 대해 일종의 불신을 억제할 수가 없었고, 만약 그를 화형장에 참석시켜 화형 집행을 구경시키려는 은밀한 의도를 하지 않았더라면, 판결은 시종이 건강을 회복한 직후 그들에게 집행되었을 것이다. 그러나 야콥 백작은 그가 결투를 시작할 때 프리드리히로부터 당한 외견상 별 중요하지 않은, 경미한 상처로 아직도 실로 이상야릇한 놀라운 상태로 몸져 누워 있었다. 그의 체액은 극도로 썩은 상태로 날이 지나고, 주일이 지나고 해도 그 치유를 방해하였으며, 슈바벤에서나 스위스에서 차례차례 불려온 의사들의 온갖 기술도 그것을 멈추게 하지는 못했다. 그렇다, 그 당시의 치료 기술로는 알려지지 않은 부식성의 화농이 딱딱한 껍질을 만들면서 뼈에까지 파고 들어가 그의 팔의 전 조직에까지 번졌으며, 그리하여 사람들은 모든 친구들의 경악 속에 상처투성이의 그의 손을, 그리고 후에도 이로써 그 화농은 끝이 없었기에, 팔 전체를 절단해야만 되었다. 그러나 좋다고 추천된 이 원인제거 치료법도 그를 도와주기는커녕, 오늘날 우리들이 아주 쉽게 예상해 볼 수 있듯이, 그의 불행을 배가시켰다. 그의 전 신체가 화농과 부패로 썩어 들어갔기 때문에 의사들은 그에겐 어떤 치료술도 없고 더구나 이번 주가 끝나기 전에 틀림없이 죽을 것이라고 선언했다. 아우구스티누스 수도원장은 이 예상치 못한 사건의 전환에서 신의 무서운 손을 본 것이라고 믿고 헛된 일일지라도 백작과 섭정자인 공작 부인 사이에 있는 싸움과 관련하여 그에게 진실을 고백하라고 권고했다. 백작은 점점 동요되어, 자기 진술의 진실성에 대해 성사(聖事)를 다시 한번 하였으며, 무서운 불안의 온갖 징조 속에서, 만약 그가 리테가르데 부인을 중상모략으로 고소를 했었다면 그의 영혼을 영겁의 벌에 넘겨주겠다는 것이었다. 이제 우리들은 백작의 품행이 부도덕함에도 불구하고 이 확언의 내적인 정직을 믿는 두 가지 이유를 가졌다. 그 중 하나는 환자가 사실 어느 정도 경건하여 이 순간에는 거짓 선서를 하지 않는 듯이 보였기 때문이고, 또

한 이유는 백작이 몰래 성안으로 입장하기 위해 매수했다고 주장하는 폰 브레다가에 고용된 성탑 경비병을 심문한 결과 그 사실이 맞고, 백작은 실제로 성 레미기우스의 밤에 브레데가의 성안에 가 있었음을 확실히 밝혔기 때문이다. 따라서 수도원장은 백작 자신이 그도 모르는 제3자에 의해 속은 것이라고 거의 믿을 수밖에 없었다. 그리고 더구나 그 불행한 자는 시종이 불가사의하게 회복한다는 소식을 듣고 스스로도 이 끔찍한 생각에 빠져들었고, 자신의 삶이 아직 종말에 도달하지 않았지만, 이 믿음은 절망스럽게도 이미 완전하게 사실임이 증명되었다. 우리는 동시에 백작이 리테가르데 부인한테 음탕한 눈길을 보내기 오래 전에 이미 그녀의 하녀 로잘리에와 수치스런 관계를 맺었다는 사실을 반드시 알아야만 한다. 로잘리에의 여주인이 백작의 성을 방문할 때에는 거의 매번 그는 이 경솔하고 부도덕한 하녀를 밤중에 자기 방으로 불러들이곤 했다. 리테가르데가 오빠들과 함께 백작의 성에서 마지막으로 체재할 때, 자기에게 열정을 고백하는 다정한 편지를 그로부터 받았는데, 이 사실이 수개월 이래로 이미 그에게서 버림받은 하녀에게 감정과 질투심을 불러일으켰다. 그녀는 바로 그 뒤에 자기도 반드시 따라가야만 했던 리테가르데의 출발 시간을 이용하여 리테가르데의 이름으로 백작에게 쪽지를 남겨 두었으며, 그 안에서 그녀는 백작이 취한 행동에 대해 자기 오빠들이 격분하고 있다고 알렸고, 비록 그를 직접 만나는 것이 자기에겐 허락되지 않았지만 이 목적을 위해 성 레미기우스의 밤에 자기 아버지 성에 있는 작은 방으로 방문하라고 초대했다. 백작은 자기가 시도한 일이 성공하자 크게 기뻐하면서 즉시 리테가르데에게 보내는 두번째의 편지를 작성하였는데, 그 안에서 자신은 앞에서 말한 밤에 틀림없이 도착할 것이라고 알리고, 단지 실수하는 것을 피하기 위해 자기를 그녀의 방으로 안내할 수 있는 성실한 안내자를 보내 줄 것을 청했다. 그리고 음모와 술책에 능한 하녀는 그런 편지를 기대하고 있었기 때문에 이 편지를 용케 가로채었으며, 또 그에게 자신이 직접 정문에서 기다리게 될 것이라는 내용의 두번째 위조 답장을 보냈다. 그 후 약속된 날 밤의 저녁에, 그녀는 여동생이 몸이 아파서 그 동생을 방문하고 싶다는 핑계를 내세워 리테가르데에게 시골로 가는 휴가를 허락해 줄 것을 청했다. 그녀는 그 휴가 허락을 얻었기에, 실제로 오후 늦게 내의 등의 옷 꾸러미를 팔 밑에 끼고 성을 떠났으며, 모든 사람들이 보는 앞에서 여동생이 사는 곳을 향해 출발했다. 그러나 이 여행을 끝내는 대신 그녀는 밤이 깊어갈 무렵에 뇌우가 내렸다는 핑계로 성으로 다시 들어왔고, 다음날 일찍 여행길을 나서려는 자기 의도를 말하면서 여주인을 방해하지 않기 위해 황폐되고 찾아오는 사람이 없는 성탑의 비어 있는 방에 잘 곳을 발견했다. 성탑 경비병을 돈으로 매수하여 성안으로 들어온 백작은 한밤중의 그 약속시간에 맞춰 정원의 문에서 복면한 사람에 의해 영접되었고, 자기에게 연출

된 기만을 조금도 예감하지 못했다는 것을 우리는 쉽게 이해할 수 있다. 하녀가 그의 입에 잽싸게 키스를 하고는 몇 개의 계단을 지나고 황량한 곁채의 통로를 지나 성의 훌륭한 방, 창문은 사전에 주의 깊게 그녀에 의해 잠겨져 있었는데, 안으로 데리고 들어갔다. 여기서 그녀는 그의 손을 잡고 비밀스럽게 문에 귀를 대고 이리저리 엿듣고 나서, 그에게 속삭이는 목소리로 오빠들의 침실이 아주 가까이 있다는 구실로 침묵을 요구했으며, 그녀는 그와 함께 옆에 있는 침대에 몸을 누였다. 백작은 그녀의 모습과 교양에 속아, 이 나이에 지금도 그런 수확을 얻었다며 만족의 도취에 빠져들었다. 그리고 그녀는 아침 첫 동틀녘에 그와 헤어질 때 지난 밤을 기념하는 반지를 그의 손가락에 끼워 주었으며, 그 반지는 리테가르데가 자기 남편에게서 받은 것으로 하녀가 이 목적을 위해 미리 전날밤에 훔쳐 놓았던 것이고, 또 그는 그녀에게 자기가 집에 도착하는 즉시 답례로써, 자신의 죽은 아내로부터 결혼식 날에 받았던 다른 반지를 주기로 약속했다. 3일 후에 그는 그 약속을 지켜 그 반지를 몰래 성으로 보냈는데, 그것도 로잘리에는 아주 노련하게 다시 가로채었다. 그러나 아마 이 모험이 그를 너무 멀리 끌어가는 것을 두려워한 나머지, 그는 더 이상 자신에 대해 아무 소식도 주지 않고 여러 가지 핑계를 들어 두번째의 만남을 피했다. 후에 그 하녀는 자기에게 조여온 상당히 확실성 있는 절도 혐의로 해고당했으며, 라인강변에 살고 있는 부모님의 집으로 돌려보내졌고, 그리고 9개월이 지난 뒤에 그녀의 방탕한 삶의 결과가 분명히 나타났으므로, 그녀의 어머니가 매우 엄하게 심문하자, 그녀는 붉은 수염의 야콥 백작과 함께 놀아났던 비밀 이야기를 전부 털어놓으면서 그를 자기가 밴 아기의 아버지라고 진술했다. 다행스럽게도 그녀는 백작으로부터 건네 받았던 반지를 조심스럽게 팔려고 내놓을 수도 있었으나, 도둑으로 간주될 것이 두렵기도 하고, 사실은 그 가치가 너무 커서 그것을 살 사람을 찾지 못했기 때문에 지니고 있었다. 따라서 그녀가 하는 말의 진실함에는 의심할 여지가 없었으며, 부모들은 이 명백한 증거에 근거하여 야콥 백작을 상대로 법원에 아이의 부양에 관해서 소송을 제기하였다. 바젤에서 계류 중인 특이한 소송에 관해서 이미 들은 바 있는 법원은, 그 소송의 결과를 위해 아주 중요한 이 폭로를 그 법정에 알리기 위해 서둘렀다. 그런데 마침 한 시의원이 공무로 이 시를 향해 출발하려 하자, 그 법원은 그 사람 편으로 온 슈바벤과 스위스가 매달려 있는 끔찍한 수수께끼를 해명하도록 하녀의 법정 진술을 담은 편지에 반지를 동봉하여 붉은 수염의 야콥 백작에게 부쳐주었다.

그날은 마침 황제가 백작의 가슴에서 생겨난 의혹을 알지 못한 채, 처형일을 더 이상 연기할 수 없다고 믿고 정한 프리드리히와 리테가르데의 처형 날이었는데, 이날 시의원은 편지를 지니고 자기 침대에서 고통스런 절망에 빠져 뒹굴고 있는 환자의 방으로 들어갔다. "이

제 충분해요!" 환자는 그 편지를 대강 훑어보고 반지를 받은 뒤에 소리쳤다. "나는 태양의 빛을 보는 일에 지쳤어요! 들것을 갖다줘요" 그는 수도원장에게 몸을 돌리고는, "지닌 힘도 다해 가는 가엾은 자인 나를 형장으로 데려가 주시오. 나는 정의의 행위를 하나라도 실행하지 아니하곤 죽을 수가 없습니다!" 수도원장은 이 사건으로 크게 충격을 받고 즉시 그가 원하는 대로 네 명의 하인을 시켜서 그를 들것에 들어올리게 했다. 그리고 종소리를 듣고 모여든 헤아릴 수 없이 많은 군중들과 함께 수도원장은 손에 십자가를 들고 있는 그 불행한 자를 데리고 프리드리히와 리테가르데가 이미 꼭 묶여 있는 화형의 장작더미 주위에 도착했다. "멈추시오!" 수도원장이 들것을 황제의 맞은편 발코니에 내려놓게 하면서 외쳤다. "여러분들은 저 장작더미에 불을 붙이기 전에, 이 죄인이 입을 열어 여러분에게 해야만 할 단 한 마디 말을 들어보시오." — 뭐라고요? 황제는 마치 시체처럼 창백해져서 자기 자리에서 몸을 일으키며 외쳤다. 신의 성스런 판결이 그의 소송에 정의의 심판을 하지 않았단 말입니까? 그리고 일어난 모든 사건에 따르면 리테가르데는 그가 고소한 범죄에 아무 죄도 없다는 생각을 어떻게 할 수 있는 것입니까?— 이 말을 하면서 당황하여 그는 발코니에서 내려왔으며, 수천명 이상의 기사들이, 그리고 모든 국민들이 그들을 뒤따라 벤치와 목책을 넘어서 그 환자의 들것 주변으로 몰려들었다. "무죄입니다." 이 환자는 수도원장의 부축을 받으며 반쯤 몸을 일으켜 세우면서 대답했다. "최고의 신의 판결이 저 숙명적인 날에 모여든 모든 바젤 시민의 두 눈앞에서 내려진 것처럼 무죄입니다! 왜냐하면 그는 모두 치명적인 세 군데의 상처를 입고서도 여러분들이 보시듯이 힘과 왕성한 활력이 피어나고 있기 때문입니다. 그의 손에 의한 일격이 간신히 내 생명의 가장 바깥 표피를 건드린 것같이 보이긴 했으나 서서히 무서운 영향을 남겨 생명의 핵심을 건드리고 내 힘을 마치 폭풍이 떡갈나무를 내리치듯이 빼앗아 버렸습니다. 그러나 믿음이 없는 자가 의심을 품을 경우에는 증거가 여기 있습니다. 리테가르데의 하녀인 로잘리에가 바로 그 성 레미기우스 날 밤에 나를 맞이한 사람이며, 비열한 사람인 나는 관능에 현혹되어 내 요청을 계속 경멸하며 거부하는 리테가르데를 내 팔에 안았다고 생각했지요!" 이 말을 듣고 황제는 마치 돌처럼 굳어져 거기에 서 있었다. 그는 장작더미로 몸을 돌리면서, 한 기사에게 직접 사다리를 타고 올라가서, 시종 뿐만 아니라 이미 어머니의 팔에 안겨 기절해 있는 그 부인의 포승줄을 풀어 자기에게로 데려오라고 명령했다. "자 보라, 천사가 네 머리의 머리카락 하나라도 지켜줄지어다!"라고 그는 외쳤다. 그때 리테가르데는 가슴을 반쯤 연 채 머리카락을 풀어헤치고, 이 경이로운 구원의 감정에 무릎을 후들후들 떠는 친구 프리드리히의 손을 잡고, 경외심에서 그리고 놀라움으로 물러서는 관중들의 무리를 지나 황제에게로 다가왔다. 그는 자기 앞에 무릎을 꿇은 두 사람의 이마에 키스를 해 주었다. 그리고 그는 아내가 입고 온 모피 외투를 리테가르데의 어깨에 걸쳐주고 난 후, 모여들었던 모든 기사들의 눈앞에서 그녀를 직접 자기 황실의 성에 있는 방으로 데려갈 의도로 그녀의 손을 잡았다. 황제는 시종이 곧 자신을 덮은 죄수복 대신 기사의 깃털모자와 외투로 장식을 하는 동안에 들것 위에서 고통스럽게 뒹굴고 있는 백작에게로 몸을 돌렸으며, 바로 그 사람이 자신을 파멸시킨 결투에 반드시 죄를 짓고 또 불경스런 방법으로 응한 것은 아니기 때문에, 동정심을 느끼며 옆에 서 있는 의사에게 혹시 저 가엾은 자를 위해서 어떤 구원이 없는지 물었다. — "없습니다!" 붉은 수염의 야콥은 끔찍한 경련을 일으키면서 의사의 무릎에 기대면서 대답했다. "그리고 내가 당하는 죽음의 고통은 마땅합니다. 그 이유는 세속적인 정의의 팔이 더 이상 나에게 미칠 수는 없기 때문이고 내가 내 형님인 고상한 빌헬름 폰 브라이자흐 공작의 살인자이기 때문입니다. 내 무기고의 화살로 그를 쏘아 쓰러뜨린 그 악한은, 왕관을 얻을 목적으로 이 행위가 있기 6주일 전에 내가 고용한 놈입니다!" — 이 설명을 하면서 그는 들것 위로 가라앉았으며, 속 검은 자로서 숨을 거두었다. "아, 제 남편인 공작도 의심한 바입니다!" 황제의 옆에 서 있던 섭정자가 외치고는 즉시 성의 발코니에서 내려가 왕비를 따라 성 광장으로 갔다. "그분은 그 당시는 제가 바로 이해하지는 못했던 말들을 숨을 거두는 순간에 저에게 헐떡거리면서 말씀하셨답니다!"— 황제는 화를 내며 반박했다. 그럼 정의의 팔이 어쨌든 너의 시체에 도달할지어다! 그를 데려가거라. 그는 정리들에게로 몸을 돌리면서 소리질렀다. 그리고 즉시 그를 죄인으로 형리에게 넘겨주어라. 우리들이 지금 막 그 위에서 그 사람 대신에 죄없는 두 사람을 희생시키려 한 그 화형 장작 위에서 그의 기억에 영원한 죄의 낙인을 찍으면서, 파멸케 하여라! 그리고 가엾은 사람의 시체가 붉은 화염에 불타오르며 북풍을 받아 사방으로 번지면서 흩날릴 즈음, 그는 리테가르데 부인을 그의 모든 기사들이 뒤따르게 하여 성으로 데려갔다. 그는 황제의 결정으로써 그녀의 오빠들이 고결하지 못한 물욕으로 이미 그 소유권을 빼앗아 간 아버지의 상속재산을 다시 찾아 주었다. 그리고 3주일 후 브라이자흐가(家)의 성에서 두 훌륭한 신랑 신부의 결혼식이 거행되었으며, 이때 섭정자 공작부인은 이 사건이 보여준 모든 전환에 대해 크게 기뻐하면서, 리테가르데에게 법에 따라 자신에게 귀속된 백작 재산의 상당한 부분을 결혼 선물로 주었다. 한편 황제는 결혼식이 끝난 후 프리드리히의 목에 은사(恩賜)의 고리를 걸어주었다. 그리고 그는 스위스에서의 일을 끝내자마자 보름스로 돌아갔으며, 신성한 신의 결투의 규칙에다가, 대부분 이로써 죄가 직접 밝혀지게 전제되어 있기는 하지만, 다음의 말을 넣게 했다.

'만약 그것이 신의 뜻이라면.'

II 일 화

프랑스인의 정의

— 청동에 새겨둘 가치가 있는 것—

프랑스 장군 홀린에게 전쟁 중에 한 시민(베를린)이 찾아와서, 적의 재산에 적용할 전시 몰수법을 암시하며, 폰톤 호프에 많은 목재가 있다고 알려주었다. 장군은 막 옷을 다 입고 나서 말했다. 아니, 여보게. 우리는 그 목재를 그대로 놔두지 않으면 안 돼. —"왜 그렇습니까?"라고 시민이 물었다. "만약 그것이 왕의 재산이라면!" — 바로 그 때문이야 라고 장군은 말하면서 얼른 그를 쳐다보았다. 프로이센 왕은 그 목재를 바로 너 같은 비열한 녀석의 목을 매달게 하기 위해 필요로 한단다.

당황한 시장

H(함부르크)시의 민병 한 사람이, 그렇게 오래되지 않은 과거에, 장교의 허락 없이 초소를 떠났다. 옛날의 법에 의하면, 귀족들을 약탈하는 범죄가 끊임없이 일어나기 때문에 이런 유의 범죄는 매우 중대한 사건으로써 사형이었다. 비록 실제로 폐기되지는 않았지만, 그 법은 수백년간 한 번도 집행된 적이 없었다. 따라서 오랜 관습에 의해, 그 법을 위반한 자는 그의 생명 대신에

작은 벌금형에 처해졌고, 그 돈은 시의 재정이 되었다. 그러나 앞에서 말한 그 녀석은, 벌금을 납부하기가 싫어서, 시장(사법권이 있는 시장) 앞에서 매우 놀랍게도 사정상 자기는 법에 따라 죽기를 원한다고 말했다. 시장은 그것이 오해일 것이라고 여기고, 그 녀석에게 급사를 보내어, 얼마 안 되는 돈을 내는 것이, 총살당하는 것보다는 그에게 더 낫다고 설명하게 했다. 그러나 그 녀석은 계속 삶에 싫증이 났다고 주장하며 죽고 싶다고 고집했다. 그 결과 시장은, 피를 흘리게 하고 싶지 않아, 그 녀석의 벌금형을 면제시키는 수밖에 없었다. 그리고 시장은, 그 녀석이 그런 좋은 조건이라면 살고 싶다고 말한 것을 듣고 더욱 기뻤다.

신의 끌

폴란드에 P…라는 백작부인이 살았는데, 이 늙은 부인은 매우 악한 삶을 살았으며, 인색하고 잔인하게 남을 괴롭혔고, 특히 자기 보다 아래 사람들을 그들이 피를 토할 때까지 괴롭혔다. 이 부인이 죽으면서, 자기에게 면죄를 해준 한 수도원에 자신의 전 재산을 유언으로 양도했다. 이에 대해 그 수도원은 교회묘지에 그녀를 묻고 값비싼 황동의 묘비를 세워주었고, 거기에 매우 장엄하게 그 부인의 관대한 행위를 기록했다. 며칠 후 벼락이 그 묘비를 내리쳤고, 황동을 녹였으며, 겨우 몇 자 정도 읽을 수 있는 글자만을 남겼다. 그 글자를 모아 읽어보니, '그녀는 심판받았다!'였다.— 이 사건 (율법학자들은 이것을 설명하기 좋아한다) 은 잘 정립되었다. 묘비는 지금도 서 있고, 그 묘비와 비명(碑銘)을 본 사람들이 이 시에 살고 있다.

프로이센 최후의 전쟁 일화

내가 프랑크푸르트로 가는 여행길에 예나 근처 어느 마을의 여관에 묵었는데, 그 여관 주인이 나에게 이야기 해 주었다. 전투가 끝난 지 몇 시간 후, 그 마을은 이미 호엔로에 장군의 모든 군대가 떠났고, 그 마을을 점령했다고 생각하는 프랑스군이 조심스럽게 둘러싸고 있을 때, 한 프로이센 기병이 갑자기 거기에 나타났다. 그는 모든 군인들이 자기처럼 용감하게 그날 싸웠더라면, 비록 세 배나 강력한 프랑스 군인들이지만 그들을 물리쳤을 텐데 라고 나에게 확언했나. 여관 주인은 말을 이었다. 녀석은 먼지에 뒤범벅이 되어 말을 달려와, 내 여관 앞에 서더니, "여보시오, 주인 양반!"하고 불렀다. 그때 내가 물었어요. 무슨 일입니까? "화주 한 잔 주세요!"라고 그는 대답하며, 칼을 칼집에 꽂고, "목이 말라요!" 저런! 될 수 있는 한 여기서 떠나시오! 내가 말했어요. 프랑스 군인들이 문 앞에 와 있어요! "아, 그래요!" 라고 그가 말하며, 말고삐를 늦추며 "나는 하루 종일 한 모금도 못 마셨어요!" 그때 나는 틀림없이 이 사람이 미쳤다고 생각했어요! 자, 리이제! 그에게 단찌히 산 술 한 병 갖다 드려라! 라고 내가 소리쳤지요. 여기 있소! 라며 내가 그 술 한 병을 병째로 그의 손에 쥐어 주며, 그가 그것을 가지고 말을 타고 가길 바랐어요. "온 병을?" 하며 그는 그 술병을 나에게 돌려주며 모자를 벗었어요. "내가 그걸 어떻게 하길 바랍니까? 조금만 따라 주세요!" 그는 이마의 땀을 닦으며 말했다. "나는 시간이 없어요!" 이제 이 녀석은 죽은 거나 다름없어 라고 내가 말했어요. 자, 여기 있소! 라며 나는 한 잔을 따라주고, 자! 이걸 마시고 가세요! 건강을 기원합니다! "한 잔 더 따라주세요!" 그 녀석이 말했어요. 그 사이에 사방에서 마을을 향해 쏘는 총성이 들려왔어요. 내가 말했어요. 한 잔 더 마시겠어요? 정신 나갔구먼—! "한 잔 더 주세요."라고 말하며, 그는 나에게 술잔을 내밀었어요.— "인색하지 마시오."라며 그는 자신의 턱수염을 닦으면서, 말을 타고 밑으로 코를 풀었다. "현금으로 지불하겠습니다." 맹세코! 제기랄……! 자, 여기 있소! 내가 말하며, 그가 원하는 대로 두번째 잔을 그에게 따라주었다. 그가 그것을 마셨을 때, 세번째 잔을 따라주었다. 그리고 내가 그에게 물었어요. 이제 만족합니까? "아!"— 그 녀석은 온몸을 떨었어요. "그 술맛 참 좋습니다.— 그런데!"라고 말하며 그는 모자를 썼습니다. "얼마입니까?" 아! 아닙니다! 그냥 가십시오 라고 내가 그에게 말했어요. 프랑스 군인들이 곧 마을에 들어옵니다. "그런데!"라며 그는 파이프 통에 손을 넣고, "하느님이 당신에게 보상해 주길

빕니다."라고 말하고 그 통에서 담배 파이프를 꺼내, 큰 구멍을 훅 불고 나서 말했어요. "불 좀 주십시오!" 성냥?—제기랄, 내가 말했어요. "예, 성냥 불 좀 주십시오! 담배 한 대 피우고 싶습니다." 제기랄……! 자, 어서 리이제! 나는 하녀에게 소리쳤고, 그 녀석이 그 파이프에 연초를 채우는 사이에 하녀가 성냥을 갖다 주었어요. "자 됐어요!"라고 그 녀석은 말하며 그 파이프를 입에 물고 뻐끔거리면서, "염병할 프랑스 놈들!" 하고 저주했다. 그리고 그는 모자를 눈에까지 눌러 쓰고, 말고삐를 잡고, 말의 머리를 돌려 칼을 칼집에서 뽑았다. 지독한 놈! 내가 말했어요. 저주받을 놈, 괘씸한 놈! 여기서 나가. 악마들이 있는 곳으로 꺼지겠니? 세 명의 기병이다!— 너는 그들을 보지 못하니? 이미 대문에 왔다! "그래, 좋다!"라고 그가 말하며 침을 뱉고 그 세 놈을 뚫어져라고 노려보았다. "네 놈들이 열 명이라고 해도 나는 무섭지 않다." 이 순간 세 명의 프랑스 군인들은 마을로 달려왔어요. "어-앗!" 그 녀석은 소리 지르며, 말에 박차를 가하며 그들을 습격했어요. 맹세코 그들을 습격했어요! 그리고 그는 마치 호엔로에 군대가 선부 사기 뒤에 있기리도 한 것처럼 그들을 공격했어요! 그리하여 그 프랑스 기병들은 얼마나 많은 독일군인들이 이 마을에 남아 있는지 알지 못하고, 그들의 평소 습관과는 달리 잠시 주춤하고 섰는데, 그 녀석이 눈 깜짝할 사이에 그 세 프랑스 놈을 베어 말안장에서 넘어뜨렸으며, 그 자리를 빙글빙글 돌고 있던 말들을 붙잡고 내 앞을 스쳐 달려가면서, "이랴!" 하며 소리치고 "여보 여관 주인 양반, 잘 보셨소?" 그리곤 "안녕히 계십시오!" "안녕히!" 그리고 "허! 허! 허!" ― 그런 녀석은, 내 일생 동안 보지 못했어요 라고 여관 주인이 말했다.

하늘의 변덕

오더 강변의 프랑크푸르트에서 보병연대를 지휘하고 있던 늙은 장군 디어링스호펜이 죽었다. ― 그는 엄격하고 공정한 성격의 사람이지만, 또한 기이한 점도 지니고 있었으며, 만년에 들어 질질 끄는 질병으로 죽음에 처해, 시체를 씻는 여인들의 손에 들어가기가 싫다고 말했다. 그는 엄하게 명령하길, 어떤 누구도 예외 없이 자신의 시체를 손대지 말라고 했다. 그는 자신이 죽은 그 모습 그대로, 밤 모자·바지 잠옷 등 자신이 입고 있는 그대로 관에 들어가 묻히고 싶다고 했다. 그리고 그는 자기 연대의 군 목사이며 오랫동안 신뢰해 온 친구 P씨에게 자신의 마지막 소원을 집행해 달라고 부탁했다. 그 군 목사는 그에게 약속했다. 그가 죽어 장례식을 하는 순간까지는 어떤 불행이 닥쳐와도 그 말을 자신이 지키겠다고. 그리고 나서 몇 주일이 지나갔고, 어느 날 이른 새벽에, 부관이 아직도 잠자고 있는 군목의 집에 나타나, 장군께서 밤 12시경에 그분이 바라던 대로 조용히 평화스럽게 돌아가셨다는 것을 알렸다. 그 군 목사 P씨는 자기 약속에 충실하며 즉시 옷을 갖춰 입고 장군의 집으로 갔다. 그러나 그가 무엇을 발견했는가? — 장군의 시체는 이미 의자에 앉혀져 면도용 비누가 칠해져 있었다. 사전의 그 약속을 모르는 부관이 이발사를 불러와, 그 이발사가 예절에 맞는 장례를 준비하기 위해 장군의 수염을 깎고 있었다. 그런 상황에서 군 목사는 무엇을 해야 했을까? 그는 부관을 자신에게 더 일찍 부르러 오지 않았다고 꾸짖고, 장군의 코를 꼭 쥐고 있던 이발사를 그냥 가라고 하고, 장군의 시체는 그가 본 그대로 한쪽에 면도용 비누칠을 하고 한쪽은 수염이 텁수룩한 채로 관에 넣어 묻는 수밖에 없었다.

술꾼과 베를린 종

옛날 리히노프스키 연대의 한 병사가 방탕하고 구세할 수 없는 술꾼이었는데, 이 때문에 무수히 매를 맞고는 자신의 행동을 고치고 술을 멀리하겠다고 약속했다. 사실 그는 자기 약속을 3일 동안은 잘 지켰다. 그러나 나흘쨋날 그는 술에 만취되어 시궁창에 빠졌으며, 하사관에 의해 체포되었다. 심문하면서 사람들이 그에게 왜 그가 약속을 잊고 다시 그 악덕에 빠져들었느냐고 묻자, 그는 대답했다. "중대장님! 그것은 제 잘못이 아닙니다. 저는 장사꾼을 위한 심부름으로 염료를 채취하는 나무 상자를 옮기며 공원을 지나가고 있었습니다. 바로 그때 성당의 종이 울렸습니다. '사과주! 사과주! 사과주!' 실컷 울려라, 빌어먹을 종!이라고 제가 말했고, 제 약속을 생각하고 술은 마시지 않습니다. 제가 나무통을 넘겨 줘야 하는 쾌니히 길에서 제가 잠시 쉬기 위해 시청 앞에 멈춰 섰습니다. 바로 그때, 뾰족한 종탑에서 종이 울렸습니다. '카룸 향료 브랜디, 카룸 향료 브랜디, 카룸 향료 브랜디.' 저는 종탑을 향해 하늘이 열릴 때까지 울려라고 말했습니다. — 저는 저의 약속을 생각하고, 예, 틀림없습니다. 비록 제 목이 탔지만 술을 마시지 않았습니다. 그리고 집으로 돌아오는 도중에 악마가 저를 병원 근처의 시장으로 끌고 갔습니다. 그리고 저는 최소한 30명의 손님들이 들어 있는 술집 앞에 섰습니다. 바로 그때, 병원 종탑에서 프랑스 산 '아니스 주, 아니스 주, 아니스 주!' 하고 종이 울렸습니다. 한 잔에 얼마입니까? 제가 물었습니다. 그 술집 주인이 대답했습니다. 6페니히라고. 한 잔 주세요! 제가 말합니다. — 그 뒤에 저는 제게 일어난 일을 모릅니다."

바 하

바하는 그의 아내가 죽었을 때 장례 준비를 하지 않으면 안 되었다. 그러나 이 가련한 사람은 모든 일을 자기 아내로 하여금 처리하게 하는 데에 습관이 되어 있어서, 그 결과 한 하인이 나타나 상장(喪章)의 띠를 사기 위해 돈을 요구했을 때, 바하는 조용히 눈물을 흘리며, 머리를 탁자 위에 괴고서, 말했다. "내 아내한테 물어보게!"

카프친 교단 성직자

카프친 교단의 성직자가 어느 비 오는 날 교수형장으로 가는 슈바벤의 죄수를 따라가고 있었다. 그 죄수는 걸어가는 도중 내내 그렇게 나쁘고 축축한 날 침울한 길을 가야만 하는 것에 대해 하느님에게 불평을 털어놓았다. 그 성직자가 기독교적인 위로를 주려고 대답했다. 불쌍한 사람아! 왜 불평하지? 너는 한 번 가기만 하면 돼, 그러나 나는 이렇게 비가 오는데도 왔던 길을 다시 돌아가지 않으면 안 돼. — 날씨가 좋은 날이라도 사형장에서 돌아가는 길의 황량함을 이해하는 사람은 누구나 그 성직자의 말이 그리 어리석지 않음을 알게 될 것이다.

최근의 (더 행복한) 베르테르

프랑스의 L…에 젊은 상인 점원 C…가 있었는데, 그는 자기 주인, 부유하지만 늙은 상인, 이름은 D…의 부인을 몰래 사랑했다. 그 부인이 부덕을 갖추고 있고 품행이 방정하다는 것을 그가 알므로, 그는 부인의 사랑을 받을 만한 최소한의 시도도 하지 못했다. 오히려 그는 자기 주인에게 감사와 존경의 마음을 더 갖게 되었다. 그 부인은 그 점원의 상태가 그의 건강을 해치게 됨을 동정하여, 남편에게 여러 가지 구실을 내세워 그를 집에서 내보낼 것을 요구했다. 그러나 남편은 점원에게 떠나가라고 정해 준 기한을 나날이 연기했고, 마침내 절대로 그 점원이 자기 가게에 없어서는 안 된다고 설명했다.

어느 날 D…씨는 부인과 함께 시골에 있는 친구 집으로 여행을 갔다. 그 사이에 그는 젊은 C…에게 집에 남아 가게를 돌보라고 했다. 그날밤 모두가 잠들었을 때, 그 젊은이는 어떤 감정에 이끌려, 나는 모르지만, 정원을 산책하려고 나선다. 그는 사랑하는 부인의 침실을 지나면서, 멈춰 서서, 문고리에 손을 얹고, 문을 연다. 그 부인이 누웠던 그 침대를 보자 그의 가슴이 더 세게 두근거렸으며, 마침내 자기 자신과 몇 차례 싸운 후에 어리석은 행동을 한다. 아무도 보지 않는다고 생각했기에 그는 옷을 벗고 그 침대 속에 눕는다. 한밤중에 그가 이미 평화롭고 조용히 몇 시간을 자고 있을 때에, 여기에 밝힐 필요가 없는 어떤 특별한 이유에서, 부부가 예기치 않게 집으로 돌아온다. 늙은 주인이 아내와 함께 그 침실에 들어왔을 때, 그들은 젊은 C…를 발견하는데, C…는 그들이 낸 소리에 놀라 잠을 깨어, 침대에서 몸을 반쯤 일으킨다. 그는 이 광경에 부끄럽고 당황해하고, 부부는 깜짝 놀라 돌아서서 옆방으로 가고 있는 사이에, 그는 일어서서 옷을 입는다. 그는 삶에 싫증을 느끼며 자기 방으로 기어가, 그 사건을 설명하는 짧막한 편지를 부인에게 쓰고, 벽에 걸려있던 권총으로 자기 가슴을 쏘았다. 여기서 그의 인생이야기는 겉으로 끝나는 듯이 보인다. 그럼에도 불구하고, 아주 이상하게도 그것은 여기서 새로 시작한다. 왜냐하면 그 총알이 그가 겨냥했던 자신은 죽이지 않고, 그 대신 옆방에 있던 그 늙은이를 졸도하게 했다. D…씨는 불러온 의사들의 온갖 기술도 그를 살려내지 못하고 몇 시간 만에 죽었다. D…씨가 묻힌 지 닷새 뒤에 젊은 C…씨는, 총알이 가슴(폐)을 파고들었지만 치명적이지 않고, 의식을 되찾았다. 누가 묘사하겠는가 — 내가 어떻게 말할까? — 그의 고통이라고 할까 기쁨이라고 할까? — 그가 무슨 일이 일어났는지 알았을 때에, 그는 그 부인을 위해 자신이 죽으려고 했던 그 사랑하는 부인의 팔에 안겨 있다!

1년이 지난 후 그는 그 부인과 결혼했다. 그들 부부는 1801년까지 살았는데, 그때 그들 가족은 이미, 아는 사람이 말하는 바에 의하면, 13명의 아이를 두었다.

어머니 사랑

북부 프랑스의 성 오머에서 1803년에 한 기억할 만한 사건이 일어났다. 이미 많은 사람을 해친 적이 있는 큰 미친 개가 대문에서 놀고 있는 두 어린이에게 달려들었다. 개가 그 중 동생을 물어뜯어, 아이가 그 짐승의 발 밑에 피를 흘리며 뒹굴고 있을 때, 마침 옆길에서 물동이를 머리에 인 아이의 어머니가 나왔다. 이 여자는, 개가 어린이들을 놔두고 자기에게로 달려드는 사이에, 물동이를 옆에 내려놓고, 도망가는 대신 적어도 그 짐승을 죽여버리겠다고 결심하고, 분노와 복수심으로 강철처럼 된 팔로써 그 개를 껴안고, 목을 졸랐다. 그러나 그녀는 그 짐승한테서 심하게 물어뜯겨 의식을 잃고 그 옆에 쓰러졌다. 그 여인이 자기 아이들을 묻어 준 며칠 후, 그녀가 광견병에 걸려 죽었을 때, 자신도 그 아이들의 무덤 속에 같이 묻혔다.

영국에서의 이상한 법률사건

주지하다시피 영국에서는 모든 피고가 그와 같은 신분에서 뽑힌 배심원들에 의해 재판되는데 그들은 평결에서 반드시 의견의 일치를 보아야 한다. 그래서 결정은 지나치게 오래 끌지 않으므로, 하나의 의견에 도달할 때까지 잠긴 문 뒤에서 먹지도 마시지도 않고 있어야 한다. 런던에서 몇 마일 떨어진 곳에 사는 두 신사가 목격자들이 보는 앞에서 서로 심하게 다투었다. 한 신사가 마침내 다른 신사를 그날이 저물기 전에 고집을 후회하게 될 것이라고 말하며 위협했다. 저녁 무렵에 이 신사는 총살된 것으로 발견되었고, 살인의 혐의는 자연스럽게 이 위협을 한 신사에게 씌워졌다. 그는 감옥에 갇혔고, 재판이 있었다. 다른 추가적인 증거가 폭로되었으며 12명의 배심원 중 11명이 그에게 사형을 선고했다. 그들 중 오직 한 사람의 배심원이 그 남자의 무죄를 주장하며 완고하게 그 의견에 동의하지 않았다.

 그의 동료 배심원들이 그에게 그렇게 믿는 이유를 대라고 요구했으나, 그는 모든 대화를 거부하고 자신의 의견을 고집했다. 이미 밤이 깊었고 그들 모두는 아주 배가 고팠다. 마침내 한 사람이 일어나, 11명의 죄 없는 자가 굶어 죽느니보다는 차라리 한 명의 죄수를 풀어 주는 것이 낫다고 주장했다. 따라서 사면이 준비되었으며, 또한 내부 분위기도 그런 판결을 강요했다. 일반적인 감정은 그 고집 센 배심원에 대해 매우 좋지 않았다. 이 사건은 왕에게로 나아갔고, 왕은 그 배심원을 소환했다. 그 신사는 나타나, 왕으로부터 자신의 고백이 불리한 결과를 초래하지 않는다는 약속을 받은 후, 왕에게 자신이 사냥을 끝내고 어둠 속에 돌아올 때, 자신의 총이 우연히 발사되어 불행하게도 숲 뒤에 숨어 있던 그 신사를 죽였다고 말했다. "제 행동을 본 목격자는 없습니다." 그는 말을 이었다. "그리고 또 제 무죄의 목격자도 없습니다. 그래서 저는 가만히 있어 보기로 했습니다. 그러나 저는 한 죄 없는 사람이 고소되었음을 듣고서 온갖 수단을 다해 배심원이 되었습니다. 그 죄 없는 피고를 죽게 하느니보다는 차라리 굶어 죽으려고 굳게 결심했습니다." 왕은 자신의 약속을 지켰으며 그 신사는 사면을 받았다.

III 해 설

하인리히 폰 클라이스트의 노벨레(단편소설)

리하드 자무엘········「배중환 역」

하인리히 폰 클라이스트는 그의 주된 문학 작품으로서 8편의 드라마와 8편의 노벨레를 남겼다. 그의 노벨레들은 종종 드라마 뒤에 가려져 있었다. 클라이스트 자신이 노벨레 창작을 돈을 벌기 위해 틈틈이 하는 비굴한 작업으로 이해했다는 설이 있다. 만약 그렇다면, 그럼에도 불구하고 이 문학형식에 있어서는 그가 대가임을 증명했으며, 그것은 드라마 작가로서도 대가임을 증명한 것과 같은 가치를 지닌다. 클라이스트는 노벨레에서 자신의 드라마와 꼭 마찬가지로 자신의 전 존재, 세계관(Weltbild), 언어의 힘, 형식, 자신의 예술가적 기질을 쏟아 부었다. 여러 가지 관계에서 보아 그는 19세기 독일 노벨레에 특성을 부여했다.

클라이스트의 작품 생성과정, 창작방법, 그리고 이 창작의 전기적 배경을 연구하려는 문학 연구자에게 그의 노벨레들은 드라마와 마찬가지로 많은 문제점들과 수수께끼를 제공한다. 그의 노벨레 수기원고들은 하나도 전해지지 않고 있다. 우리들은 언제 어떤 순서로 그 노벨레들이 창작되었는지 모른다. 그것에 관한 무게 있는 어떤 진술을 하는 편지도 없다. 8편 중 6편의 노벨레는 작가에 의해 1807년에서 1811년 사이에 잡지들에 발표되었다.

1. 〈예로니모와 요제프. 1647년 칠레 지진의 한 장면〉, 실린 곳: 식자들을 위한 조간신문. 1807.9.10~15.

2. 〈O…후작 부인〉, 실린 곳: 푀부스, 1808년 2월 제2권.

3. 〈미하엘 콜하스〉 (첫 1/4), 실린 곳: 푀부스, 1808년 6월 제6권.

4. 〈로카르노의 거지부인〉, 실린 곳: 베를린 석간신문, 1810년 10월 11일.

5. 〈성녀 세실리아 또는 음악의 힘, 성담〉, 실린 곳: 베를린 석간신문 1810년 11월 15~17일.

6. 〈성 도밍고 섬의 약혼〉, 실린 곳: 프라이뮤티게 1811년 3월 25일~4월 5일.

1810년 가을 베를린의 게오르그 라이머 출판사에서 3편의 노벨레 〈미하엘 콜하스〉 (옛 연대기에서) (완성판), 〈O… 후작 부인〉, 〈칠레의 지진〉을 묶어 〈하인리히 폰 클라이스트의 소설집〉으로 한 권의 책으로 출간했다. 1년 후, 1811년 8월에 같은 출판사에서 〈하인리히 폰 클라이스트의 소설집, 제2권〉이 나왔는데, 여기에는 바로 얼마 전에 한 작품씩 발표된 〈성 도밍고섬

의 약혼〉, 〈로카르노의 거지부인〉과 〈성녀 세실리아〉와 더불어

7. 〈주운 아이〉 및
8. 〈결투〉가 수록되어 있다.

8편의 소설 중 6편은 단 하나의 '판본'이 있을 뿐이다. 단지 두 편의 소설이 클라이스트의 창작방법에 대해 몇 가지 추론을 가능케 하는데, 그 이유는 '서적판'은 '초판'에 대해 변경된 것을 지시해 주기 때문이다.

〈미하엘 콜하스〉는 1808년의 푀부스에 실린 단편(Fragment)이 2년 후 나온 '서적판'에서 결정적으로 바뀌었다. 〈성녀 세실리아〉는 소설집 제2권에서 8개월 전의 베를린 석간신문에 실렸던 '초판'과는 달리 문체적으로 퇴고되고 눈에 띄게 확장되었다.

8편의 노벨레의 생성과 연대순에 대해서는 충분히 논의되었다. 기록된 자료가 거의 없으므로, 사람들은 문체적 연구, 소재 비교, 명칭상의 파편 발견, 드라마와의 관계, 클라이스트의 삶의 어떤 사건과의 관련성, 편지에서의 표면적 언급, 동시대인의 기억과 다른 내·외적인 비평들을 이용하여 노벨레의 연대순적인 관계를 복원시키려고 시도했다. 그 결과들은 매우 모순적이어서 통일적인 한 관점에 대해서는 말할 수 없다. 그에 반해 우리는 '첫 인쇄'의 출간일자와 몇몇 남아 있는 편지에서의 언급, 전기적으로 증명된 사실에서 클라이스트가 어떤 원고도 모아두지 않았으며, 그가 그것들을 다 쓰기만 하면 가능한 한 빨리 한 출판사 또는 잡지

편집자에게 넘겨주려고 했었다는 사실을 알 수 있다. 게다가 잡지 〈푀부스〉와 일간신문 〈베를린 석간지〉의 경우에는 클라이스트 자신이 공동 편집자 및 편집자이었다. 전래된 사실들은 클라이스트가 소설의 형식에 비교적 늦게 눈을 돌렸다는 것을 말해주며, 아무리 일찍 잡아도 1806년 쾨니히스베르크에서, 그러나 1807년 상반기 프랑스 유라(Jura)산의 성채 주우(Joux)에 포로로 있을 때 강제로 얻은 여가가 아마 첫 기회인 것 같다. 거기서 그는 〈칠레의 지진〉을 친구 뢸레(Rühle)에게 보냈다. 클라이스트는 포로에서 풀려나면서 자신이 직접 〈O… 후작 부인〉을 드레스덴으로 들고 왔다. 〈미하엘 콜하스〉의 생성에 관해서는 서너 단계로 고찰된다. 우리가 알고 있는 모든 것은 이 단편(Fragment)이 1808년 중엽에 나왔으며, 그리고 1810년 5월 10일에 한 출판인에게 클라이스트는 이 단편을 아마 좀 고쳐 다음의 언급을 첨부해서 보냈다. "저는 (소설집을 위한) 인쇄가 재빨리 (순조롭게) 진행되지 않으면, 나머지는 적당한 시간 뒤에 우송할 수 있을 것이라고 생각합니다." 이 말은 그 당시 단지 미완성 단편(Fragment)으로 되어 있고, 그가 1810년 5월과 8월 사이에 (이 소설집은 9월에 나왔다) 그 나머지를 썼다는 것을 의미한다. 소설집 제2권을 준비하면서 그는 출판인 라이머 씨에게 1811년 2월 17일 '인쇄'를 위한 2,3편의 소설이 완성되었다고 편지를 썼으며, 이는 〈로카르노의 거지부인〉, 〈성녀 세실리아〉(바로 직전에 발표됨)와 〈성 도밍고섬의 약혼〉(잡지 〈프라이뮤티게〉를 위해 완성됨)과 관련이 있음이 틀림없다. 완성되지 않고 확실히 아직 쓰여지지 않은 작품은 〈주운 아이〉 및 〈결투〉이다.

그 출판인은 1810년, 1811년에 〈하인리히 폰 클라이스트의 소설집〉이라는 제목으로 2권의 책을 내놓았다. 클라이스트는 자신이 거기에 반대하여 그 출판인에게 1810년 5월 어느 편지에서 간결하게 언급했다. "제목은 〈하인리히 폰 클라이스트의 도덕적인 이야기〉입니다." 클라이스트의 시대에는 세르반테스(Cervantes)의 〈모범소설집〉(Novelas ejemplares)이 '도덕적 노벨레'로 번역되었다. 클라이스트의 의도에는 형용사가 중요하다. 바로 이 언급이 소설들을 노벨레라고 명명하는 데에도 정당성을 준다. 왜냐하면 그는 이로써 유럽의 노벨레 전통 속에 자신을 자리매김하기 때문이다. 클라이스트의 노벨레의 길이에 관해서는, 〈미하엘 콜하스〉를 제외하면, 세르반테스의 소설들보다는 길지도 않으며 두드러지게 차이나지도 않는다. 그 간결함과 긴장감에서 클라이스트의 노벨레는 오히려 보카치오(Boccaccio)의 소설보다 더 적절하다. 단지 클라이스트의 노벨레에는 세르반테스적인 '도덕적'인 것이 없다. 그 이유는 세르반테스가 자기 소설집 서문에서 모범적(ejemplares)이라고 명명한 12편의 소설 중 어느 하나에서도 유용한 가르침(ejemplo)을 찾을 수 없기 때문이다. 이것은 말하자면 클라이스트가 '도덕석'이라는 개념을 무엇보다도 서술된 이야기에서 유용한 가르침을 얻어내는 것으로 이해하지 못했다. 반면 그는 그 개념을 깨어지기 쉽고 허약하고 문제시된 세계가 도덕적으로 정돈되고 조화되어야 한다는 뜻으로 이해했다. 보카치오는 '오락'을 위해 글을 썼고, 〈데카메론〉의 사회적 테두리는 그것을 분명히 한다. 클라이스트처럼 자신의 소설집에 어떤 테두리를 둘러 씌우지 않는 세르반테스는 호라티우스Horatius의 요구인 '시인의 소원은 가르치는 일, 또는 쾌락을 주는 일.' (aut prodesse volunt aut delectare poetae)을 충족시키려고 했다. 클라이스트는 이탈리아와 스페인의 노벨레 작가들의 중간적 위치를 차지했다. 이 중간 위치에서 그는 독특한 형식과 도덕개념을 창조했다.

괴테에 의하면 노벨레는 다름 아닌 '들어보지 못한 사건〉이다. 이 개념 규정을 충족시켰던 작가, 그가 바로 클라이스트다. 그리고 그의 서술기법의 특징은 다른 어떤 정의를 필요로 하지 않는다. 사건이 본질적인 것이고, 인물들은 드라마에서와는 반대로, 그 사건들 속에서 자라나, 그 사건 속으로 들어가며, 그 사건으로 특징지워진다. 클라이스트는 대부분의 자기 노벨레의 바로 첫문장에 그 사건의 성격(Natur)을 제시하며, 그 사건 속에 등장인물을 설정하고 동시에 들어보지 못한 상황을 묘사한다.

1. 〈칠레의 지진〉, 주제는 지진이 범죄로 고소당한 젊은 남자를 한쪽에서 다른 쪽으로 진동시킴이다. 그 젊은 남자는 이 지진의 순간에 막 스스로 처형대에

오르려 한다. 한 사람이 한 문장 속에서 일상적 삶으로는 들어보지 못한 사건에 관련된다. 이 순간으로부터 시종일관 모든 다른 것이 생긴다. 우리들은 그 젊은이가 무슨 일을 했는가 질문한다. 바로 이 문장 다음에 황급히 긴 시간 틈이 벌어지면서 이야기된다. 또한 그가 행한 일은 일상의 도덕 개념으로는 '들어보지 못한 것'이다. 예로니모 루게라는 자기보다 훨씬 신분이 높은 처녀를 사랑했다. 그녀는 이 사랑에 응답한 때문에 아버지로부터 수도원에 보내졌다. 젊은 남자는 거기로 가는 통로를 발견했고 수도원 정원에서 두 사람은 결합한다. 요제페 아스테론이라는 처녀는 9개월 후에 성체축일의 행렬이 있는 동안에 성당의 계단 위에서 한 아이를 낳고, 지진의 순간에, 처형되기로 되어 있었다.

2. 〈O…후작 부인〉 여기 바로 첫문장에서 신문광고의 형식 속에 '들어보지 못한 것' 자체가 주된 주제로 나온다. 한 고상한 과부가 아이를 임신했고, 그녀는 어떻게, 누구로부터 아이를 가지게 되었는지 모른다. 거기서부터 모든 것이 마치 저절로 펼쳐지듯 전개된다. 그 상황이 어떻게 생겼는지, 후작부인이 이 '이상한, 세상의 조롱을 끌 조치를 그렇게 확실히 행했는지'(두번째 문장)가 이 들어보지 못한 상황과 관계한다.

3. 〈로카르노의 거지부인〉, 마찬가지로 첫문장은 상황을 제시한다. 성(城)의 여주인은 동정심에서 거지부인에게 방을 숙소로 마련해 주었다. 클라이스트의 노벨레 중 가장 짧고 아마 가장 영향력이 큰 이 노벨레의

주제 해명은 맨 처음부터 암시되어 있다. 그 성은 오늘날에도 파편과 폐허 속에 놓여 있다. 왜? 그것은 3개의 단락으로 차츰 이야기된다.

4. 〈성녀 세실리아〉, 여기서 첫문장은 아무 말도 하지 않는 듯이 보인다. 그리고 주제는 우상파괴인데, 〈로카르노의 거지부인〉에서와 같이, 외견상 아주 우연히 삽입된 말, '네덜란드에서 우상파괴가 들끓고 있을 때'로 주어진다. 더 이상의 것까지도 이 문장에서 읽을 수 있다. 세 명의 형제들이 독일의 아헨 시에서, 네덜란드의 앤터워퍼로부터 오는 목사인 네번째의 형제를 만난다. 곧 그의 우상파괴 이야기는 세 명의 형제를 아헨에서도 똑같은 일을 하도록 선동하는 것으로 밝혀지고 사건은 완전히 진행된다.

다른 두 노벨레(5. 〈미하엘 콜하스〉 6. 〈성 도밍고 섬의 약혼〉)의 시작은 사건이 아니라 사람이 중앙에 서 있는 듯이 보인다. 콜하스와 콩고 후앙고라고 불리는 두 인물은 모순을 드러낸다. 콜하스는 '자기 시대의 가장 정의감 있고 무서운 사람 중의 하나'이다. 후앙고는 '무서운 흑인'이나, '그가 젊었을 시절에는 성실하고 정직한 심성'을 지녔다. 이 사람들을 아주 비상하게 만드는 대립이 있다. 그 대립은 그들에게 무슨 일이 일어남으로써 발생한다. '정의감은 …… 콜하스를 강도며 동시에 살인자로 만들었다.'라고 첫 단락의 끝 부분에 언급되며, 마찬가지로 우리들은 후앙고에 대해, 그가 자기 주인을 주저함이 없이 '그를 자기 고국에서 떼어

놓은 폭정을 생각해서' 살해했다는 것을 듣는다. 정의감의 훼손은 〈미하엘 콜하스〉에서 사건의 대상인데, 융커 폰 트롱카에 의해 자기 말의 사역이 도입부 뒤에 직접 이야기될 때에 그는 그 사건 속으로 들어선다. 〈성 도밍고 섬의 약혼〉의 시작은 한 중심 인물이 우리에게 소개되지만, 사건의 주된 사람들, 즉 후앙고의 의붓딸이며 혼혈녀 토니와 장교로서 프랑스령 식민지 통치에 봉사한, 그리고 자기와 자기 친척들을 위해 후앙고가 부재중인 이 집에서 숙소를 찾던 스위스 사람 구스타프 폰 데어 리트는 아직 소개되지 않는다. 사건은 흑인 후앙고 없이는 진행될 수 없었다.

 이와 비슷한 겉으로 보기에는 관심을 딴 곳으로 돌리는 일이 7. 〈결투〉의 발단에도 나타난다. 맨 처음 살인이 있고 사람들은 이 들어보지 못한 사건의 해명을 스토리 전개의 목표라고 기대한다. 그것도 하나의 사건이다. 독자의 의심은 살해된 공작 폰 브라이자흐의 이복동생 야콥 백작에게로 향한다. 그 이유는 두 형제가 '서로 적대 관계'에서 살았기 때문이다. 그러나 살인의 해명은 야콥이 살인이 있은 밤의 알리바이를 찾기 위해 시도하는 중심테마를 테두리로 하여 그 인에서 전개된다. 그는 그 밤을 과부 리테가르데 폰 아우에르슈타인과 함께 보냈는데(6번째 문단), 그 부인은 ―과부가 된 후작 부인처럼― '이 수치스런 고소가 있기까지 이 지방에서 가장 나무랄 데라곤 없고 흠 없는 부인'(7번째 문단)이었다. 비록 화자가 외관상 직접 한 사람의 이름을 이 시작에 슬쩍 넣기는 하지만 시작부의 독자를 이 주된 스토리 속으로 끌어넣지 못한다. 치명상을 입은 공작의 시종, 프리드리히 폰 트로타를 우리는 조금 뒤에 알게 된다.(9번째 문단) 그는 리테가르데 부인을 사랑하며 그녀의 무죄를 확고하게 믿으며, 야콥 백작을 상대자로 벌이는 결투(신의 심판)에서 리테가르데와 나란히 스토리의 제2의 주인공이 된다. 〈성녀 세실리아〉에서 '우상파괴'라는 단어가 주된 사건으로 나아가듯이, 여기서는 프리드리히 폰 트로타의 이름이 그렇게 한다.

따라서 4편의 노벨레는 화자가 서두에서 바로 들어보지 못한 사건으로 들어간다. 거기에 반해 1편의 노벨레(〈미하엘 콜하스〉)에서는 중심 인물이 서두의 중앙에 서 있다. 2편의 다른 노벨레에서는 중심 사건이 처음에는 가려져 있고 배경이 생생하게 그려지며 거기서 그것이 전개된다. 〈성 도밍고 섬의 약혼〉에서는 흑인과 백인의 '인종 싸움'이고, 그리고 〈결투〉에서는 형제 살해이다.

8편의 노벨레 중에서 〈주운 아이〉는 서두가 겉으로 보기에는 아무것도 의미하지 않는다. 두 주된 인물, 부동산 중개인 피아키와 그의 두번째 아내인 젊은 엘비레가 소개되지만, 표제의 인물 주운 아이는 소개되지 않는다. 그럼에도 불구하고 여기서도 역시 다른 노벨레들과 마찬가지로 사건과 문제성이 곧 서두에서 생긴다. 피아키의 여행이 무거운 결과를 초래하게 될 것이 분명하다. 이것이 암시하는 표제어는 '페스트와 같은 질병'

으로, 이는 여행의 목적지인 라구사에서 갑자기 퍼진 것이다. 그로부터 계속 사건들이 생긴다. 피아키의 아들은 여행길에서 페스트에 걸려 죽으며, 피아키는 자기 아들에게 페스트를 전염시켰던 '주운 아이'를 데리고 로마로 돌아간다. 이 주운 아이 '니콜로'는 피아키의 집안에서 일종의 '페스트'이며 그 부부를 몰락시키는 끔찍한 운명의 원인이 된다. 관대한 피아키는 콜하스처럼 니콜로에 의해 자행된 법률 왜곡으로, 부패한 사회 상태로 인해 살인자가 된다. 여러 연구자들은 〈주운 아이〉를 연대순으로 봐서 클라이스트의 첫 노벨레라고 공언했다. 앞에서 이미 언급했듯이, 이 노벨레는 의심할 것 없이 〈결투〉와 더불어 마지막 노벨레에 속한다. 이 노벨레는 그 자체로 이 세상의 허약성에 고통당한 한 남자(클라이스트)의 모든 작품의 음침한 결말인 듯이 보인다. 그러나 '주운 아이〉와 〈결투〉는 구조적으로도 내용적으로도 분명히 의도한 반대명제이고 또 〈결투〉는 클라이스트에 의해 그의 소설집 제2권의 끝에 위치되었다는 사실이 역시 다른 결말을 허용한다.

노벨레의 시자은 역시 아주 간결한 방법으로 사건을 시간과 공간 속에 끌어넣는다. 6편의 노벨레는 먼 역사로 되돌아간 시간을 설정하고, 무대들은 넓게 흩어졌다.

〈결투〉는 중세에, '14세기 말엽' 슈바벤 지방에서 전개된다.

이에 반해 4편의 노벨레는 사건들이 종교개혁과 르

네쌍스의 시기에 전개된다.

〈미하엘 콜하스〉는 '16세기 중엽' 브란덴부르크와 작센에서,

〈성녀 세실리아〉는 '16세기 말' 아헨에서,

〈주운 아이〉는 정확한 시대언급이 없다. 이 노벨레는 교회국가 로마에서 라구사로 가는 여행이 르네쌍스 시대에 전개된다.

〈로카르노의 거지부인〉은 마찬가지로 시대 언급이 없으나, 아마 16세기(참조, 프로렌스의 기사) 북부 이탈리아의 로카르노 근처이다.

〈칠레의 지진〉은 정확한 연호 1647년이 언급된다. 무대는 남아메리카의 칠레 왕국 수도 산티아고이다.

나머지 두 노벨레는 클라이스트의 '당대'에 전개된다.

〈O…후작 부인〉은 정확한 일시 언급이 없다. 그러나 러시아 군대의 주둔이라는 것이 명백히 1799~1800년의 동맹전쟁을 가리킨다. 무대는 M.(밀라노?)이라는 북부 이탈리아의 중요한 도시이다. 첫 인쇄(푀부스 2권 1808년 48쪽)시 내용 목록은 부가어와 제목을 가진다. '북부에서 남부로 이동하는 공간을 가진 실제 있었던 사건에 의거하여'라는 것이 소설집의 인쇄에는 빠졌다.

〈성 도밍고 섬의 약혼〉은 금세기의 초(첫문장)에, 1803년(두번째 문장)에 '성 도밍고 섬의 프랑스령 서인도의 도시 외곽의 식민지 아키펠라구스 포르 도 프랭스'에서 전개된다.

결국 한 노벨레는 중세에, 5편의 노벨레는 16·17세기에, 2편은 클라이스트의 당대에 전개된다. 3편의 노벨레는 독일(슈바벤, 브란덴부르크—작센, 그리고 아헨)에서, 3편은 이탈리아(로마, 로카르노, 밀라노)에서, 2편은 신세계(칠레, 성 도밍고)에서 전개된다. 그러나 역사적인 색채나 지방색을 주지 않고 이야기되는 것 같은 인상을 준다. 이들은 비록 동떨어진 시대 또는 이국적인 지역이 묘사되지만, 독자에게 언제나 직접 당대를 암시한다. 클라이스트는 이야기꾼으로서 자기 이야기 소재에서 벗어나서 사실을 보고하는데 이는 외관상 매우 객관적이다. 사실 자체는 객관적이고 사실적 방법으로 꾸밈없이 언제나 종종 움직임, 옷가지 그리고 눈에 띄지 않는 사건의 세부묘사 등에서 발견되는 본질적인 것만을 뽑아내어 이야기된다.

클라이스트의 리얼리즘은 두 가지 서로 다른 면을 가진다. 〈성 도밍고 섬의 약혼〉에서와 〈주운 아이〉에서는 끔찍하게 나아가고, 반대로 〈미하엘 콜하스〉와 〈O…후작 부인〉에서는 희극적으로 나아간다. '박피공 장면'의 희극적 리얼리즘은 다음의 상황에서 기인한다. 큰 힘이 있는 사람들, 예컨대 선제후의 시종과 경멸적으로 묘사된 그의 사촌 벤쩰 등이 한 무리의 기사들에 의해 에워싸여, 조롱하는 하인들에 의해, '낮 도둑과 길거리 도둑'으로 쫓겨나며 박피공과 고리대금업자와 거래하는데, 그 박피공의 건장함이 강렬하게 묘사되었다. 이 희극의 역설은 여기서, 이 사건이 콜하스에게는 나쁘게 되는 전환점을 의미하는 것이거나, 또는 연대기 기술가가 이 장면의 시작부에 말했듯이 '그러나 융커 벤첼에게 불행하게도 그리고 정직한 콜하스에게는 더욱 불행하게도 그는 되벨린의 박피공이었다.'는 것이다.

〈O…후작 부인〉에서 전격적인 결혼신청의 희극성은 마찬가지로 역설적이다. 그것은 한 상황을 불러내는데, 그 상황은 이중적으로 가려져 있다. 백작은 후작 부인이 자신의 임신 사실을 조금도 예감하지 못하는 시점에 방문하게 된다. 그와 반대로 독자는 이 노벨레의 초반부에(신문광고) 이미 그것을 알게 되고, 그 백작이 '내 영혼의 특정한 요구를 밝혀야만 한다'는 말을 이해한다. 그런데 이 말은 후작 부인에게는 이해되지 않는 것이다. 클라이스트는 여기서 희극 〈깨어진 항아리〉에서와 같은 방법을 사용한다. 독자는 이야기에 관련된 자들이 모르는 것을 안다. 말하자면, 누가 죄인인가를 안다. 사건이 진행되기 전의 과거 일이 관련된 자들에게 점차적으로 어떻게 폭로되는가 하는 데에 긴장이 있다. 여기서 희극성은 독자가 알고 있는 것과 관련된 자들이 모르는 것 사이의 불일치에 있다. 그와는 반대로 후작 부인은 백작의 방문이 있은 후에야 비로소 자기 상태를 알아채고, 자신의 상황이 비극적이고 충격적임을 분명히 안다. 이 상황은 독자에게 다시 희극적으로 둘러싼 조산원 장면으로 설명된다. 이 희극성은 조산원이 저급하고 사실적·객관적으로 임신 사실을 확정하고 후작 부인은 이 확정을 터무니없는 것으로 간주하는 불일치에 있는데, 이는 후작 부인의 위대함을 강조하고, 그녀가 세상의 폭력적인 편견에 맞서, 추방과 경멸을 참아내는 자기 자신이 되게 한다. 이것을 클라이스트는 소설의 중심문장에서 이렇게 표현했다.

"이 아름다운 역경을 통해 자기 자신을 알게 된, 그녀는 갑자기 자기 힘으로 운명이 밀어 넣었던 저 깊은 나락에서 갑자기 솟아올랐다."

클라이스트의 소설에서 비상한 상황은 다음의 세 가지 중심 문제를 맴돈다.

1. 인간 상호간의 사랑의 문제
2. 정의와 사회의 문제
3. 종교적 형이상학적 문제.

성의 문제와 관련하여 클라이스트는 매우 과격하여, 그 이전의 어떤 독일 작가도 그렇지 못했다. 4편의 노벨레 〈O…후작 부인〉, 〈결투〉, 〈칠레의 지진〉 그리고 〈성 도밍고 섬의 약혼〉에서 성의 문제는 중요한 역할을 한다.

〈O…후작 부인〉에서 알지 못하는 임신과 〈결투〉에서 야콥 백작과 하룻밤을 보냈다고 리테가르데를 상대로 행한 끔찍한 비난은 두 죄 없는 여인을, 여인으로서는 이해할 수 없는 세계와의 대립 속에 그들을 내세우며 또 거의 그들이 참을 수 없는 시험을 당하게 하는데, 이 시련을 그들은 비록 사실의 가상(假象)이 오랫동안 그들에게 불리하게 말했지만, 결국 승리하면서 이겨내는 것이다.

반대로 〈칠레의 지진〉과 〈성 도밍고 섬의 약혼〉에서 우리들은 전적으로 다른 상황을 만난다. 두 작품에는 두 젊은 사람이 인습과 법에 반(反)하는 자발적인 사랑이 있다. 〈칠레의 지진〉에서는 사회와 교회의 신분과 도덕의식에 반하고, 그리고 〈성 도밍고 섬의 약혼〉에서는 흑인들이 하이티에서 그들의 최고의 법으로 만든 '인종 싸움'에 반한다. 흑인들을 증오하는 맹세를 한 혼혈녀 토니는 자신이 파멸시켜야만 하는 백인 피난민에게 몸을 맡긴다.

클라이스트에게서 사람과 사람 사이의 관계는 상호간의 '신뢰'에 근거한다. 인간은 개인으로서 홀로 이 세상에 서 있다. 합리적인 방법의 상호 의사소통은 불가능하다. 개인은 다른 사람이 기만하지 않는다는 사실을 신뢰하는 수밖에 없다. 똑같은 것이 세계에도 해당한다. ― 이 세계에 대한 신뢰, 그 바른 질서에 대한 신뢰는 삶을 가치 있게 만든다. 이 인식이 클라이스트의 세계와 인생에 있어 토대가 되고 있다. 사람들 사이의 밀접한 관계를 묘사한 4편의 노벨레 중에서 2편은 '행복하게', 그리고 2편은 비극적으로 끝난다. 후작 부인과 리테가르데는 상황을 극복하는데, 그 이유는 그들의 자기 자신에 대한 신뢰가 흔들림 없이 남아 있기 때문이다. 후작 부인은 한 번은 자기를 구원하는 천사로 간주했던 천사 같은 한 남자에 의해 끔찍하게 기만당했다. 따라서 그 남자가 그녀에게는, 자신이 행한 죄를 떨며 뉘우치고 있을 때에는 악마로 나타났다. 그러나 그는 자신의 선함을 입증한다. 단념하면서 그는 후작 부인의 신뢰를 획득한다. 그는 '이 세계의 부서지기 쉬운 제도를 위해' 용서된다. 두번째의 긍적적인 대답과 두번째의 결혼을 하기 위한 두번째의 구혼 신청은 이 허약한 세계를 다시 올바르게 안정시켜 주며 이 노벨레는 미소 짓는 말로써 끝날 수 있다. '그 다음에는 첫애에 이어서 러시아 아이들이 연이어 태어났다…'

이에 반해 〈결투〉는 순수한 신뢰의 고상한 노래이다. 리테가르데는 후작 부인처럼 혼자가 아니다. 그녀는 지지자인 시종 프리드리히 폰 트로타의 절대적 신뢰를 받는다. 그는 그녀를 절대적으로 사랑하고 모든 겉으로 드러난 사실과, 모든 정당한 의문을 무시하고 다음과 같이 외친다.

" 내 삶의 주인인 하느님, 내 영혼을 혼란에서 지켜 주소서!"

우리는 극단에까지 처한 순수한 사랑하는 사의 외침을 듣는다.

"오, 나의 가장 소중한 리테가르데…… 당신의 감각을 절망으로부터 지키세요! 당신 가슴에 살아 있는 감정을 마치 바위처럼 그것을 붙들고 흔들리지 마세요. 만약 당신 밑의 지구와 당신 위의 하늘이 멸망에 빠진다고 해도."

절대적 신뢰가 사랑의 토대가 되는 곳에서는 모든 비극이 극복된다. 그러나 〈성 도밍고 섬의 약혼〉에서처럼 신뢰가 파괴되는 곳에서는 비극이 시작된다. 구스타프에 대한 토니의 헌신은 그에 대한 절대적 신뢰에 기초한다. 토니는 평계를 찾아야만 했을 때 그리고 후앙고가 예기치 않게 돌아왔을 때 구스타프를 묶었으며, 구스타프는 외관상 드러난 사실에 굴복하여, 자신과 자신의 가족들을 구원한 그녀를 살해한다. 토니의 마지막 말은 "아 당신은 나를 오해하지 말았어야 했습니다."였다. 구스타프의 자살은 논리적인 결과이며, 당연한 벌이다.

〈칠레의 지진〉에는 두 젊은 사람, 예로니모와 요제페의 사랑이, 전혀 문제없이, 독자적인 관계를 이룬다. 그들은 서로 사랑하고, 그들의 사랑의 성취를 아이에게서 얻는다. 그러나 사회적 질서에 거역하여 사랑과 어린이가 얻어진 것이다. 그들은 인습의 복수에, 특히 종교적 관습의 복수에 내맡겨졌다. 지진이 그들을 해방시켰다. 그 지진은 하나의 새로운 사회를 형상한다. 3부로 나눠진 노벨레의 제2단락에서 클라이스트는 전원(Idyll)을 그리는데, 이는 루소(Rousseau)의 미래사회에 대한 문학적 비전이다.

"그것은 마치 사람들을 울려 퍼지게 하는 무서운 타격이 있은 이래로, 모두가 화해하는 듯했다……그리고 실제로 이 끔찍한 순간에는, 인간의 모든 지상의 재산이 파멸되는 듯, 모든 자연이 폐허가 될 위험에 처한 듯, 인간의 마음을 마치 아름다운 한 송이 꽃처럼 버리는 듯했다. 눈길이 미치는 한, 모든 계급의 사람들, 영주와 거지, 후작과 농부의 아내, 국가 공무원과 일용노

동자, 성직자와 수녀들이 한데 어우러져 서로 도움을 주고 있음을 보았고, 마치 모든 일반적인 불행이 거기서 벗어나고 한 가족을 이룬 듯했다."

작은 가족(예로니모, 요제페, 그들의 아이 필립)과 그들의 친구들에게는 지진이 그들 사랑이 무죄임을 확인시키는 것이었다. 이 황폐화된 도시에서 성스러운 미사가 거행될 것이라는 소식이 왔을 때, 요제페는 '조물주 앞에서 자기 얼굴을 숙이고 싶은 욕구'를 느꼈다. 지진이 창조한 새로운 사회에 대해 신뢰하면서, 그들은 친구들의 경고에도 불구하고, 교회로 간다.

"오늘 산티아고의 도미니카 성당에서 하늘 높이 치솟은 불길처럼 열정이 기독교의 어느 교회에서도 불타오른 적이 없다."

그러나 새로운 사회에 대한 신뢰는 기만당한다. 열광적인 목사는 지진을 이 도시의 도덕 파멸에 대한 징벌로 간주한다. 그리고 그 예로 발견되어 곤봉을 든 군중에 의해 산산조각이 난 두 사랑하는 남녀의 행위를 든다. 단지 어린 필립이 혼동에 의해 아마 아직도 가능성이 있는 보다 좋은 미래의 빛으로 살아남는다.

신뢰는 사회에 대한 개별 인간의 관계를 지배한다. 〈칠레의 지진〉에는 클라이스트의 인간관과 사회관의 단면이 들어 있다. 일련의 해석은 이 노벨레의 끝을 소설의 첫부분에 있는 두 사랑하는 사람들의 도덕적 범죄에 대한 벌로 간주했다. 잘못된 해석이라고 할 수는 없을 것이다. 이 노벨레는 사회질서에 대한 부정적 비판으로 끝난다. 클라이스트는 자기 시대의 가장 과격한 사회비판가들 중의 한 사람이다. 그는 '프로이센의 횃불'(요아힘 마스)이 아니었다. 그는 많은 마르크스주의 비평가가 그렇게 보았던 것처럼 봉건적 사회제도의 옹호자가 아니다. 이런 관점에서 우리들은 서로 다른 노벨레의 내용들을 볼 필요가 있다. 융커 계급의 부패성과 국가적 일에 대한 융커 계급의 파괴적인 영향이 〈미하엘 콜하스〉에 나타나 있다. 이 영향은 상류 사회계층의 진실한 사람들에게 정의가 통하도록 하는 것을 어렵게 한다. 이런 점에서 이 노벨레는 실러(Schiller)의 〈간계와 사랑〉의 과격성과 나란히 설 수 있다. 이와 비슷한 부패한 사회가 〈주운 아이〉에서 묘사된다. 〈로카르노의 거지부인〉에서는 역시 귀족인 후작이 불쌍하고 늙은 병든 여인에게 동정심 없는 부정을 하여 죄인이 된다. 〈성 도밍고 섬의 약혼〉에서는 흑인이 백인에 대항하는 인종 싸움이 냉정하고 객관성 있게 묘사되며, 이는 흑인들의 단순한 저주 이상의 모든 것을 의미한다. 〈칠레의 지진〉에서 교회는 〈주운 아이〉에서처럼 지배하는 힘으로 만약 교회가 법을 왜곡하면(〈주운 아이〉에서처럼), 또는 맹신적으로 문제가 많은 도덕적 목적을 위해 국민들을 선동하면(〈칠레의 지진〉에서처럼) 조소의 대상이 된다. 다른 한편으로는 클라이스트가 다시 가톨릭 의식의 아름다움과 마술을, 그리고 신의 보호에 대한 교회의 권능을 경이롭게 무서움을 일으키도록 묘사했다. (〈성녀 세실리아〉에서) 이때는 이 보호 기관이 외부세계의 무의미한 파괴욕구에, 이 경우에는 우상파괴자에 맞서서 꼭 필요하다.

클라이스트는 정의의 열광자이다. '정의감'이 성실한 콜하스를 '강도며 살인자'로 만들었다. 신뢰가 개별 인간과 타자(Du)의 관계에 토대가 되듯이 정의감은 사회와 개인간의 관계를 이루는 토대이다. 클라이스트에겐 정의감과 신뢰는 동일개념이다. 이 중에서 하나가 충격을 받으면, 세계 질서는 파탄에 이른다. 이 세계 질서가 다시 회복되면, 클라이스트가 열망했던 '명랑한' 상태가 생긴다. 그러나 이 세계 질서가 회복되지 않은 채, 부서져 있으면, 개인은 비극적으로 파멸한다. 개인의 비극적 운명은 작가가 말을 건 독자나 관객에게 이 세계를 다시 회복하라는 과제를 준다. 클라이스트는 그의 노벨레에서 들어보지 못한 사건과 상황을, 한계상황을 참지 못하는 극단의 사건을 묘사한다. 이런 모든 상황은 공통적으로, 거기에 휩싸인 인간이 야기한 비상한 추락이 있고, 그 추락으로부터 그들이 스스로 솟아오를 수 있거나 아니면 몰락하는 것이다. 이것들은 예가 되는 상황들이고, 따라서 세르반테스의 소설 제목 모범소설 'novela ejemlpares'이 연상된다.

그럼에도 불구하고 클라이스트는 이 세계의 허약한 제도를 잘 알았다. 콜하스의 말[馬]에게 부정이 행해진 뒤에 작가는 그에 대하여 말한다.

"왜냐하면 이 세계의 허약한 제도를 이미 잘 알고 있는 올바른 감정이 만약 하인에게 실제로 잘못이 있다면 비록 치욕은 있지만 그 잘못에 대한 일종의 타당한 결과로서 그로 하여금 자기 말의 손실을 단념하게 했기 때문이다."

하인에 대한 심문은, 여러 페이지 이상 펼쳐지는데, 하인이 무죄이다는 것과 콜하스가 점점 더 끔찍해지는 자구행위를 택한다는 것을 증명한다. 그의 결말은 처형에도 불구하고 비극적이지 않다. 왜냐하면 정의가 충족되었으며, 콜하스는 그것을 '말할 수 없는 명랑성'으로 확인하였다. 그러나 그 자신은 이 세계의 허약성을 충족시키지 못했고, 그 스스로가 제국의 공안을 해치는 부정을 했다. 클라이스트에게 법률위반은 양적인 문제가 아니라 질적인 문제이다. 법률위반의 대상은, 비록 작은 것이라 하더라도, — 그리고 그것이 〈미하엘 콜하스〉에서 언급한 비록 두 마리의 개였다고 해도, — 중요하지 않다. 또한 가장 가벼운 법률위반도 세계질서를 온통 뒤바꾼다. 클라이스트에게 중요한 것은 사회에서의 개인의 지위이며, 그것은 사회에 대해 개인이 갖는 신뢰에 달려 있다. 말하자면 전체 사회가 개인에게 주는 깨뜨릴 수 없고, 취소할 수 없는 권리에 달려 있다. 그것은 특히 루터와 콜하스의 장면에서 분명히 표현된다. 루터에겐 놀랍게도, 콜하스는 자신이 인간 사회에서 추방되었다고 주장하면서 그것을 다음처럼 설명한다.

"추방… 저는 법의 보호에 거절당했다고 말합니다. 저에게 법의 보호를 거절하는 사람은, 저를 황량한 황무지로 몰아 내는 자입니다. 그는 저에게, 당신은 그것을 거절하고 싶어하시겠지만, 제 자신을 방어하는 곤봉을 손에 쥐어 줍니다."

루터 자신도 콜하스의 견해가 신학적으로는 아니더라도, 세속적으로는 옳다는 것을 인정해야만 했다.

여기에 마지막 항목이 시작된다. 마지막으로 인간과 신의 관계에 대한 클라이스트의 입장을 보자. 이를 위해 맨 먼저 말해야 할 것은 클라이스트가 많은 해석자들의 견해와는 달리 신에 대해 관계를 가졌다는 사실이다. 이 세계의 허약성에 대한 통찰이 이 사실을 드러낸다. 루터는 콜하스에게 그의 사건의 정당성을 인정하지만, 그에게 묻는다. "자네는 자네의 구세주를 위해 그 융커를 용서해 주는 것이 더 낫지 않겠니?" 콜하스는 모든 불행에 천박한 동기를 부여한 융커를 제외하고는 모두를 용서할 준비가 되어 있으며, 이 때문에 루터는 그에게 성찬을 주는 것을 거부한다. 그러나 왜 루터는 그럼에도 불구하고 처형 직전에 그에게 '성스런 성찬의 은혜'를 주었을까? 왜냐하면 콜하스가 '자기 스스로 이 세계에서 정의를 주장하기 위해서 너무 성급한 시도를 한 때문에 (죽음으로) 보상할' 준비가 되었기 때문이었다. 이 사건에서 본질적인 것은 루터와 콜하스 두 사람의 주장이 옳았다. 신의 제도로서의 법은 그 정당성을 보장받는다.(융커의 처벌, 말을 살찌움 등) 콜하스가 이 세계의 허약성에 굴복함으로써 루터는 자기 정당성을 유지한다.

클라이스트는 인간은 파악할 수 없는 세계 속에 들어 있고, 이로써 인간은 고독 속에 내버려져 있으며, 인간은 자기 실존을 그 속에서 스스로 찾지 않으면 안 된다고 알았다. 세계질서가 허약하다는 것은, 이 허약성을 수동적으로 아무런 행위도 하지 않고 받아들여야만 한다는 것을 의미하지 않는다. 언제나 세계질서가 허약함을 보이는 곳에는 클라이스트가 위험을 무릅쓰고 뛰어들어, 반항아가 되고, 반항아이기도 하다. 그는 실존적인 것의 수수께끼와 기독교적인 것의 수수께끼를 결합시켰다. 토마스 만(Thomas Mann)은 가톨릭적 세계와 기독교적인 것과 관련하여 클라이스트의 상반감정의 병존(Ambibalenz)이 노벨레에 나타남에 대해서 크게 당황했다. 그러나 여기서는, 앞에서 이미 말했듯이, 상반감정의 병존이 아니라 전적으로 분명한 논리가 있다. 〈로카르노의 거지부인〉을 제외한 모든 노벨레에서 기독교적인 것이 곧이곧대로 언급되며, 또 기독교적인 것이 중심역할을 한다. 〈로카르노의 거지부인〉에서조차도 외적으로 유령 이야기이지만 기독교적인 것이 내재되어 있다. 여기서 대립은 — 기독교적인 노벨레 〈성녀 세실리에〉에서 한편으로 절정을 이루고, 〈주운 아이〉에서 피아키를 통한 깊이를 모르는 거절에서 다른 한편의 절정을 이룬다.

"자네는 구원의 은혜에 참여하겠니?…… 자네는 성찬을 받겠니?"라고 처형 전에 두 신부가 그에게 물었다. "아니요." 피아키가 대답했다. — "왜 안 받겠니?" —

"저는 구원받지 않겠어요. 저는 지옥의 맨 밑바닥까지 내려가겠어요, 저는 하늘 나라에 있지 않게 될 니콜로(주운 아이)를 다시 찾아내어, 내가 여기서 단지 불만족스럽게 행한 복수를 다시 하겠어요!"…… 사람들은 3일 연속 그를 설득하려고 시도했다. 그러나 피아키는 자기를 데려가라고 악마의 모든 일당들을 불렀으며, 자신의 유일한 소원은 처형되어 영겁의 벌을 받는 것이다라고 맹세했다. 그리고 그는 니콜로를 지옥에서 다시 붙잡기 위해서는 수석신부를 습격하여 목을 조르는 것이라는 말을 단언했다.

토마스 만이 적절히 말했듯이, 이것은 가장 극단이며, 극단을 초월한다. 그럼 왜 그럴까? 그 이유는 '격분시키는 법률의 곡해'(만Mann의 말)가 이 경우에는 교회 자체로부터 나온 것이며, 또 이로써 교회는 신의 세계질서의 밖에 위치하며, 그리하여 오직 악마만이 형이상학적으로 일탈된 상황을 복구할 수 있기 때문이다. 〈주운 아이〉 상황은 사실상 클라이스트의 문학세계에 존재하는 극단의 상황이다. 이 상황과 〈성녀 세실리에〉의 상황 사이에서 화자(話者)는 서로 다른 기독교적 행동의 깊이를 잰다. 미하엘 콜하스는, 정의의 반항을 할 때 죽어가면서 하는 아내의 청인 성경구절 "당신을 미워하는 당신의 적을 용서하고 그들에게 선행을 베풀어요."를 따를 것을 거절한다. 그리고 그는 수천사 미하엘의 대리인으로서 그리스도의 이름으로, 클라이스트 자신이 말했듯이, '일종의 발광'으로 자기 선언을 한다.

그리고 마침내 올바른 기독교적 행동을 찾는다. 〈O…후작 부인〉은 아버지, 어머니, 오빠에게 성수(聖水)를 뿌리며, 그 백작이 자기에게 악마로 모습을 드러내었을 때, 도망을 친다. 그러나 그녀는 세계의 허약한 제도를 위해 그를 용서한다. 〈칠레의 지진〉의 요제페처럼, 〈성도밍고 섬의 약혼〉의 토니는 성모의 상 앞에 누워 있으며 "성자인 구세주에게, 끊임없는 열정의 기도를 하며, 자기가 몸을 맡긴 그 젊은이한테 자기의 어린 가슴을 무겁게 하는 죄악을 고백할 용기와 침착성을 간청한다." 이 기도를 통해 기적적으로 강해진 그녀는 들어보지 못한 행동을 실행에 옮기고, ― 비록 종말에는 파멸되지만― 이 노벨레는 〈칠레의 지진〉처럼 한 순간의 기쁨으로 끝난다. 이 모든 것이 클라이스트가 기독교적인 것과의 내적 관계를 가졌다는 사실을 보여주며, 이는 지금까지 프리드리히 브라이크(Friedrich Braig)의 가치 있는 클라이스트 전기(1925)에서처럼 형이상학적으로 과장되었거나, 간과되었다. 이것으로써 클라이스트가 본질적인 의미에서 기독교도였다고 주장할 수 없는데, 그 이유는 그가 너무 지나친 반항아였기 때문이다. 그에게는 삶이 탐구할 수 있는 것이 아니었다. 그러나 그는 그럼에도 불구하고 말한다.

"이 세상 꼭대기에 서 있는 악한 영은 없을 것이다. 그것은 오직 파악할 수 없는 영이다."(1806년 8월 31일 쾨니히스부르크에서 뤼레에게 보낸 편지에서)

그리고 그의 마지막 노벨레 〈결투〉의 한 곳에서 프리

드리히 폰 트로타가 말할 때 바로 이것을 해설한다.

"믿음에 찬 호소 바로 그 순간에 진실을 내보이고 말해야 할 지고한 신의 지혜의 의무는 어디에 있단 말인가? 오, 리테가르데여! …… 우리는 삶에서 죽음을, 죽음에서 영원성을 내다봅시다. 그리고 확고하고 흔들리지 않는 믿음을 가집시다. 당신의 무죄는…… 경쾌하고 밝은 태양의 빛 속으로 드러날 것입니다!"

이것은 클라이스트의 결정적인 형이상학적 종교적 고백이다. 클라이스트는 전기가 없는 사람도 아니고, 사회가 없는 사람도 아니었고 시대와 역사에서 고립되어, 아무도 살지 않는 땅의 사람도 아니었고, 신 없는 사람도 아니었다. — 이런 모든 것이 주장된다. 이 주장의 반박은 그의 노벨레에서 찾아진다. 노벨레 속에서 그는 자신을 움직이는 모든 것을, 즉 자아와 세계와 사회와 신과의 관계를, 주제적으로 바꾸어 가면서 환상적으로 표현하고 그리고 또 연대기 작가로서 이야기하듯 서술한다.

〈빈역 원문 출처〉

Richard Samuel: Heinrich von Kleists Novellen. In: Deutsche Weltliteratur von Goethe bis Ingeborg Bachmann: Festgabe für J. Alan Pfeffer. hrsg. v. Klaus W. Jonas. Tübingen 1972. S.73~88.

IV 연 보
하인리히 폰 클라이스트의 삶과 작품

1777년 10월 18일(클라이스트 자신의 진술에 의하면 10월 10일) 베른트 하인리히 빌헬름 폰 클라이스트는 오더 강변의 프랑크푸르트에서 태어났다.

부모님:요아임 프리드리히 폰 클라이스트(1728-88)과 그의 두번째 부인 율리아네 울리케, 처녀시절 성은 판비츠(1746-93). 형제 자매들:아버지의 첫번째 결혼에서 빌헤르미네(1772-1817)와 클라이스트가 가장 좋아한 울리케(1774-1849)가 있었고, 두 번째 결혼에서 프리데리케(1775-1811), 아우구스테(1776-1818), 레오폴드(1780 1837) 그리고 율리아네(1781년 생)가 있음.

1788 아버지의 죽음 이후(6월 18일) 클라이스트는 베를린에서 사무엘 하인리히 카텔 목사에 의해 양육되다.

1792 견진성사 이후(6월 20일) 포츠담의 근위연대에 하사로 입대.

1793-95 라인 출정에 참가. 1795년 7월 11일에 포츠담으로 귀환.

1799 4월 4일 클라이스트가 제출한 군대 제대원이 수리되다. 그는 프랑크푸르트(오더 강변) 대학에 등록하고, 거기서 3학기간 수학(특히 물리·수학·자연법 등)

1800 연초에 클라이스트는 빌헤르미네 폰 쩽게와 약혼. — 8

월에 베를린으로 여행; 거기서 8월말에 뷔르츠부르크로 여행. 10월 27일 베를린으로 귀환. — 루소와 칸트의 저술을 읽다. — 프로이센의 국가공무원이 되기 위한 준비. 12월 3일 기술 대표단의 회의에 처음 참가.

1801 3월 소위 '칸트위기'(3월 22일자 및 23일자 편지 참조) — 4월부터 울리케와 함께 드레스덴, 굇팅겐, 스트라스부르크를 경유하여 파리로 여행. 7월부터 11월까지는 파리에 체재. 돌아오면서 프랑크푸르트(마인 강변)로 여행, 거기서 울리케와 작별. 12월에는 스위스의 베른으로 계속 여행.

1802 베른에서 작가 하인리히 폰 초케, 루드비히 뷔란트, 하인리히 게쓰너, 페스탈로치와 교제. 4월 1일부터 클라이스트는 툰 근처의 아아레 섬에서 거주. 작품 〈고노레츠 일가〉 작업(훗날 〈슈로펜스타인 일가〉로 개명), 〈로베르트 귀스카르트〉작업, 아마 〈깨어진 항아리〉도 작업 시작. — 5월에 빌헤르미네 폰 쩽게와의 약혼 파혼. — 7월에서 8월 베른에서 질병을 앓았고, 거기로 울리케가 그를 방문. — 10월 중순 울리케, 루드비히 폰 뷔란트와 함께 예나시와 바이마르시로 출발. 성탄절을 크리스토프 마르틴 뷔란트의 영지 오스만슈테트에서 보냄.

1803 2월 24일까지 오스만슈테트 체재. 뷔란트의 딸 루리제가 클라이스트를 사랑하다. — 3월 4월은 라이프찌히에 체재. — 연초에 익명으로 〈슈로펜스타인 일가〉가 책으로 출간.— 4월에서 7월 중순까지 드레스덴에 체재하며 에른스트 폰 퓌엘, 푸케, 요하네스 다니엘 팔크, 카로린네와 클라이스트의 신부인 앙리에테 폰 슈리벤과 교제. 〈로베르트 귀스카르트〉, 〈암피트리온〉, 〈깨어진 항아리〉 작업. — 7월에서 10월까지 퓌엘과

더불어 베른, 툰, 마이란트, 제네바를 경유하여 파리로 여행. 퓌엘과 싸움. 〈로베르트 귀스카르트〉 원고 소각. 여권 없이 프랑스 북부 해안으로 출발. 클라이스트는 볼료냐에서 프랑스 전투원으로 참가를 원했으나, 프로이센 공사 루헤지니에 의해 독일로 송환됨. 마인츠에서 패배.

1804 6월 바이마르, 프랑크푸르트(오더 강변)와 포츠담을 경유하여 베를린으로 감. 6월 24일 고급부관 쾨커리츠를 국가 공무원의 임용문제로 알현.

1805 연초 이후 크리스티안 폰 마센바흐와 프로이센의 장관 하르덴베르크의 추천에 따라 알텐슈타인 밑의 재무성에서 국가공무원으로 근무. — 5월초 이후는 쾨니히스베르크의 황실에서 근무. 〈미하엘 콜하스〉 작업 시작.

1806 〈깨어진 항아리〉 수정작업. 여름에 〈펜테질레아〉 작업 개시. — 8월 중순 이후 건강상의 이유로 휴가. 국가 공무원 사직. 10월 14일에 프로이센 군대가 나폴레옹 군에 의해 예나와 아우에르슈테트에서 결정적으로 패배.

1807 1월 중순 베를린으로 여행. 도중에 1월 30일에 프랑스 군에 의해 명목상 간첩으로 체포됨. 3월에서 7월까지 드 쥬 성채에서 그리고 샬롱 수르 마르네에 있는 포로수용소에서 포로생활. 〈펜테질레아〉 작업. — 5월초 아담 뮬러에게 〈암피트리온〉을 출간시킴. — 7월에 포로에서 해방된 후 베를린을 경유하여 드레스넨으로 귀환. 9월에 『예로니모와 요제페』(후에 〈칠레의 지진〉으로 개명)가 코타의 〈조간신문〉에 출간. — 가을에 〈하일브론의 처녀 케트헨〉 작업 시작. 12월초에 〈펜테질레아〉 완성.

1808 1월 23일 클라이스트와 아담 뮬러에 의해 출간된 잡지 〈푀부스〉 제1호가 나왔으나, 이는 단지 1809년 2월

까지만 간행됨. 〈펜테질레아〉의 일부가 첫인쇄됨. — 2월말 〈O… 후작 부인〉이 푀부스 제2호에 첫인쇄. — 3월 2일 괴테의 주도로 바이마르에서 첫 상연한 〈깨어진 항아리〉가 실패. — 7월에 〈펜테질레아〉 책으로 출간. 여름에 〈하일브론의 처녀 케트헨〉의 초고가 완성됨. 11월에 〈미하엘 콜하스〉의 일부가 푀부스에 첫 인쇄. 12월에 〈헤르만의 전투〉 완성.

1809 4월 29일 프리드리히 크리스토프 달만과 함께 오스트리아 여행. 5월 25일 아스페른 전투 3일 후 전장 시찰. 6월부터 10월 프라하에 체재하는 동안에 〈게르마니아〉라는 제명의 잡지를 계획함. — 클라이스트 중병. 11월에 프랑크푸르트(오더 강변)로, 그리고 나서 베를린으로 귀환.

1810 연초에 아담 뮐러, 아르님, 브렌타노, 푸케, 아이헨도르프, 로에벤, 라엘 레빈 등과 교제. 3월 17일 〈하일브론의 처녀 케트헨〉이 빈에서 초연됨.— 9월말에 〈하일브론의 처녀 케트헨〉과 〈소설집〉 제1권(수록작품:〈미하엘 콜하스〉, 〈O… 후작 부인〉, 〈칠레의 지진〉)이 책으로 출간.— 10월 1일부터 클라이스트의 신문 〈베를린 석간〉이 출간. 12월초 이후 클라이스트는 프리드리히 폰 라우머와 하르덴베르크를 이 잡지의 재정지원 때문에 교섭함.

1811 클라이스트는 1월 18일 설립된 독일 만찬회의 회원이 됨.— 2월초 〈깨어진 항아리〉 서적판 출간. — 2월 중순에 명목상 〈베를린 석간신문〉을 위한 약속된 재정지원 때문에 라우머와 하르덴베르크와 싸움. — 3월 25일에서 4월 5일 오락잡지 〈프라이뮤티게〉에 〈성 도밍고 섬의 약혼〉이 첫 인쇄.— 3월 30일 〈베를린 석간신문〉 종간. 장편소설 작업. — 8월초에 〈소설집〉 제2권(수록작품: 〈성 도밍고 섬의 약혼〉, 〈로카르노의 거

지부인〉, 〈주운 아이〉, 〈성녀 세실리아〉, 〈결투〉》 출간. — 9월 3일 마리에 폰 클라이스트(처녀성은 구알티리)가 헤센-홈브르크의 마리아네 공주에게 〈프리드리히 폰 홈부르크 왕자〉의 책 1권을 드림. — 연금과 새로운 일자리를 얻기 위해 여러 가지 노력. —11월 21일 앙리에테 포겔과 함께 반 호수에서 동반자살. 12월 2일 교회 매장.

1821 루드비히 티크가 베를린의 라이머 출판사에서 〈하인리히 폰 클라이스트의 유고집〉을 출간했는데, 거기에 〈프리드리히 폰 홈부르크 왕자〉 및 〈헤르만의 전투〉가 처음으로 인쇄됨.

옮긴이 약력

서강대학교 독어독문학과 졸업
서강대학교 대학원 독어독문학과 졸업(문학석사, 문학박사)
독일 부퍼탈(Wuppertal) 대학교에서 독일문학 연구
현재 부산외국어대학교 독일어과 교수

역서: 클라이스트: 〈깨어진 항아리〉, 부산:세종출판사 1993
　　　드로스테 휠스홉:유태인의 〈너도밤나무〉 부산: 세종출판사 1994

그 밖에 하인리히 폰 클라이스트의 단편소설 〈결투〉연구
　　하인리히 폰 클라이스트의 〈깨어진 항아리〉 연구 등 독일 문학
　　연구 논문 다수

미하엘 콜하스 외 〈서문문고 312〉

초판 인쇄 / 1999년 3월 10일
초판 발행 / 1999년 3월 15일
옮긴이 / 배 중 환
펴낸이 / 최 석 로
펴낸곳 / 서 문 당
주　소 / 서울시 마포구 성산동 103-7호
전　화 / 322-4916~8 팩스 / 322-9154
등록일자 / 1973. 10. 10
등록번호 / 제13-16

* 잘못된 책은 바꾸어 드립니다

서문문고 목록

001~303
◆ 번호 1의 단위는 국학
◆ 번호 홀수는 명저
◆ 번호 짝수는 문학

001 한국회화소사 / 이동주
002 황야의 늑대 / 헤세
003 고독한 산책자의 몽상 / 루소
004 멋진 신세계 / 헉슬리
005 20세기의 의미 / 보울딩
006 가난한 사람들 / 도스토예프스키
007 실존철학이란 무엇인가 / 볼노브
008 주홍글씨 / 호돈
009 영문학사 / 에반스
010 쯔바이크 단편집 / 쯔바이크
011 한국 사상사 / 박종홍
012 플로베르 단편집 / 플로베르
013 엘리어트 문학론 / 엘리어트
014 모옴 단편집 / 서머셋 모옴
015 몽테뉴수상록 / 몽테뉴
016 헤밍웨이 단편집 / E. 헤밍웨이
017 나의 세계관 / 아인스타인
018 춘희 / 뒤마피스
019 불교의 진리 / 버트
020 뷔뷔 드 몽빠르나스 / 루이 필립
021 한국의 신화 / 이어령
022 몰리에르 희곡집 / 몰리에르
023 새로운 사회 / 카아
024 체호프 단편집 / 체호프
025 서구의 정신 / 시그프리드
026 대학 시절 / 슈토롬
027 태초에 행동이 있었다 / 모로아
028 젊은 미망인 / 쉬니츨러
029 미국 문학사 / 스필러
030 타이스 / 아나톨프랑스
031 한국의 민담 / 임동권
032 모파상 단편집 / 모파상
033 은자의 황혼 / 페스탈로치
034 토마스만 단편집 / 토마스만
035 독서술 / 에밀파게
036 보물섬 / 스티븐슨
037 일본제국 흥망사 / 라이샤워
038 카프카 단편집 / 카프카
039 이십세기 철학 / 화이트
040 지성과 사랑 / 헤세
041 한국 장신구사 / 황호근
042 영혼의 푸른 상흔 / 사강
043 러셀과의 대화 / 러셀
044 사랑의 풍토 / 모로아
045 문학의 이해 / 이상섭
046 스탕달 단편집 / 스탕달
047 그리스. 로마신화 / 벌핀치
048 육체의 악마 / 라디게
049 베이컨 수상록 / 베이컨
050 마농레스코 / 아베프레보
051 한국 속담집 / 한국민속학회
052 정의의 사람들 / A. 까뮈
053 프랭클린 자서전 / 프랭클린
054 투르게네프단편집 / 투르게네프
055 삼국지 (1) / 김광주 역
056 삼국지 (2) / 김광주 역
057 삼국지 (3) / 김광주 역
058 삼국지 (4) / 김광주 역
059 삼국지 (5) / 김광주 역
060 삼국지 (6) / 김광주 역
061 한국 세시풍속 / 임동권
062 노천명 시집 / 노천명
063 인간의 이모저모 / 라 브뤼에르
064 소월 시집 / 김정식
065 서유기 (1) / 우현민 역
066 서유기 (2) / 우현민 역
067 서유기 (3) / 우현민 역
068 서유기 (4) / 우현민 역
069 서유기 (5) / 우현민 역
070 서유기 (6) / 우현민 역
071 한국 고대사회와 그 문화 / 이병도
072 피서지에서 생긴일 / 슬론 윌슨
073 마하트마 간디전 / 로망롤랑
074 투명인간 / 웰즈

서문문고목록 2

- 075 수호지 (1) / 김광주 역
- 076 수호지 (2) / 김광주 역
- 077 수호지 (3) / 김광주 역
- 078 수호지 (4) / 김광주 역
- 079 수호지 (5) / 김광주 역
- 080 수호지 (6) / 김광주 역
- 081 근대 한국 경제사 / 최호진
- 082 사랑은 죽음보다 / 모파상
- 083 퇴계의 생애와 학문 / 이상은
- 084 사랑의 승리 / 모음
- 085 백범일지 / 김구
- 086 결혼의 생태 / 펄벅
- 087 서양 고사 일화 / 홍윤기
- 088 대위의 딸 / 푸시킨
- 089 독일사 (상) / 텐브록
- 090 독일사 (하) / 텐브록
- 091 한국의 수수께끼 / 최상수
- 092 결혼의 행복 / 톨스토이
- 093 율곡의 생애와 사상 / 이병도
- 094 나심 / 보들레르
- 095 에머슨 수상록 / 에머슨
- 096 소나의 이단자 / 하우프트만
- 097 숲속의 생활 / 소로우
- 098 마을의 로미오와 줄리엣 / 켈러
- 099 참회록 / 톨스토이
- 100 한국 판소리 전집 / 신재효, 강한영
- 101 한국의 사상 / 최창규
- 102 결산 / 하인리히 빌
- 103 대학의 이념 / 야스퍼스
- 104 무덤없는 주검 / 사르트르
- 105 손자 병법 / 우현민 역주
- 106 바이런 시집 / 바이런
- 107 종교록, 국민교육론 / 톨스토이
- 108 더러운 손 / 사르트르
- 109 신역 맹자 (상) / 이민수 역주
- 110 신역 맹자 (하) / 이민수 역주
- 111 한국 기술 교육사 / 이원호
- 112 가시 돋힌 백합 / 어스킨콜드웰
- 113 나의 연극 교실 / 김경옥
- 114 목녀의 로맨스 / 하디
- 115 세계발행금지도서100선 / 안춘근
- 116 춘향전 / 이민수 역주
- 117 형이상학이란 무엇인가 / 하이데거
- 118 에머니의 비밀 / 모파상
- 119 프랑스 문학의 이해 / 송면
- 120 사랑의 핵심 / 그린
- 121 한국 근대문학 사상 / 김윤식
- 122 아느 여인의 경우 / 콜드웰
- 123 현대문학의 지표 외 / 사르트르
- 124 무서운 아이들 / 장콕토
- 125 대학·중용 / 권태익
- 126 사씨 남정기 / 김만중
- 127 행복은 지금도 가능한가 / B. 러셀
- 128 검찰관 / 고골리
- 129 현대 중국 문학사 / 윤영춘
- 130 펄벅 단편 10선 / 펄벅
- 131 한국 화폐 소사 / 최호진
- 132 시형수 최후의 날 / 위고
- 133 사르트르 평전 / 프랑시스 장송
- 134 독일인의 사랑 / 막스 뮐러
- 135 사서삼경 입문 / 이민수
- 136 로미오와 줄리엣 / 셰익스피어
- 137 햄릿 / 셰익스피어
- 138 오델로 / 셰익스피어
- 139 리어왕 / 셰익스피어
- 140 맥베스 / 셰익스피어
- 141 한국 고시조 500선 / 강한영 편
- 142 오색의 베일 / 서머셋 모음
- 143 인간 소송 / P.H. 시몽
- 144 불의 강 외 1편 / 모리악
- 145 논어 / 남만성 역주
- 146 한여름밤의 꿈 / 셰익스피어
- 147 베니스의 상인 / 셰익스피어
- 148 태풍 / 셰익스피어
- 149 말괄량이 길들이기 / 셰익스피어
- 150 뜻대로 하셔요 / 셰익스피어
- 151 한국의 기후와 식생 / 차종환
- 152 공원묘지 / 이블린

| 서문문고목록 3 |

153 중국 회화 소사 / 허영환
154 데미안 / 해세
155 신역 서경 / 이민수 역주
156 임어당 에세이선 / 임어당
157 신정치행태론 / D.E.버틀러
158 영국사 (상) / 모로아
159 영국사 (중) / 모로아
160 영국사 (하) / 모로아
161 한국의 괴기담 / 박용구
162 윤손 단편 선집 / 윤손
163 권력론 / 러셀
164 군도 / 실러
165 신역 주역 / 이기석
166 한국 한문소설선 / 이민수 역주
167 동의수세보원 / 이제마
168 좁은 문 / A. 지드
169 미국의 도전 (상) / 시라이버
170 미국의 도전 (하) / 시라이버
171 한국의 지혜 / 김덕형
172 감정의 혼란 / 쯔바이크
173 동학 백년사 / B. 웜스
174 성 도밍고성의 약혼 /클라이스트
175 신역 시경 (상) / 신석초
176 신역 시경 (하) / 신석초
177 베를렌느 시집 / 베를렌느
178 미시시피씨의 결혼 / 뒤렌마트
179 인간이란 무엇인가 / 프랭클
180 구운몽 / 김만중
181 한국 고사조사 / 박을수
182 어른을 위한 동화집 / 김요섭
183 한국 위기(圍棋)사 / 김용국
184 숲속의 오솔길 / A.시티프터
185 미학사 / 에밀 우티쯔
186 한중록 / 혜경궁 홍씨
187 이백 시선집 / 신석초
188 민중은 반란을 연습하다
   / 귄터 그라스
189 축혼가 (상) / 샤르돈느
190 축혼가 (하) / 샤르돈느
191 한국독립운동지혈사(상)
   / 박은식
192 한국독립운동지혈사(하)
   / 박은식
193 항일 민족시집/안중근외 50인
194 대한민국 임시정부사 /이강훈
195 항일운동가의 일기/장지연 외
196 독립운동가 30인전 / 이민수
197 무장 독립 운동사 / 이강훈
198 일제하의 명논설집/안창호 외
199 항일선언·창의문집 / 김구 외
200 한말 우국 명상소문집/최창규
201 한국 개항사 / 김용욱
202 전원 교향악 외 / A. 지드
203 직업으로서의 학문 외
   / M. 베버
204 나도향 단편선 / 나빈
205 윤봉길 전 / 이민수
206 다니엘라 (외) / L. 린저
207 이성과 실존 / 야스퍼스
208 노인과 바다 / E. 헤밍웨이
209 골짜기의 백합 (상) / 발자크
210 골짜기의 백합 (하) / 발자크
211 한국 민속약 / 이선우
212 젊은 베르테르의 슬픔 / 괴테
213 한문 해석 입문 / 김종권
214 상록수 / 심훈
215 채근담 강의 / 홍응명
216 하디 단편선집 / T. 하디
217 이상 시전집 / 김해경
218 고요한물방아간이야기
   / H. 주더만
219 제주도 신화 / 현용준
220 제주도 전설 / 현용준
221 한국 현대사의 이해 / 이현희
222 부와 빈 / E. 헤밍웨이
223 막스 베버 / 황산덕
224 적도 / 현진건
225 민족주의와 국제체제 / 힌슬리
226 이상 단편집 / 김해경
227 삼략신강 / 강무학 역주

서문문고목록 4

- 228 굿바이 미스터 칩스 (외) / 힐튼
- 229 도연명 시전집 (상) / 우현민 역주
- 230 도연명 시전집 (하) / 우현민 역주
- 231 한국 현대 문학사 (상) / 전규태
- 232 한국 현대 문학사 (하) / 전규태
- 233 말테의 수기 / R.H. 릴케
- 234 박경리 단편선 / 박경리
- 235 대학과 학문 / 최호진
- 236 김유정 단편선 / 김유정
- 237 고려 인물 열전 / 이민수 역주
- 238 에밀리 디킨슨 시선 / 디킨슨
- 239 역사와 문명 / 스트로스
- 240 인형의 집 / 입센
- 241 한국 골동 입문 / 유병서
- 242 토마스 울프 단편선 / 토마스 울프
- 243 철학자들과의 대화 / 김준섭
- 244 파리시절의 릴케 / 버틀러
- 245 변증법이란 무엇인가 / 하이스
- 246 한용운 시전집 / 한용운
- 247 중론송 / 나아가르쥬나
- 248 알퐁스도데 단편선 / 알퐁스 도데
- 249 엘리트와 사회 / 보트모어
- 250 O. 헨리 단편선 / O. 헨리
- 251 한국 고전문학사 / 전규태
- 252 정을병 단편집 / 정을병
- 253 악의 꽃들 / 보들레르
- 254 포우 걸작 단편선 / 포우
- 255 양명학이란 무엇인가 / 이민수
- 256 이육사 시문집 / 이원록
- 257 고시 십구수 연구 / 이계주
- 258 안도라 / 막스프리시
- 259 병자남한일기 / 나만갑
- 260 행복을 찾아서 / 파울 하이제
- 261 한국의 효사상 / 김익수
- 262 갈매기 조나단 / 리처드 바크
- 263 세계의 사진사 / 버먼트 뉴홀
- 264 환영(幻影) / 리처드 바크
- 265 농업 문화의 기원 / C. 사우어
- 266 젊은 체녀들 / 몽테를랑
- 267 국가론 / 스피노자
- 268 임진록 / 김기동 편
- 269 근사록 (상) / 주희
- 270 근사록 (하) / 주희
- 271 (속)한국근대문학사상 / 김윤식
- 272 로렌스 단편선 / 로렌스
- 273 노천명 수필집 / 노천명
- 274 콜롱바 / 메리메
- 275 한국의 연정담 / 박용구 편저
- 276 심현학 / 황산덕
- 277 한국 명창 열전 / 박경수
- 278 메리메 단편집 / 메리메
- 279 예언자 / 칼릴 지브란
- 280 충무공 일화 / 성동호
- 281 한국 사회풍속야사 / 임종국
- 282 행복한 죽음 / A. 까뮈
- 283 소학 신강 (내편) / 김종권
- 284 소학 신강 (외편) / 김종권
- 285 홍루몽 (1) / 우현민 역
- 286 홍루몽 (2) / 우현민 역
- 287 홍루몽 (3) / 우현민 역
- 288 홍루몽 (4) / 우현민 역
- 289 홍루몽 (5) / 우현민 역
- 290 홍루몽 (6) / 우현민 역
- 291 현대 한국시의 이해 / 김해성
- 292 이효석 단편집 / 이효석
- 293 현진건 단편집 / 현진건
- 294 채만식 단편집 / 채만식
- 295 삼국사기 (1) / 김종권 역
- 296 삼국사기 (2) / 김종권 역
- 297 삼국사기 (3) / 김종권 역
- 298 삼국사기 (4) / 김종권 역
- 299 삼국사기 (5) / 김종권 역
- 300 삼국사기 (6) / 김종권 역
- 301 민화란 무엇인가 / 임두빈 저
- 302 무정 / 이광수
- 303 야스퍼스의 철학 사상 / C.F. 월레프
- 304 마리아 스튜아르트 / 쉴러
- 311 한국풍속화집 / 이서지
- 312 미하엘 콜하스 / 클라이스트